PERCORSI

Linguistica e critica letteraria

Alla memoria di mia madre
(1936-2007)

MARCELLO NERI

ESODI DEL DIVINO

Caproni, Pasolini, Valesio

An Ingrid und Hansjürgen,

mit einem großen Dank,
weil ich weiß, dass ich
mich auf Euch immer
verlassen kann und bei
Euch Schutz und Geborgenheit
finden kann.

Frohe Weihnachten

Marcello

SOCIETÀ EDITRICE IL MULINO

I lettori che desiderano informarsi sui libri e sull'insieme delle attività della Società editrice il Mulino possono consultare il sito Internet: **www.mulino.it**

ISBN 978-88-15-25399-6

INDICE

Introduzione. Frammenti di un *logos* disperso p. 7

Comunanze 8
Oltre l'oltre 11
Il *logos* separato 18
Il corpo della poesia 24
Postilla non scientifica 33

I. Paraggi della finitudine: Giorgio Caproni 35

L'inquieto 36
La parola poetica: fra eredità e metamorfosi 41
L'ombra di Hölderlin 44
Iconoclasmo programmatico 50
Resistere ai tempi 54
Parola postuma ed etica del linguaggio 61
L'onore della finitudine 65
A-teologia poetica 71
Poesia e religione 81

II. Remote atmosfere: Pier Paolo Pasolini 87

A margine 91
Per eccessi: lo stile e il sacro 97
In pratica poetica 104
Le cose e le parole 111
Critica del cattolicesimo 120
La mia religione: auree del cristianesimo 127

III. L'indestinazione: Paolo Valesio 131

Inscrizione tra-mondi 133
Lo scandalo dell'essere 143

Sul soggetto: l'ascesi ospitale p. 150
Il *logos* quotidiano della poesia 163
La devozione come incremento del teologico 174

Riferimenti bibliografici 191

INTRODUZIONE

FRAMMENTI DI UN *LOGOS* DISPERSO

Nonostante la pletora di annunci della loro implosione e definitiva consumazione, da secoli immemori nei territori dell'Occidente europeo si continua a scrivere poesie e a praticare la religione, a pensare la fede e a prendere in esame criticamente la scrittura in versi. Entrambe queste attività dello spirito sono uscite dal tornante della modernità segnate da una condizione di crisi; modulando, ciascuna a suo modo, una serie di tentativi per gestirla e trovarne delle vie di uscita. Ognuno di questi percorsi, nella poesia e nella religione, dovrebbe essere preso in considerazione nella sua singolarità e contestualizzazione, perché solo così si potrebbe rendere effettivamente ragione della loro eventuale riuscita o sciagura. In un qualche modo, sia la poesia sia la religione sembrerebbero, infatti, essere discipline dell'animo che oppongono una non marginale resistenza alla tendenza di far prevalere il generale, l'astratto, su ciò che è particolare, concreto, e non si lascia piegare tanto facilmente dalla macchina che slega la semantica delle loro parole dall'ambito culturale e civile della loro enunciazione[1]. Davanti a questa tendenza, poesia e religione sembrano avere ancora la forza necessaria per affermare un diritto di particolarità, che freni la versione contemporanea

[1] Tendenza questa che caratterizza, ad esempio, la religione nella sua variante fondamentalista; ma appunto, non si tratta della religione *tout court*, bensì di una sua declinazione che trova all'interno della religione stessa ragioni di una possibile resistenza a questo fenomeno contemporaneo (nel cristianesimo una fedele aderenza alla sua tradizione più alta dovrebbe indurre un'interruzione di questo slegamento fra parola, enunciazione e contesto della formulazione linguistica; perché l'universalità pensata dalla religione cristiana si basa su un concreto singolare – il legame della coscienza credente che, nel riconoscimento di Gesù quale manifestazione di Dio, fa accedere quest'ultima alla sua verità – a lei irrinunciabile).

di quella pretesa moderna di far valere lo specifico solo nella misura in cui esso rappresenti il momento di un universale che, unicamente, sarebbe in grado di farlo essere e di giustificarlo.

Forse è proprio a causa di questa tendenza a custodire il particolare che di entrambe sono possibili solo definizioni sostanzialmente vaghe e indeterminate; come se fosse una spettrale diffusione dei confini ciò che le caratterizza in specifico: «La poesia è dunque l'unità indeterminata di un insieme di qualità che non sono riservate al tipo di composizione detta "poesia", che non possono essere esse stesse designate se non in un movimento di affezione dell'epiteto "poetico" dei termini quali ricchezza, risonanza, ardore, colore, profondità, e così via»[2]. Non molto differentemente si potrebbe dire anche della religione. Termine che, comunque, rimane ancora più controverso e difficilmente contornabile della stessa poesia. Controverso perché esso nasce sostanzialmente all'interno di una forma storica determinata della relazione umana con il divino e/o la trascendenza (quella del cristianesimo, appunto), tra l'altro in epoca relativamente recente. In mancanza di contorni perché, in ragione di questo suo sorgere dentro un contesto specifico, diventa poi difficile elaborare una criteriologia che possa fare astrazione dal fenomeno particolare del darsi effettivo di una religione (anche Kant non riesce a uscire da questo impasto col concreto nel suo tentativo di delineare un universale della religione nei limiti generalmente validi della sola ragione). Attualmente, poi, poesia e religione non condividono solo questo statuto incerto, quasi s-confinato, ma sono accomunate anche dal sospetto scientista, che sta invadendo il mondo accademico occidentale, fino a revocare la pertinenza della presenza degli studi delle lettere e della religione nell'università dei saperi.

Comunanze

Allarghiamo per un attimo l'orizzonte della poesia a quello più ampio della letteratura. Può essere interessante

[2] J.-L. Nancy, *Résistance de la poésie*, Bordeaux, William Blake & Co., 2004, p. 9.

registrare le ragioni di questa ripulsa cognitivista verso il mondo delle lettere e della religione come ambiti legittimi dell'impresa del sapere accademico:

> Versioni di causalità efficiente provocata da un agente continuano a dare forma non solo allo studio della religione, ma anche a studi generali umanistici e socio-scientifici – invocando, ad esempio, l'intenzionalità, che è un attributo primario dell'agente, per spiegare e comprendere produzioni testuali o motivazioni comportamentali. E associate con l'intenzionalità vi sono naturalmente inferenze teologiche di senso o scopo [...] Nonostante avanzamenti nel sapere scientifico, che sono caratterizzati dalla sostituzione della causa efficiente con una causalità naturale, la maggior parte delle persone, compresi scienziati e studiosi, tende a continuare a ricadere nella causalità efficiente provocata da un agente per dare senso al mondo quotidiano [...] In nessun altro dipartimento dell'università moderna i ricercatori evitano sistematicamente studi critici e spiegazioni fondate teoreticamente del loro oggetto di studio come accade in quello dei *religious studies* (fatta eccezione, ovviamente, per gli studi della letteratura – quantomeno nel Nord America)[3].

Quello che crea un problema, per una dignità accademica delle lettere e della religione, sarebbe il fatto che in esse vi è un autore, una causa agente, non riconducibile alla natura e alla mera struttura cognitiva del sapere. Solo la naturalizzazione della letteratura e della religione potrebbe quindi rendere queste discipline capaci di un sapere che le collochi all'altezza scientifica che contraddistingue l'università moderna. Inoltre, entrambe sarebbero interessate dalla questione del senso e attraversate da ragioni e scopi intenzionali (dello scrivere e del credere) – fatto che le renderebbe scientificamente irricevibili.

Non mi interessa qui scendere nel merito della pertinenza epistemologica degli studi riguardanti le lettere e la religione come sapere propriamente detto; né in quello, decisamente più preoccupante, dell'omologazione delle scienze dello

[3] L.H. Martin e D. Wiebe, *Religious Studies as a Scientific Discipline: The Persistence of a Delusion*, in «Journal of the American Academy of Religion», 2012, pp. 587-597 (qui pp. 593-594).

spirito e delle discipline umanistiche alla struttura e metodologia delle scienze naturali – tendenza che sta snaturando l'università degli studi e livellando verso il basso la qualità dell'umano che immettiamo nella costruzione futura della nostra socialità. Mi preme piuttosto mettere in risalto le potenzialità positive che, in controluce, appaiono in questa feroce critica scientista: letteratura e religione sembrano essere rimaste gli unici ambiti in cui non viene dismessa la responsabilità di essere autori delle azioni e delle cose che sono nel mondo (e non semplici fruitori o osservatori neutrali), da un lato; e il fatto che in esse continui a circolare un'intenzione che mira a un senso che non può essere ridotto in equazione, né essere risolto in spiegazione naturale di uno stato del mondo che nulla avrebbe a che fare con noi, dall'altro.

L'interesse di conoscenza, che sta alla base anche delle scienze e della fisica (nonostante il loro tentativo di spacciarsi come semplice constatazione dell'esistente, che poi non è altro che uno svilimento del sapere stesso), rivela in realtà l'aspettativa di un cambiamento del mondo e quindi, almeno surrettiziamente, implica il senso come questione che le concerne direttamente (cosa tanto temuta in quanto così poco scientifica)[4]. Nell'universo dei saperi odierni, così appiattito sulla presunta obiettività naturalista del modello tecno-scientista, il mondo delle lettere e quello della religione tengono ben ferma la consapevolezza che conoscere e sapere muovono sempre da un desiderio non riducibile alla sua natura bio-organica. Un desiderio che non sorge solo sulla base di un mero dato di natura, ma perché in quel darsi naturale appare la possibilità di un qualcosa che interroga indefinitamente la stessa constatazione, muovendola ad andare oltre se stessa. È questo desiderio che fa del sapere un'impresa in cui l'umano si sente legittimato a investire le

[4] A. Emo, *La voce incomparabile del silenzio*, Città di Castello, Gallucci, 2013, p. 28: «L'interesse a conoscere (o ad analizzare) qualcosa, è sempre una conseguenza del desiderio di cambiarla. E forse è anche una legge che nulla si può conoscere senza contemporaneamente mutarne le forme e l'essenza. Da che l'uomo si è messo a voler conoscere il mondo scientificamente, il mondo non fa che mutare significato ed essenza».

forze migliori dello spirito (ragione, intelletto, sensibilità), che non possono essere appagate da nessuna quantificazione del loro appassionato esercizio.

Troviamo qui un ulteriore aspetto che avvicina la letteratura in generale, e la poesia in specifico, da un lato, e la religione, dall'altro, per come esse si sono caratterizzate nell'Occidente europeo: la resistenza alla riduzione numerica della loro impresa, a motivo di una certa sfuggevolezza del linguaggio rispetto alla sua completa matematizzazione (per riferimento a questo tema appare anche il terzo riferimento intorno a cui ruotano le riflessioni di questo libro, ossia la filosofia). Rispetto al linguaggio possiamo calibrare con maggiore precisione i due ambiti toccati generalmente in questa digressione: nella sfera della letteratura ci concentreremo sul genere della poesia, come annunciato all'inizio; e della religione prenderemo in considerazione il cristianesimo cattolico. Tenute ferme tutte le debite differenze e distinzioni, che vengono dalla cosa in sé della poesia e del cristianesimo, così come si sono realizzati nelle trasformazioni della cultura civile europea, mi sembra possibile dire che sia la scrittura in poesia sia la fede cristiana siano alla ricerca di una dimensione del linguaggio nella quale si possa dire *qualcosa* che sfugge alla sua forma concettuale; ma che interessa il concetto e il ragionamento proprio perché resiste alla presa del loro sapere. Questa ulteriorità che il linguaggio può, rispetto alla sua pratica concettuale e all'idea di razionalità che le corrisponde, rappresenta la cosa di cui andiamo in cerca in questo volume: ipotizzando che l'intreccio fra poesia e cristianesimo, che è fatto anche di dissonanze e critica, sia ben più fecondo che il loro mantenimento in due sfere completamente separate.

Oltre l'oltre

Negli autori che prenderemo in considerazione quest'intreccio si attesta come parte interna allo stesso testo poetico. Non si tratta quindi né di giustapporre il cristianesimo alla poesia (a queste poesie), come se si trattasse di un corpo estraneo che viene violentemente inserito in essa; né di irreggimentare la poesia nel quadro precostituito di un'idea invariabile di cristianesimo europeo, sulla base della quale essa dovrebbe essere valutata rispetto all'eventuale intrigo teologico di cui potrebbe essere portatrice. Quando, ad esempio, Caproni scrive «oltre l'oltre», dice qualcosa che né il concetto (filosofico) di spazio/tempo, né quello (religioso) della trascendenza, possono dire; eppure dice qualcosa a cui questi concetti, e il loro linguaggio, sono inestricabilmente legati proprio nel loro non potere. Dice la voce del silenzio così cara a Valesio, o l'originario nel suo gesto irripetibile della cui espressione è in ricerca spasmodica Pasolini; ma dice anche quello che il nome cristiano di Dio desidererebbe essere, senza probabilmente riuscirvi nella concettualità che a questo nome si è inestricabilmente legata per secoli. Siccome questa poesia lo dice, allora essa impegna il pensiero e il concetto più di quanto non possano fare una teologia negativa o una filosofia apofantica; perché, appunto, lo dice – ossia è una dimensione del linguaggio e, quindi, questo qualcosa che è «oltre l'oltre» rimane invischiato nella segnatura stessa del linguaggio (nel suo fra(-)intendimento direbbe Valesio, nella sua ideologia argomenterebbe Pasolini). Ed è proprio questa implicazione dell'ulteriorità del linguaggio, nella sua stessa vischiosità, che rappresenta quello che il concetto non può: infatti, teologia negativa e filosofia apofantica vorrebbero dire qualcosa che, in fin dei conti, rimane esterno al linguaggio, qualcosa che di sua natura sarebbe extra-linguistico e, quindi, messo in salvo rispetto all'ambivalenza del linguaggio stesso. Nella sua possibile ulteriorità la poesia, invece, non vuole salvare nulla, non vuole preservare quel qualcosa dalla trama ambivalente del linguaggio; bensì lo radica in essa contaminandolo ben più di quanto non possano fare il concetto e il pensiero.

Allora «oltre l'oltre» dice la non esistenza di qualcosa che non sia fraintendibile, che sia preservato dalla traccia dell'ideologico; dice sostanzialmente che l'ineffabile, qualsiasi sia la sua eventuale natura, l'originario, il silenzio, se vogliono stare in una qualche relazione con l'umano, si ambiguano in sé stessi: perdono l'essere traslucido che il concetto cerca di salvare, e si fanno opachi, spessi, resistenti. In altre parole, perdono l'essere in quanto tali per av-venire al linguaggio; come sembrerebbe accadere al Dio, agli Dei, di Hölderlin: dove è chiaro che non è il linguaggio a provocare questa de-essenzializzazione del divino, ma il passaggio al linguaggio di qualcosa che potrebbe essere in una pura posizione ontologica eppur non vi rimane. E quando diciamo (concettualmente) che questo av-venire al linguaggio del divino rappresenta il suo passaggio dall'essere al divenire, non riusciamo a dire proprio ciò che la poesia di Hölderlin dice. Forse la poesia è il linguaggio capace di ospitare questo movimento, senza il bisogno di nominarlo in alcun modo: poesia come l'innominato del linguaggio, dunque. Una cosa che il concetto non sembra essere in grado di sopportare: esso non ospita, denomina; ma può denominare solo nei suoi aspetti parziali astraendo ciò che av-viene al linguaggio, senza cogliere né la dinamica (e, quindi, non lo dice affatto), né l'intero della sua figura.

La poesia, invece, lo ospita proprio nel *limitare* del linguaggio stesso, di una parola altra da quella in cui si fa concetto:

> Sta di fatto che la poesia, per quanto grande sia la sua tensione verso l'al di là delle parole, ha di esse un bisogno non meno grande; perché senza le parole, che sono pur sempre ciò che rende possibile la mediazione, la poesia non sarebbe in grado di assecondare la propria prescienza dell'immediato e nemmeno, per cominciare, di misurare se stessa. Ciò che priva ogni percezione oggettuale vagheggiata dalla nostalgia poetica è il fatto che il pensiero concettuale, indispensabile nell'esplorazione della realtà empirica, preleva dalle cose alcuni aspetti per mezzo dei quali costruisce modelli del sapere e dell'agire. E, per collocare tali astrazioni nell'idea che rimane del mondo e assicurare loro una vita, esso colonizza i grandi vocaboli [...] L'espressione prima, che fonda e designa, viene meno sotto l'azione della significanza analitica, perde in questa almeno una parte della propria capacità di far vivere [...] La poesia è il desiderio di far rientrare il bene dell'oltre-concettuale in quella sua patria che è il luogo sociale, dove la ritrovata intimità dell'essere parlante con la propria finitudine potrebbe rigenerare i rapporti interpersonali depauperati dal pensiero che astrae, che generalizza[5].

[5] Y. Bonnefoy, *L'alleanza tra la poesia e la musica*, Milano, Archinto, 2010, pp. 17-18, 26.

Diventa chiaro, quindi, che in Hölderlin la parola poetica, queste sue concrete poesie con il loro stile, il loro ritmo, la loro tonalità, sono l'av-venire stesso al linguaggio del Dio; la poesia non registra qualcosa che si realizzerebbe altrove, ma è l'evento stesso di questo accadere nella sua riuscita. Sta forse proprio qui la sua differenza da quel gruppo dell'idealismo tedesco rispetto al quale egli si sentì così affine e distante al tempo stesso: mentre il linguaggio dei suoi amici filosofi analizzava la struttura dell'auto-coscienza, il cui fondamento interno le rimane sempre indisponibile, o delineava la *dynamis* dello spirito nel gioco delle contrapposizioni che esso stesso genera per giungere a sé, Hölderlin è in cerca di un linguaggio che sia questo accadere nell'unità e immediatezza del suo avvenire – e, almeno così la sua opzione, solo la poesia può questo. La parola poetica è l'accadimento della sfera più propria del «sé», del suo privato, del suo segreto, nello spazio condiviso dell'umana socialità; senza che con ciò quell'evento cessi di essere l'incomparabile singolarità del «sé» che av-viene al linguaggio[6] (anche si trattasse dello spirito assoluto). Il *logos* della poesia è dunque l'apertura di un accesso che, proprio nel momento in cui viene reso disponibile a tutti, rimane valido e possibile solo per un particolare «sé», perché ne è l'evento singolo e irripetibile (aspetto questo che Pasolini ha colto nel suo nucleo più incandescente). L'accesso aperto/esposto dalla poesia rimane dunque inaccessibile a chiunque si accosti a questa poesia[7]. Questo è il prezzo che essa deve pagare per essere fedele al particolare, che vi si ritrova come in se stesso anche quando la poesia non può essere che il fare della negazione dell'entrata nell'apertura che essa dischiude.

Questa aderenza al particolare, in negazione di ogni possibile generalizzazione, configura la resistenza interna del *logos* poetico rispetto al linguaggio come categoria dell'u-

[6] A. Emo, *La voce incomparabile del silenzio*, cit., p. 25: «Ora, l'arte, la poesia, consiste appunto nell'obbligare ciascuno a diventare un privato di fronte a se stesso e a noi».

[7] J.-L. Nancy, *Résistance de la poésie*, cit., p. 10: «La poesia mette in opera, identicamente, il rifiuto dell'accesso come verità dell'accesso».

niversale: esso chiude l'indefinita possibilità del linguaggio intorno a un qualcosa sul quale potrebbe dire una parola oltre la limitazione cui la poesia lo vincola; ossia chiude nel linguaggio l'indefinita apertura del discorso, perché lo piega sulla concretezza e finitezza di un *logos* che, proprio nella sua ulteriorità, è un questo-qui specifico, e non altro da questo, che vale solo in quanto tale. Ecco perché mentre i suoi amici accademici si trovavano nel problema dell'io trascendentale, dell'auto-coscienza, del fondamento ultimo indisponibile, dello spirito, Hölderlin si trovava invece nella difficoltà[8] di un fare singolare della parola che non era trasponibile, nel momento stesso in cui annunciava un av-venire che toccava tutti oltre il suo accadere come questa poesia-qui[9]. Il limitare della parola fedele al particolare, davanti alla pretesa del linguaggio e del concetto, mostra tutta la difficoltà di un senso che deve essere fatto in assenza di un universale che ne garantisca la validità – anche per il particolare che, generandolo, ne afferma un essere valido che è tale per sé solo se effettivamente condivisibile con altri, con tutti.

Il cristianesimo si trova di fronte a problemi sostanzialmente omologhi a questi; e tale prossimità, a mio avviso, non è né fortuita né casuale, ma l'indizio di un intreccio fra *logos* poetico e *logos* cristiano molto più profondo di quanto lo specchio infranto della modernità non voglia oggi far credere a tutti. Parlando di intreccio intendo un legame di fondo nel quale nessuna parola può avanzare un primato genealogico sull'altra; perché la genesi di ciascuna, per quanto storicamente rinvenibile altrove, si è essa stessa trasformata nel venire ad abitare quel comune del linguaggio che hanno contribuito a plasmare dall'interno. Può la fede, che è l'evento intimo della relazione teologale,

[8] Cfr. *ibidem*, pp. 10-11.

[9] Anche gli scritti teorici di Hölderlin non cercano di risolvere un problema, ma stanno nella difficoltà in cui li ha trascinati il loro legame inscindibile con la sua produzione poetica (cfr. J.Ch.F. Hölderlin, *Theoretische Schriften*, Hamburg, Meiner, 1998). Ecco perché un approccio che cerchi in essa qualcosa come la semplice fotocopia estetica dei temi dell'idealismo tedesco rischia di mancarne completamente il nucleo più incandescente – e filosoficamente interessante.

visibilizzarsi in un qualche modo come fenomeno della socialità condivisa? E, dato che il cristianesimo è proprio questo divenire visibile dell'invisibile, ha esso una qualche legittimità che lo giustifichi nel suo essere, in primo luogo davanti a se stesso? Ammessa questa legittimità, qual è il linguaggio in cui il cristianesimo può rimanere aderente al paradosso dell'invisibile che si manifesta come fenomeno di una materialità percepibile all'intera gamma sensuale dell'umano? Secoli di storia sono passati dalla possibilità inaugurale del cristianesimo, e strati di polvere concettuale si sono accumulati sui nomi più cari alla fede cristiana, ma essa si trova, ogni volta di nuovo, confrontata con queste semplici domande di fondo. Nella misura in cui le dà per scontate, ritenendo di aver già da sempre risposto a esse in una maniera che resta inalterata davanti al passare del tempo e alle trasformazioni delle congiunture culturali in cui vive, il cristianesimo rischia di perdere se stesso e la sua ragion d'essere.

La fede è il segreto del singolo, ma il singolo vive, suo malgrado, nel mondo; e nel mondo il suo vivere non mostra nulla di eccezionale, nulla che lasci presagire il fuoco che muove questo vivere assolutamente normale – direbbe Kierkegaard. Eppure rimane il fatto che questa particolarità, così quotidiana da non risaltare in alcunché, è realmente la visibilizzazione del segreto di cui neanche il singolo ha conoscenza, ma solo sentore. La difficoltà del cristianesimo, perché proprio di difficoltà si tratta, sta in un principio inimmaginabile per il pensiero e il linguaggio concettuale: *kai o logos sarx egeneto / kai o logos eskenosen en emin* (e la parola divenne carne / e la parola gettò tenda fra noi; *Gv* 1, 14 – che non per nulla ha la forma, poetica, di un inno). Le biblioteche dei trattati teologici che dalla prima apologetica fino alla teologia odierna si affaticano intorno a un *logos* che si fa così, e non altrimenti, sono la testimonianza più attendibile, nel grande scaffale della cultura europea, della difficoltà che il cristianesimo è a se stesso – in ragione dello Spirito di Dio (per chi vi crede), e non a causa di una qualche forza subdola e nemica.

Ci muoviamo, dunque, in un campo di omologie e assonanze troppo marcate per essere semplicemente casuali. E ci sono troppe interruzioni nella storia dello spirito europeo perché esse possano essere rubricate solo come il frutto di un naturale sviluppo. Questo intreccio è l'intrigo e la difficoltà, al tempo stesso, della poesia e del cristianesimo nel linguaggio dell'Europa. Esso sembra godere però di una qualche plausibilità, da mettere alla prova nei capitoli che seguono; e una prima conferma sembrerebbe giungere proprio dal versante della poesia:

> Che cosa è il cristianesimo? Un «duplice postulazione», se mai ce ne fu una; in primo luogo, l'attestazione, con il suo pensiero di Dio, di una trascendenza tanto radicale quanto l'abisso che si apre nel suono, ma subito, e stavolta in modo del tutto nuovo nella storia, il trasferimento di tale assoluto sull'altra persona all'interno del gruppo sociale: proprio la stessa specie di donazione per mezzo della quale ho definito il progetto della poesia. La proposta prettamente cristiana [...] è una trasgressione e contemporaneamente una riaffermazione del linguaggio, un rinnovamento dell'espressione verbale tramite la stessa trascendenza di cui le parole sembrano la negazione[10].

Vengo subito incontro a una possibile obiezione: si possono trovare biblioteche intere che vanno in direzioni diverse da quella indicata qui da Bonnefoy (di fatto è così: hanno riempito tutto un quaderno di appunti raccolti in preparazione di questo libro – e dire che mi sono limitato solo a quelle che mi capitavano in mano quasi per caso); e ciascuna di queste ha, o può avere, una sua legittimità. Ma non è questo il punto. Il punto è la poesia e l'adesione al particolare che essa richiede – come del resto accade nel cristianesimo. La citazione di Bonnefoy mi serve solo per accennare al fatto che tra poesia e cristianesimo ci può essere un qualche intreccio non occasionale in riferimento alla questione del linguaggio. Il poeta e critico francese esprime qui una sua modulazione di questa intersezione, e così la raccogliamo – una sponda che indica la plausibilità dell'ipotesi che vogliamo andare a verificare. Non sarà necessariamente l'unica che emergerà nelle pagine di questo

[10] Y. Bonnefoy, *L'alleanza tra la poesia e la musica*, cit., p. 56.

libro; anche se credo che si potranno percepire delle affinità non marginali con essa.

La prospettiva di Bonnefoy sull'intrigo difficile di linguaggio, poesia e cristianesimo mi permette di introdurre i lettori e le lettrici nel campo della mia ricerca e dell'approccio qui proposto all'opera poetica di Caproni, Pasolini e Valesio – niente più di questo. Un'ultima nota in merito. L'idea che cerco di far circolare in questo libro viene dalla lettura (per passione e interesse personale per la letteratura) delle poesie di questi tre autori italiani. L'ho trovata lì, dentro i loro scritti; a uno stato più o meno latente, più o meno articolato – ma è nella poesia stessa che essa sta e va cercata. Mi è parso qualcosa di interessante, che non è stato ancora messo completamente a fuoco nella bibliografia secondaria che si accosta alle opere di questi tre poeti; e mi è sembrato un dovere verso la poesia mettere alla prova della scrittura questa particolarità che lentamente emergeva dalle pagine delle loro opere. Chiarito il campo che grossomodo delimita l'indagine di questo libro, possiamo passare a un breve affondo su un tema più ampio che lo tocca in maniera per nulla marginale; e che rappresenta una sponda costante, anche se magari più sommersa, delle riflessioni che verranno svolte una volta entrati nello specifico della produzione poetica di Caproni, Pasolini e Valesio.

Il «logos» separato

Credo che sia oramai chiaro che non ho affatto la pretesa di ricostruire gli itinerari della parola poetica nelle vicende moderne dell'Occidente. La mia intenzione è molto più limitata, sia da un punto di vista della storia delle idee, sia da quello della collocazione culturale. Per andare oltre questo limite bisognerebbe chiamare in causa competenze che vanno ben al di là di una singola disciplina del sapere (letteratura, teologia o filosofia che sia). Nonostante tale limitazione della prospettiva complessiva di questo libro, credo si possa partire da una constatazione generale senza alcuna pretesa di validità scientifica: è probabile che molti sentano che la storia culturale e civile dell'Europa non sarebbe immaginabile senza la presenza, magmatica e multiforme, di quella che oggi chiamiamo poesia. Il suo *logos* è difficile da definire, a causa di quella desiderata aderenza al particolare cui abbiamo fatto cenno all'inizio; ne consegue una certa qual trasversalità del genere poesia, che risulta anche in una difficoltà a darne una definizione univoca. Eppure, in questa sua apertura al particolare, al determinato, il *logos* poetico è riuscito a mantenere una portanza sostanzialmente coerente, così da permetterne la riconoscibilità: di un linguaggio e una parola poetici, appunto (anche se iniziano a sorgere alcuni dubbi in merito, soprattutto per quanto riguarda l'ambito letterario italiano della seconda metà del XX secolo)[11]. Può non essere un caso che laddove la poesia cerchi in un qualche modo di universalizzarsi, per uscire dall'eccezione che è la normalità del particolare, essa tenda a slittare nella direzione della prosa[12]; e non credo sia una semplice casualità che, quando la prosa voglia riannodare il filo della narrazione con l'incomparabilità e la concretezza effettiva del singolo, essa si muova verso un suo tornante poetico[13].

Eppure tutti questi slittamenti sono registrabili proprio perché il genere del *logos* poetico è stato in grado di attestarsi, con una certa qual permanenza, in tutte le sue trasformazioni storiche e culturali – insomma, mostra una sua qualche unitarietà. Ben diverso, invece, è stato il destino del *logos* concettuale (come linguaggio e pensiero): che vede i suoi primi albori come presa di distanza (quello che di fatto è la critica) dal mito generato dalla *poiesis* letteraria e

[11] Cfr. A. Berardinelli, *Poesia non poesia*, Torino, Einaudi, 2008. Non scendo nel merito della critica pungente che Berardinelli muove alla poesia italiana contemporanea; quello che mi interessa rimarcare è che egli procede sulla base di una permanente portanza stilistica, metrica e ritmica che gli consente di schizzare una criteriologia del genere poesia; rispetto alla quale si chiede, poi, se quella dei poeti italiani della seconda metà del XX secolo possa essere ancora rubricata come produzione poetica in senso proprio.

[12] Tendenza, questa, che si trova in parte anche in Pasolini.

[13] Emblematico in merito, rimanendo sempre nel cerchio dei tre autori che prenderemo in considerazione, è il volume di P. Valesio, *Prose in poesia*, Milano, Società di Poesia, 1979.

poetica; e getta poi le sue prime radici proprio rimarcando la spaziatura incolmabile che lo separa dal poetico rispetto al quale vuole opporsi. Con l'ingresso del cristianesimo sulla scena della cultura europea, il *logos* della ragione greca, da un lato, entra in fibrillazione e, dall'altro, si trova come riscattato dalla deriva nella quale stava oramai cadendo. Di questo rapporto spinoso e inquieto sappiamo oramai quasi tutto; fino all'esito moderno di un *logos* della ragione che si giustifica in quanto contrapposizione autonoma all'eteronomia di quello della fede (che non ha nei limiti della *ratio* né la propria origine né il proprio contenuto), e di un *logos* della fede che si impegna oltre ogni misura a dimostrare la propria razionalità – ma, al tempo stesso, vuole tenersi esterno alla presa critica di quello della ragione, in nome di una più alta e indisponibile (al pensiero filosofico) istanza che lo legittima e lo rende autorevole.

Separato dal poetico, il *logos* concettuale della ragione si frantuma e parcellizza ulteriormente, anche rispetto al referente comune del pensare (l'idea di *una* ragione come principio regolatore unico e auto-evidente rischia oramai di apparire semplicemente come il mito di cui si è nutrita la modernità – in una credenza assolutamente laica, ma anche totalmente sacra). Oggi iniziamo tutti a sentire il peso di quest'ordine della separazione in cui si sono sparpagliati i frammenti del *logos* europeo. Anche la ragione filosofica comincia a essere asfittica, quasi matematica nella sua versione analitica; e sembra funzionare oramai solo nei laboratori dell'accademia, potendo fare ben poco rispetto a quanto accade nella piazza dove vivono gli esseri umani. Qua e là vediamo in atto strategie del suo riavvicinamento a quella dimensione della parola che fu la culla del *logos* della ragione; anche se sembra trattarsi più di un grido d'aiuto, che di una piattaforma programmatica mediante la quale la forza spirituale della ragione muova verso una ricomposizione delle troppe separazioni in cui ha costretto il suo *logos*[14]. In

[14] Tra i pochi filosofi europei che abbiano assunto, in chiave programmatica e sostanziale, il *logos* letterario e poetico come luogo proprio del *logos* della ragione vi è Hans-Dieter Bahr (in particolare si veda

ogni caso, rimane il fatto che questo percorso di spartizione successiva del *logos* europeo si è profondamente inciso nel corpo della nostra cultura; e questo su tutte le tre sponde principali del suo ordine di separazione: poesia, filosofia e teologia. Fino a produrre una frammentazione che lacera dall'interno l'umano; che, sovente, si ritrova in mano tre «parole» identiche che però non hanno alcun contatto fra di loro, costringendolo così a introiettare nelle maglie del «sé» questo registro della divisione e impermeabilità reciproca di ciascuna di esse. Da un lato le forze ordinanti e critiche di quel che resta del sogno del moderno; dall'altro le forze sensuali che cercano invano di immaginare metafore dell'esistere che lo riscattino dal suo essere poco più di un calcolo ben riuscito. Questo fu lo scoglio su cui si infranse, agli albori dell'epoca moderna, anche l'umanesimo poetico di Francesco Petrarca. Il rigore dell'evidenza di cui era capace la ragione gli pareva, proprio nella sua raccomandata pertinenza, insufficiente a risolvere le eccedenze e gli scarti di una vita che non fosse solo ordinata e voluta, ma anche sentita e desiderata.

Della perfezione logica di un sillogismo l'umano non sa che farsene per approdare alla felice riuscita della propria vita finita; né esso riesce ad acquietare quel desiderio profondo da cui muovono anche le imprese migliori della ragione. Ben prima che la modernità provvedesse a compartimentare la triplice spartizione del *logos* europeo, Petrarca ne intuì l'insostenibilità e l'impraticabilità, se la ragione voleva davvero rimanere ancorata all'effettività del vissuto quale principio realistico del suo ordinamento. Egli oppose alla *ratio* separata l'artificio di una reiterazione inesauribile della scrittura e dell'organizzazione del corpo poetico della parola; attraverso i quali cercò di ritessere il nesso fra *logos* e realtà delle cose messo radicalmente in discussione dal nominalismo, affinché la parola fosse anche della cosa e non solo su di essa. Senza

H.-D. Bahr, *Die Sprache des Gastes. Eine Metaethik*, Leipzig, Reclam, 1994; probabilmente il suo testo meglio riuscito in questo tentativo di una ricomposizione del *logos* europeo insieme a H.-D. Bahr, *Zeit der Muße – Zeit der Musen*, Tübingen, Attempto, 2008).

entrare nel merito della sua riuscita, o meno, nel tentativo di riposizionare il *logos* poetico quale principio organizzativo dell'umano in tutte le sue concrete sfaccettature, si può però riconoscere che Petrarca fu il padre di una sparuta ciurma di intellettuali europei che, a cavallo tra umanesimo e prima modernità, non vollero accontentarsi di vivere semplicemente aggiustando in maniera retorica le molte disarmonie del *logos* separato. Se non ci siamo ancora arresi completamente alla diamantina certezza del calcolo secondo ragione, e se il desiderio riesce a opporre ancora una qualche resistenza alla saturazione indotta dalla bramosia ingorda del sistema tecnico-finanziario, lo dobbiamo anche alle tracce profonde di umanesimo che questa piccola avanguardia intellettuale ha disseminato nel terreno della cultura europea, opponendosi con fiera tenacia al registro della separazione meticolosa prodotta dalla macchina di spartizione del *logos*. Può anche essere che resistere all'orizzonte destinale della tecnica rappresenti l'ultima fatale sventatezza degli umani; ma forse si tratta dell'unica impresa che possa rendere in un qualche modo onore alla dignità della finitudine che tutti siamo – che non è mera dissolvenza dell'apparire, ma sigillo impresso a lettere di fuoco nella stessa eternità, se il *pathos* di vivere, che segna i nostri corpi, è qualcosa di più e di altro dalla semplice allucinazione collettiva dell'erranza finale dei terreni.

Certo, lo spirito dell'Europa si è nutrito nelle sue imprese migliori anche di un *logos* della conoscenza che ha dato ordine e rigore alle forme del sapere; facendo in modo che esse non fossero una rivelazione in mano al potere di una ristretta casta di chierici, ed evitando che fossero abbandonate al gioco fatuo dell'intuizione e della divinazione esoterica. Ma l'applicazione delle tecniche della conoscenza alle vicende umane, quando queste si attestano come un *Erlebnis* fondamentale e si muovono sulle armoniche del desiderio, rischiano di produrre effetti di riduzione e reificazione dell'umanità dell'uomo – facendone un mero oggetto d'uso, o un campo di sperimentazione arbitraria. L'egemonia indiscussa del sapere scientifico, che ha i suoi sacerdoti e le sue liturgie comunicative, è diventata ormai il grembo culturale nel quale viene concepito e dato alla luce ogni cucciolo d'uomo; succhiandogli via fin dalla culla quella tara ereditaria di umanità che cerchiamo di inculcargli, quasi di nascosto, come il liquido accogliente della sua gestazione alla vita. Se il sapere dell'umano ha perso da tempo la sua innocenza, quello scientifico sembra poter vivere ancora indisturbato nel beato candore della sua naturale evidenza; che, nel frattempo, si è corredata di una sacralità arcaica e sacrificale davanti alla quale ci dobbiamo tutti devotamente inchinare. Le voci che si levano contro l'impero tecno-scientifico e il dominio incontrastato dell'economico saranno anche genuine, e accomunano fronti che si sono scannati fra di loro solo fino a qualche decina d'anni fa; ma non sembrano ancora in grado di produrre la trama di un'efficace alleanza posta a presidio dell'umano che ci è comune. Si procede in ordine sparso, ognuno con la sua profezia; intanto la macchina invisibile e a-topica del finanziario distende il suo potere ovunque e divora velocemente quel residuo di umanità che ancora ci è rimasto tra le mani. In epoche come questa è bene chiamare a raccolta le forze migliori di cui disponiamo, dimenticando antichi rancori e recenti rivalse.

Questo è quanto cerca di fare questo libro, convocando insieme le tre traiettorie maggiori del *logos* separato consegnatoci in eredità dal moderno. Ho cercato di farlo nel massimo rispetto per ogni «autore» chiamato qui a mettere in gioco il meglio di ciò che ha così faticosamente elaborato in questa travagliata stagione. E questa è la seconda ipotesi messa alla prova in questo libro: creare uno spazio per restituire il *logos* europeo a una sua unitaria coerenza; senza affermare alcun primato di una delle parole separate in cui esso si è frammentato a partire dal giorno in cui l'Europa si è raccolta su di sé per divenire l'epicentro del mondo – chiedendogli, piuttosto, solo la disponibilità a collaborare a un itinerario di restituzione del *logos* alla qualità umanistica della sua attuazione anche nella congiuntura contemporanea. Non abbiamo eredità migliore che l'Europa possa lasciare alle generazioni che verranno; a noi, per il momento, non rimane che il compito di dissodare il terreno in modo tale che in esso, un giorno, possa nascere il germoglio di un nuovo umanesimo all'altezza di quello che ci diede i natali migliori della nostra cultura[15].

Il corpo della poesia

Con un'intenzione sintonica all'idea di fondo di questo lavoro si è mossa, nella sua fase finale sempre più concentrata sull'estetica, l'indagine filosofica di Luciano Anceschi; soprattutto per quanto riguarda l'individuazione di un adeguato approccio metodologico della filosofia alle forme della produzione artistica. L'originale assunzione del quadro fenomenologico, che contraddistingue la sua estetica, consente infatti di fare del metodo la chiave di volta della stessa formulazione della domanda ontologica. Del lavoro del filosofo bolognese vorrei mettere in risalto due aspetti: la specificità della poesia quale chiave di volta per disegnare una corretta architettura della ragione filosofica, da un lato, e la decisività dell'accesso fenomenologico alla poesia che consente non solo di coglierla correttamente nelle sue forme strutturanti, ma anche di indicare il suo apporto specifico alla domanda sull'essere e all'esercizio critico del pensiero, dall'altro[16]. Il primo aspetto rimane più latente, il secondo invece è indagato in maniera esplicita da Anceschi; è quindi da quest'ultimo che conviene prendere le mosse per poter, poi, percepire le potenzialità estetiche che scorrono nella sua indagine fenomenologica. Si tratta, infatti, di «coinvolgere tutta la problematica teorica fondamentale a un tipo di ricerca fenomenologica aperta alle sollecitazioni dell'esperienza del campo»[17]. L'applicazione del metodo comporta una ricaduta della vitalità esperienziale della regione presa in considerazione, ossia della poesia, sull'atto stesso del pensiero; che, in tal

[15] In direzione coerente con la proposta che qui presentiamo va il ponderoso e acuto saggio di K. Appel, *Cristianesimo come visione di un nuovo umanesimo. Considerazioni teologiche e storico-filosofiche a partire dalla Bibbia, Hegel e Musil*, in «Teologia», 2013, pp. 177-214.

[16] Cfr. L. Anceschi, *Che cosa è la poesia?*, a cura di F. Bollino, Bologna, Clueb, 1998.

[17] *Ibidem*, p. 27.

modo, viene determinato sia dalla cosa sulla quale si applica, sia dalla relazione che necessariamente intesse con essa. È solo all'interno di questo nesso che il pensiero critico può entrare in contatto reale con l'effettività della vita del mondo.

La centratura sull'estetico serve ad Anceschi per poter elaborare l'idea filosofica di una *ragione sensibile* al contemporaneo, facendo leva sull'asserto fenomenologico di una contemporaneità dell'essere alla sua manifestazione[18]. Se l'epoca di crisi attuale riguarda il moderno, allora essa coinvolge anche il profilo calcolante e anaffettivo della ragione che la modernità ha finito col partorire e lasciarci in eredità:

> Per noi la ragione non appare un conoscere che, determinandosi al di là dell'esperienza, impone all'esperienza stessa schemi fissi e astratti che la vincolano e la filtrano – ma appare invece come il sistema delle relazioni che integra la molteplicità degli schemi, che tien conto dell'esperienza, e critica tutte le sintesi chiuse e parziali nella proposta di un orizzonte di comprensione in cui esse trovino il loro significato relativo, e la loro organizzazione sistematica[19].

Si tratta quindi, in un passaggio che sarebbe stato apprezzato da Petrarca, di reintrodurre la sensibilità per l'effettività del vivere all'interno dell'attuazione fondamentale della ragione; per elaborare, così, le coordinate di una sua costitutiva *disponibilità patica* verso una manifestazione sensuale dell'essere. In tal modo, la pluralità del senso, che si accende con l'accadere stesso della ragione, non deve più essere considerata come dispersione del principio unificatore della verità, ma come implicazione coerente alla forma della sua manifestazione in quanto effettività. Così compresa, la ragione non è un dato assoluto, antecedente a ogni legame col plurale del senso sotteso all'evento dell'essere, ma la possibilità organizzativa che si accorda sulle armoniche sensibili del suo accadere effettuale; venendo chiamata così a operare in maniera creativa e pratica per individuare i nessi che legano le multiformi esperienze dell'essere evene-

[18] Cfr. *ibidem*, p. 40.
[19] *Ibidem*, p. 123.

menziale. In quest'ottica, la ragione sensibile all'effettuale si presenta come una tessitrice di legami (effettivi e affettivi) che danno calore all'accadere dell'essere, sottraendo il plurale della possibilità di senso, a esso sotteso, dalla dissipazione incontrollata di una semplice moltiplicazione numerica di quella possibilità. Perché proprio a questo mira Anceschi: il fatto che, nel suo esito, il principio autarchico della ragione (auto)regolativa non riesce più a governare l'effettività delle esperienze che l'essere accende con il suo accadere. L'insensibilità di questo modello della ragione moderna rispetto alla circolazione degli affetti nelle trame dei vissuti, che si dispongono al riconoscimento dell'evento dell'essere, rende di fatto estraneo il suo *logos* alla qualità esistenziale delle esperienze che si propone comunque di governare.

L'idea di Anceschi di una ragione sensibile, dove la parola poetica è colta nel suo esserne momento configurante, si presenta come il programma *in nuce* di una revisione radicale dell'ordine di separazione a cui è approdato il *logos* della modernità. La portata di un simile progetto appare gravida di conseguenze, proprio nel tentativo di articolare il nesso fra la ragione e la potenza affettiva del desiderio; infatti il distacco della ragione dalle dinamiche del desiderio ha prodotto esiti nefasti non solo per la dimensione affettiva dell'umano vivere, ma anche per la stessa razionalità del pensiero. Da un lato, le potenze del desiderio si sono ritrovate senza un *logos* riconosciuto che nominasse la possibile condivisione della sua passione, costringendolo a una sorta di combustione interna senza sbocco – se non quello della moltiplicazione indefinita della soddisfazione. D'altro lato, la razionalità moderna, con la sua anestetica affettiva, si è inebriata del sogno di una progressione lineare della conoscenza senza scarto alcuno; dove la saturazione del sapere precede, di fatto, il suo effettivo raggiungimento. Come il desiderio solitario, anche la ragione anaffettiva e il sapere predeterminato sono in radice melanconici – tutti deprivati della più piccola possibilità di essere sorpresi da una gioia che sfugge alle logiche del mero calcolo e di fremere davanti al suo non prevenibile apparire[20]. Per

[20] Cfr. *ibidem*, p. 154.

tessere la trama di una ricomposizione del *logos* dell'umano è necessaria, dunque, una revisione radicale dello statuto stesso della razionalità; ossia ricominciare a pensare la ragione come apertura radicale alla sorprendente affezione effettuale dell'essere che accade e si dà[21].

È a questo punto che Anceschi mette in gioco la *poiesis* estetica quale atto di generazione del procedere del pensiero[22], così che possa apparire la genesi pratica e patica della ragione sensibile – che ne rimane l'affezione permanente, quella oltre la quale essa non potrà mai portarsi (anche quando si attesta nella forma teorica del suo esercizio). La purezza della ragione non consiste, quindi, nella sua separatezza dal sensibile, ma nella capacità critica di considerare le strutture fondamentali della sua attuazione e la concettualità che caratterizza il suo *logos* come un qualcosa che accade[23]. Il merito della fenomenologia risiede nell'aver imparato a considerare la ragione come un fenomeno realistico, che si costituisce nell'atto stesso del suo farsi pratico: così che si trova invischiata in una «patibilità» che ne istituisce la sua originaria sensibilità per il darsi delle cose e del mondo. Tale sentimento del vivere rappresenta l'affezione della ragione mediante la quale l'evento dell'essere si trasforma da mera possibilità in effettualità. È nella ragione sensibile che si annuncia un'«affezionabilità» dell'essere, che accade come desiderio non auto-realizzabile di realismo evenemenziale. Il reale è sorprendente proprio perché coincide con questa manifestazione affezionabile dell'essere, che rimane in attesa di un ricevimento non saturabile del suo desiderio – e, quindi, non è riducibile a nessuna delle anticipazioni mediante le quali si fa intenzionalmente la stessa ragione sensibile[24]. L'idea fenomenologica di una ragione sensibile, che si fa nella

[21] Cfr. *ibidem*, p. 158.
[22] Cfr. *ibidem*, p. 97.
[23] Cfr. *ibidem*, p. 42.
[24] *Ibidem*, p. 77: «[Quella che proponiamo] è una sistematicità aperta, capace di cogliere la sorpresa e l'imprevedibilità del reale nell'apertura delle ipotesi, e capace di liberarsi da tutte le curvature che siano estranee a questa volontà teoretica di capire, di articolare un orizzonte di comprensione [...]».

pratica/patica genetica del suo esercizio, offre la possibilità di arrivare a pensare il *logos* come legame plurale multiforme[25], che raccoglie quell'accadere reale delle cose di cui è in attesa il desiderio stesso dell'essere: «Riteniamo [...] che la filosofia fenomenologica sia questo tessitore, inteso a seguire le varie e ricche disposizioni del pensiero nel disoccultare del passato la vita per cui questi pensieri furono nuovi e vivi e attivi, e nel seguire la mobilità della loro vita nel presente nella fertilità continua e molteplice delle possibilità reali»[26].

La formulazione del metodo, che presiede a questo riscatto fenomenologico della sensibilità della ragione nella luce di un affezionabile accadere dell'essere, è del tutto cristallina: «Il metodo nasce ogni volta diverso dalla relazione tra chi cerca e la cosa ricercata [...] Il ricercatore non è messo sulla strada che deve percorrere da uno schema prestabilito, anzi dal muoversi stesso delle cose su cui egli stesso operando agisce»[27]. È su questa base che possiamo riannodare il filo dei pensieri intorno al primo aspetto dell'approccio filosofico di Anceschi, ossia la specificità della poesia quale perno intorno a cui articolare un'adeguata architettura del pensiero filosofico. Questo perché l'artistico, ben più di quanto non abbiano saputo fare la ragione e la religione, ha dato ospitalità, all'interno del corpo della sua produzione, alla cesura del moderno: «Sembra proprio che possiamo dire che l'arte, che la poesia, nei loro modi, si sono rese conto fino in fondo della realtà di ciò che viene significato sotto le metafore del loro tramonto e della loro morte, e se ne siano fatte stimolo per una nuova, profonda, e diversa stagione, in cui stiamo vivendo»[28]. Il nesso istruito da Anceschi appare chiaro: solo l'assunzione, e l'elaborazione creativa, della sua crisi

[25] *Ibidem*, p. 168: «La *nuova fenomenologia critica* può anche essere intesa come una sorta di *relazionismo* (non relativismo): una "cosa" non si riduce al proprio ideale o alla sensazione immediata che ne abbiamo, ma è tutto il mobile ordine delle relazioni che la riguardano: un ordine sempre inquieto e instabile».

[26] *Ibidem*, p. 77.

[27] *Ibidem*, p. 106.

[28] *Ibidem*, p. 128.

ha permesso alla poesia di attestarsi in forme adeguate, secondo canoni nuovi, nel mutato contesto sociale e politico prodottosi con l'esaurimento della modernità europea. È per questa ragione che la poesia dispone di un *logos* capace di «una straordinaria vitalità, che dall'idea della propria morte trae i motivi continui di nuove ragioni e nuove forme»[29]; mettendo in campo una continua reinvenzione della propria scrittura, così da attestarsi, come legame, esattamente nel vuoto delle molte separazioni che affliggono il *logos* che abbiamo ricevuto dalla modernità. È soprattutto nella poesia che si può rinvenire oggi la scrittura e la vocalità di un *logos* che ha compiutamente realizzato la sua uscita dalle molte scomposizioni provocate dall'ordinamento della sua separazione. In quest'ottica, la fenomenologia, come filosofia dei nessi fondamentali dell'umano, e la poesia, come scrittura di un *logos* non più separato, assumono un rilievo culturale che non riguarda solo l'accademia dei saperi, ma anche le pratiche quotidiane dell'umana socialità del vivere.

Secondo Anceschi, infatti, la poesia nel XX secolo ha colto gli «spostamenti di significato e di usi»[30] provocati dalla proclamazione della sua fine; ossia, si è pensata a partire dalla sua inserzione realistica nei mutamenti radicali che si profilavano all'orizzonte della crisi della modernità europea. Di queste trasformazioni culturali, la poesia non è stata inerme spettatrice, ma le ha assunte facendole diventare sostanza della sua stessa scrittura. Senza rinunciare alla persuasione di rappresentare uno dei fondamentali dello spirito europeo, essa ha saputo farsi carico della «perdita di ovvietà»[31] di questa sua condizione acquisita; rompendo così l'incantesimo di essere un meccanismo scontato nell'edificazione dell'umana socialità, da un lato, e resistendo a essere rubricata quale semplice tecnica del linguaggio, dall'altro. Accettando l'instabilità della sua nuova condizione, la poesia del XX secolo è riuscita a mantenersi in presa diretta con il contemporaneo, traendo

[29] *Ibidem*, p. 30.
[30] *Ibidem*, p. 66.
[31] *Ibidem*, p. 73.

da questa incerta collocazione la materia stessa attraverso cui si fa la sua scrittura. Questa attenzione alle condizioni del farsi della poesia, che Anceschi vede realizzarsi a partire da Baudelaire come un corpo di poetiche all'interno della letteratura del XIX e XX secolo, rappresenta a suo avviso la ragione per cui essa è riuscita ad attraversare la fine della modernità traghettandosi in un'inedita stagione della parola e del linguaggio: «Nell'epoca che Hegel sentiva di inaugurare l'arte non è più "spontanea", si fa critica di se stessa, attenta come non mai al discorso di se stessa, conscia di una sua diversa realtà storica, nel mettere continuamente in discussione la propria tradizione»[32]. Nella poesia questa riflessività critica dell'estetico non si realizza solo a margine della produzione artistica (le poetiche, appunto), ma nello stesso «corpo vivo della poesia»[33]; anche se Anceschi sembra faticare su questo punto, concentrandosi prevalentemente sull'esterno della poesia – ossia intorno al discorso poetico su di essa[34]. Vi è, però, anche una ragione strategica che può spiegare questo suo precipuo interesse per le poetiche. Da un lato, le poetiche mostrano la condizione in situazione del fare poesia con il loro *logos* plastico, sensibile alle diverse determinazioni culturali e affezionato dalla congiuntura umana in cui si inscrive la poesia stessa.

Anceschi riconosce così l'impossibilità di includere la poesia contemporanea all'interno di un sistema univoco, perché le poetiche sono attraversate dalla consapevolezza che non esiste «un'idea di poesia valida per tutti i poeti»[35]. Si indica così la necessità di una lettura delle poesie che sappia cogliere il gioco di nessi e rimandi che le caratterizzano nel loro farsi; ossia cogliere il pensiero del poeta interno allo scriversi della poesia stessa[36]. Ne consegue una

[32] *Ibidem*, p. 83.
[33] *Ibidem*, p. 60.
[34] Cfr. *ibidem*, p. 91.
[35] *Ibidem*, p. 89.
[36] *Ibidem*, p. 167: «L'idea di poesia che ne esce non è né quella di un'entità metafisica o di un momento dello spirito, o altro (anche opposto) dogmatismo; è l'idea della poesia come si è venuta configurando nella sua processuale realtà».

fenomenologia della poesia che deve mettere in rilievo «tutte le relazioni»[37] in cui è implicata; in tal modo la «continua mobilità della poesia»[38] viene traghettata all'interno dello stesso gesto filosofico del pensiero. È dunque il concreto farsi della poesia che istruisce la teoria filosofica dell'estetico[39], così che «il rapporto costitutivo invenzione-opera-poeta lega tutto il discorso in una unità intenzionale»[40]. D'altro lato, Anceschi concepisce le poetiche anche come una parola che viene dalla poesia stessa, così che può fare perno su di esse per contestare legittimità e adeguatezza degli approcci reificanti di un discorso scientifico (filosofico, psico-analitico, linguistico) sulla poesia. Essi rischiano, infatti, di ridurla all'univocità ermeneutica ed epistemica del proprio statuto, senza che essa possa concorrere in alcun modo a determinarlo; finendo con l'assolutizzare il proprio accesso alla poesia come qualcosa che la esaurisce completamente. Gli universi di senso, e i reticoli di significazione, sempre aperti della poesia vengono così racchiusi in una «forma particolare di scienza» che tende a «risolvere in se stessa l'organismo di tutti gli aspetti di ciò che diciamo poesia»[41].

La fenomenologia di Anceschi non vuole essere presa dell'intenzionalità soggettiva sulla distinzione esteriore di un testo poetico, che rimarrebbe inerte davanti al suo accesso; ma apre lo spazio per un gioco incessante di interazioni, di apporti reciproci, all'interno dei quali la poesia mostra di essere in grado di contribuire a riscrivere lo statuto stesso della filosofia. Il *logos* generato da questa interiorità fenomenologica è relazionale e coinvolge l'intero campo della conoscenza, senza anestetizzare le dinamiche del desiderio in nome della più alta scientificità di un sapere privo di coinvolgimento e implicazioni. In particolare, il *logos* della poesia, con il suo carico di passione[42], si caratterizza per una plasticità

[37] *Ibidem*, p. 69.
[38] *Ibidem*, p. 121.
[39] Cfr. *ibidem*, p. 120.
[40] *Ibidem*, p. 125.
[41] *Ibidem*, p. 151.
[42] Cfr. *ibidem*, p. 88.

mobile e complessa che impedisce al pensiero di irrigidirsi in un sistema chiuso; mettendo così, ogni volta di nuovo, in crisi le strutture mediante le quali la filosofia si approccia e legge un testo poetico. Si tratta di una parola che non può essere stabilizzata e che, proprio per questo, trascina la sua inquietudine all'interno delle rigorose operazioni della ragione – scuotendola dal torpore che la cattura nelle acquisizioni raggiunte e nella sicurezza previa di poter comunque venire a capo dell'enigma del reale che accade. È questa inquietudine del *logos* instabile della poesia che fa la sensibilità della ragione per il carattere sorprendente della realtà; ossia per una manifestazione dell'essere che è desiderio di affezione, così che «il senso stesso dell'essere si fa, da apparentemente univoco, plurivoco»[43]. Il *logos* poetico è manifestazione di una condizione fondamentale dell'essere che sfugge a qualsiasi riduzione, chiedendo l'esercizio di una ragione in grado di apprezzarne tutta la sua multiforme ricchezza[44].

La poesia, però, non è né sensazione immediata di un essere che si costituisce sempre in situazione, né semplice travalicare dell'interiorità del poeta verso una parola anomica; ma *logos* che si forgia attraverso «l'abile e paziente condotta del desiderio»[45], dando corpo e sensualità all'essere in attesa di realtà mediante una scrittura ordinata e carica di passione. Ciò che la poesia può offrire è esattamente un *logos* le cui potenze affettive sono in grado di ritessere quel legame, smarrito da tempo, fra le forme rigorose del pensiero e le dinamiche del desiderio – legame intorno al quale si modella la possibilità di una ragione sensibile al reale e, quindi, corrispondente al desiderio di realtà dell'essere stesso. Un *logos* che non porta ad alcuna saturazione, perché intriso di un'enigmaticità irrisolvibile per la ragione (dato che la poesia fa del linguaggio la «sostanza e la materia»[46] del suo fare estetico in una continua metamorfosi delle stesse strutture linguistiche). È questa mobilità che sottrae il *logos* poetico

[43] *Ibidem*, p. 92.
[44] Cfr. *ibidem*, p. 48.
[45] *Ibidem*, p. 49.
[46] *Ibidem*, p. 122.

alla possibilità di essere risolto in un'analitica della ragione[47], così che essa viene liberata dalla tentazione di una saturazione mediante il rilancio continuo che la poesia mette in atto nel cuore stesso della razionalità. Quest'*impasse* della ragione mostra come la poesia sia portatrice di un'eccedenza che non sta oltre la sua scrittura, ma è la sonorità corporea che attraversa tutta la sua pagina; intorno alla quale si costruisce il legame fondamentale del *logos* liberato da ogni regime di separazione, che attende di essere sentito dalle potenze migliori della formatività spirituale dell'umano: «Sotto la parola scritta c'è sempre un margine non scritto, qualche cosa che non si è fatto testo scritto, la differenza tra la pagina scritta e la voce [...]»[48]. Questa differenza, che abita la scrittura poetica, è esattamente il risuonare in essa di un *logos* del legame che vi trascina tutto lo spessore di una vocalità dell'essere desiderante fatta di passioni e affezioni, destinate alla fragilità di una percezione sensibile che non le abbandoni al destino di essere lo scarto di una mera *quantité négligeable*. È dal corpo di questa scrittura poetica che si annuncia la possibilità della fine dell'ordinamento della separazione, in virtù delle potenze del desiderio di un *logos* sensibile che attende un pensiero, e un linguaggio, capaci di onorarlo a favore della bellezza e della riuscita di ogni umano vivere.

Postilla non scientifica

Questo libro è stato concepito, e in larga parte anche scritto nelle sue prime versioni, durante i miei soggiorni di docenza e ricerca a Milwaukee e New York. Senza l'ospitalità amica e cordiale di Flavia e Fulvio nel loro appartamento a Manhattan, e nella quiete della loro casa negli Hamptons, il progetto sarebbe rimasto un desiderio irrealizzato. Un ringraziamento va al Department of Italian at Columbia University, e al suo direttore di allora prof. Paolo Valesio,

[47] *Ibidem*, p. 164: «La realtà delle strutture estetiche è per noi più ricca dei modi in cui ci vengono proposte le strutture della realtà estetica».

[48] *Ibidem*, p. 103.

per l'invito a trascorre un semestre di ricerca come *visiting scholar* presso questa prestigiosa istituzione accademica. Oltre alla mia famiglia, in questi anni gli amici mi hanno dato molto affinché potessi dedicarmi tranquillamente all'insegnamento e alla ricerca; vorrei ricordare qui in particolare Giandomenico, Paolo e Dede, Stefano ed Elisabetta, Rita e Andrea, Massimo e Natascia, Flavia e Ivano, Daniela, Gianna, Tarcisio, Maurizio, Elisabeth e Gerhard. Alessandra, Michele e Giovanni rendono più luminosa e lieve la mia vita personale e accademica, che è a dir poco nomadica.

Un ringraziamento particolare va agli studenti della Columbia University che hanno preso parte al seminario che ho potuto tenere con il prof. Valesio, a quelli della Facoltà teologica dell'Università di Graz che hanno partecipato al seminario «Metamorphosen des Religiösen in Literatur und Cinema – Zwischen Transposition und Transformation», e agli studenti dell'Università di Flensburg che partecipano all'«Arbeitskreis Literatur und Theologie», ideato e diretto con il collega e amico Markus Pohlmeyer – che, con i loro interventi, suggestioni, domande e critiche, hanno contribuito molto più di quanto possano immaginare alla stesura di questo lavoro. Senza il generoso supporto della Provincia Tedesca della Congregazione dehoniana questo libro non sarebbe mai giunto alla stampa; per il convinto sostegno dato a questo progetto sono molto grato al Provinciale, p. Heiner Wilmer, e a p. Gerd Hemken.

Di mestiere faccio il teologo, sono arrivato a fare della letteratura e della poesia un ambito della mia ricerca grazie alla passione per le lettere e la scrittura che mia madre mi ha inculcato fin da bambino – non senza una qualche sofferenza da parte mia; ricordo che quando andavo alle elementari toglieva le (allora poche) pagine sportive del Corriere della Sera e me le dava solo dopo che avevo letto l'editoriale e l'articolo di fondo (che erano ancora dei pezzi di cultura scritta). Alla sua memoria è dedicato questo libro.

New York (Columbia University, Butler Library) -
Bologna (soffitta) - Flensburg (Cafe K)
maggio 2014

Capitolo primo

PARAGGI DELLA FINITUDINE: GIORGIO CAPRONI

L'opera poetica di Caproni[1] mi sembra in grado di offrire un ingresso particolarmente adeguato nell'intreccio, all'interno del linguaggio, fra poesia e cristianesimo europeo; soprattutto perché è in grado di introdurci alle singolari metamorfosi che caratterizzano il divino, e la sua relazione con l'uomo, nel corso della modernità. Già questa prima consapevolezza ci invita a non considerare la sua poetica come una semplice fotografia che si limita a registrare l'esistente; lasciando così intuire che la sua produzione poetica rappresenta una delle possibili trasformazioni del rapporto teologale, in positivo o in negativo, dopo il congedo dello spirito europeo dal suo vincolo con quel profilo cristiano che ne aveva caratterizzato gli albori. Su tutti questi temi Caproni ha lavorato alacremente in modo personalissimo: ossia come una questione che lo chiamava in causa in prima persona sul piano esistenziale; e che richiedeva l'elaborazione di un'inedita penetrazione in essa da parte del *logos* poetico.

La singolarità di Caproni risiede, a mio avviso, esattamente nel fatto che egli ha messo potentemente in risalto l'impossibilità culturale per l'Europa di accontentarsi di una semplice constatazione della fine del cristianesimo; nel momento stesso in cui ha fatto di questa fine uno dei perni maggiori della sua impresa poetica. La sua poesia, infatti, non è solo un confronto costante con la condizione che abbiamo ereditato dall'Europa moderna, ma mostra anche che questo terminare della fede teologale, e del Dio a cui essa si è riferita per secoli, rappresenta un travaglio davanti al quale né la poesia né la cultura possono tirarsi indietro. Sembrerebbe dunque che, proprio perché finito,

[1] Cfr. G. Caproni, *Tutte le poesie*, Milano, Garzanti, 2004[2] (d'ora in poi TP).

il cristianesimo si presenti sulla scena della vicenda umana come una questione che non può essere semplicemente dismessa come oramai superata; perché nessun fenomeno che ha impregnato e dato forma a un mondo svanisce senza gravide conseguenze per quello stesso mondo e la sua cultura.

Ma la poesia di Caproni non dice solo delle implicazioni di questa dissolvenza del cristianesimo e del suo Dio, non è solo la parola che arreda una consapevolezza raggiunta altrimenti; essa mostra piuttosto che il cristianesimo non può finire senza un ulteriore passaggio del *logos* europeo attraverso i territori abitati da questo suo venire meno e dalle sensazioni dell'animo che esso non cessa di generare proprio in quanto mancanza. Tutti gli indicatori della fine del cristianesimo lavorano su una comparazione legata a un preciso asse del tempo: quello che scorre fra passato e presente; e, su questa base, fanno poi delle diagnosi a riguardo di un possibile scenario a venire a livello di società diffusa, dal quale si inferiscono dei vaticini (perché più di questo non sono) in merito al posizionamento dei singoli rispetto al venire meno del cristianesimo come figura precostituita dell'insieme sociale e della sua trasformazione in opzione possibile[2] lasciata alla libera decisione della persona.

L'inquieto

Caproni tende a ribaltare l'asse temporale della sociologia, che ha sostanzialmente influenzato tutte le scienze umane davanti alla questione dell'avvenire del cristianesimo, in particolare, e della religione, in generale – erroneamente[3], come diviene sempre più chiaro in una contemporaneità post-secolare (J. Habermas) che assiste impotente alla nascita di una nuova religione (opzionale) dopo la religione (come predeterminazione socio-culturale), completamente

[2] Cfr. H. Joas, *Glaube als Option. Zukunftsmöglichkeiten des Christentums*, Freiburg-Basel-Wien, Herder, 2013².

[3] Cfr. F.-X. Kaufmann, *Kirche in der ambivalenten Moderne*, Freiburg-Basel-Wien, Herder, 2012.

metamorfizzata rispetto ai parametri abituali attraverso i quali eravamo soliti comprenderla[4]. La fine del cristianesimo, così sembrerebbe muoversi Caproni, si decide piuttosto nel rapporto presente-futuro; e non può essere considerata come un dato di fatto, un fenomeno di massa, ma deve essere assunta come questione che riguarda ogni singolo individuo, chiedendogli di decidere responsabilmente in prima persona rispetto a essa. Per questa ragione la poesia di Caproni rappresenta come l'asse portante dell'intera architettura di questo libro: essa esplicita subito, e senza reticenze, quella che è la posta in gioco, spingendo la questione della fine del cristianesimo, dell'esodo del suo Dio dai territori dell'umana convivenza, fino alle conseguenze più estreme. È questo il motivo per cui il capitolo dedicato a Caproni si differenzia dai due che lo seguono su Pasolini e Valesio.

Mentre con questi due autori mi muoverò a largo respiro, prendendo in considerazione uno spettro decisamente ampio delle sfaccettature tematiche della loro produzione poetica, per cercare di mostrare come la questione del divino nella stagione dei suoi esodi si leghi strettamente a quella del linguaggio e della poesia, con Caproni si rende invece necessario un approccio diverso, quasi un lavoro di cesello, per poter onorare adeguatamente il rilievo della sua opera rispetto al tema specifico della fine del cristianesimo nell'Europa oramai anche post-secolare (ogni trasmigrazione implica, infatti, una rottura che ridisegna il quadro fondamentale dell'esperienza umana). A questo breve avvertimento di forma è bene aggiungere un paio di rapidi cenni di carattere più metodologico. Soprattutto a riguardo di Caproni non sono interessato né a un lavoro di critica letteraria, né a un'indagine filologica delle sue poesie (aspetti questi che hanno invece guidato quantomeno la mia lettura di Pasolini e Valesio). Sono ben consapevole che questa mancanza possa rappresentare anche un impoverimento della presentazione dell'opera di Caproni, sotto il taglio specifico

[4] Cfr. M.C. Taylor, *After God*, Chicago, Chicago University Press, 2007; O. Roy, *La sainte ignorance. Le temps de la religion sans culture*, Paris, Seuil, 2012.

sopra abbozzato, che mi accingo a fare. Ma essa potrebbe anche ribaltarsi in una certa qual fecondità dell'approccio qui scelto. Senza rinunciare alla serietà della lettura e analisi dei suoi testi, all'individuazione della loro concatenazione semantica e genetica, il difetto di critica appena indicato può spingere verso una giusta percezione dell'*inquietudine urgente* che abita il corpo della sua produzione poetica; e che per Caproni ha un rilievo quantomeno uguale a quello che possono avere questioni specifiche di critica letteraria e storia della poesia.

Inquietudine che Caproni modula accordandola su registri diversi; talvolta apparentemente psicologici, con venature che vanno dall'onirico alla coazione a ripetere: fenomeni di evanescenza giocati tra pagina e lettera, che sembrerebbero evocare quella soglia sottilissima, quasi risucchiante, che scorre tra la presa della parola e il vortice opaco di immemorabili memorie che fuggono in avanti. Se anche di questa materia è fatto il gioco delle modulazioni di quell'inquietudine, non ritengo però che essa abbia per Caproni una valenza primariamente psichica e analitica. L'urgenza dell'inquietudine che emerge dalle sue pagine mi sembra trasportare con sé interrogazioni più fondamentali della semplice constatazione di una dimensione ingovernabile e sfuggente del «sé». In particolare quelle dell'esistenza e del vissuto, individuo e umano, come temi cardine di un *logos* poetico che non può più ricorrere alla cifra della trascendenza per giustificarli e renderne ragione, per non farli appassire nell'irreggimentazione di un sistema ambiente che succhia via le potenze migliori dell'umano fin dai primi giorni in cui abitiamo il mondo. Quella di Caproni è un'opera di curvatura del *logos* poetico, che si deve piegare sull'*humus* che l'umano è per legittimare l'impresa stessa di una scrittura in poesia. Nella sua decisione radicale per l'impossibilità di ogni *teo*logia, il movimento dello scrivere che fa la sua *poeto*logia[5] mostra tratti di un'omologia inattesa, incombente sulla poesia stessa, con la semiosi della

[5] Anche se Caproni usa un termine molto più preciso: «La mia patoteologia: / Dio è una malattia?» (TP, p. 751).

gestualità carnale del Dio cristiano. È solo nella coesione corporea che il *logos* cristiano può tematizzare la trascendenza come esposizione irrevocabile di Dio alla finitudine; dove tale ingresso definitivo del divino nel questo-qui di un corpo comunemente umano porta inevitabilmente con sé la perdita dell'integrità puramente spirituale dell'essere di Dio (che, non cessando di essere tale, si contamina con la materia della carne e si mostra capace di un'inimmaginabile metamorfosi che tocca l'essenza stessa del pensiero di Dio). Il *logos* divino del cristianesimo è fragile, distruttibile, evanescente, perché questo è l'unico modo che il suo essere da sempre conosce.

Ci muoviamo qui su armoniche che sono omologhe all'inquietudine della parola urgente tra-scritta da Caproni; con una distinzione su cui torneremo: l'univocità del movimento poetico che preclude al *corpus* della scrittura, e a quello del *logos* carnale di Dio, ogni magia della resurrezione[6]. Non ci sarà alcuna via per recuperare le parti in un intero, per riempire gli spazi bianchi delle pagine o le sospensioni dei puntini, per riformattare le geometrie della disposizione delle parole sulla carta del libro. L'inquietudine spinge verso una scrittura parcellizzata, senza una forma da cui sia possibile derivare l'origine dei frammenti; e senza una destinazione verso cui orientarli. Appunto, la *segnatura della finitudine*. La pagina di Caproni diventa il torchio estetico che mette alla prova la resistenza del *logos* (poetico e cristiano) nella verità della sua umanità. Nulla oltre di essa, nulla oltre la lettera della parola che rimanga dopo tutta la distruzione, può pretendere di avanzare qualsivoglia possibilità per l'aggettivazione divina di quel *logos* inscritto nella carne fino a fare corpo/testo unico con essa. Da un punto di vista letterario, quella che vorrei tentare è quindi più una lettura popolare che critica. Un approccio che, probabilmente, Caproni stesso avrebbe in un qualche modo apprezzato. Questo almeno per quella parte della sua opera poetica che

[6] Cfr. TP, pp. 637-638. Su questo tema si veda lo stupendo e provocante racconto breve di F. Uhlman, *Niente risurrezioni, per favore*, Milano, Guanda, 1986.

egli ha dedicato alla relazione umana a lui più cara nella sua vita – come possiamo leggere in un passaggio di una poesia dedicata alla madre dopo la sua morte:

> [...] E se non vuoi tradita
> la sua semplice gloria,
> sii fine e popolare,
> come fu lei – sii ardita
> e trepida, tutta storia
> gentile, senza ambizione [...] (TP, 204).

Lo stile di un'esistenza viene posto qui a canone dell'impresa poetica stessa: il suo *logos* è così fine che può penetrare nelle maglie del vivere, nei fatti che accadono, per metterne a nudo il nerbo nascosto; il suo acume può infilarsi anche nelle logiche nobiliari del pensiero (filosofico) e scombussolarne il rasoio logico, che avanza la pretesa di poter rendere ragione di tutto pretendendo di avere l'ultima parola sulle ragioni dell'umano esistere. La finezza della poesia si oppone sia alla pretesa del concetto costretto ad avvinghiare insieme, fagocitandoli, cosa e senso per potersi legittimare; sia all'invaghimento solipsistico di una ragione che pensa il suo dominio nella forma di uno splendido isolamento da ciò che sta fuori di essa, costringendolo così a essere per antonomasia anti-ragione, o di una ragione che predica cinicamente l'elementare risoluzione della vita nell'equazione bio-scientista in cui termina la matematica genetica dell'evidenza naturale. Altre sono le configurazioni dell'umano, in parola e poesia, immaginate da Caproni: «sii fine», per scombinare dall'interno tutte le grandi parole, le grandi figure, che abbiamo; e che, grazie a questo filo di lama del *logos* poetico, potrebbero diventare gestazione di parole in-audite o non ancora dette. La fine parola sta quindi tra l'attesa di quello che la poesia ancora non è (gestazione di un assente) e la lenta ruminazione di un particolare essere-così adesso che tutto vorrebbe pervadere. Il passaggio è decisivo; e non abbiamo altra immagine se non forse quella del grembo per poter cercare di dirlo almeno per un attimo.

In questa finezza del poetico si mostra anche il peso gravoso dell'accumulo della storia (tema che ritroveremo in Pasolini), che tende a imporsi come destino ineluttabile sottraendo al presente ogni reale possibilità di un diverso tempo a venire. È proprio qui che la parola inedita, ancora in gestazione, inizia la sua battaglia contro la genetica dell'eredità e il determinismo del dato di fatto, per aprire uno spazio linguistico in cui diventi veramente possibile decidere le forme del linguaggio intorno alle quali si formeranno i rapporti vitali dell'umano. Da un lato l'esercito degli archivi e dei laboratori del mondo, dall'altro il seme di quello che potrebbe essere un *logos* nuovo capace di onorare i fondamentali dell'umano che desidera rimanere tale anche nei giorni futuri. Non senza travaglio, la sensibilità del grembo linguistico ha ancora la possibilità di inventare una nuova piega in questa battaglia apparentemente già decisa in partenza. Archivi, biblioteche e laboratori, ciascuno a suo modo, immaginano un mondo senza gestazione, ricreato ogni volta di nuovo per essere fruito e consumato incessantemente[7]; e anche il linguaggio si fa qui sterile, in una sorta di regressione segnica che cerca un'immediatezza comunicativa senza più l'impegno di una parola data. Caproni invita a pensare, invece, l'impavido di un *logos* che potrebbe essere nuovo, capace di opporsi a questo logorio digitale del linguaggio, perché disponibile a riattraversare la finezza del grembo nel quale la sapienza del passato si destina da sé al futuro ancora ignoto:

> Non v'è soccorso nel mondo infinito
> di nomi e nomi che al corno di guerra
> non conservano un senso, ma riudito
> è umanamente ancora sulla terra
> commossa in altri petti quest'eguale

[7] TP, p. 271: «[...] Capii a quali danni / portassero gli immondi affanni. / E mi sentii morire, / credetemi, con un'irreligione / che, senza fare eccezione, / pone nell'arricchire / (e nel riuscire) il solo / scopo delle sue mire».

tenue ronzio di raggi e gomme – il lieve,
lieve trasporto di piume che sale
dal profondo dell'alba. E se il mio piede
melodico ormai tace, altro pedale
fugge sopra gli asfalti bianchi al bordo
d'altra erba millenaria – un altro mare
trema di antichi brividi sull'orlo
teso d'altre narici, in altro viso
scolorato cercando chi non fu
storia ancora conclusa, anzi un di più
nel tempo ancora intatto ed indiviso (TP, 137).

Mentre abbandona faticosamente il sicuro calore del grembo, questa parola sente tutto il peso della storia vissuto in maniera germinale al suo interno: il grande apparato tecnico-critico e l'immensa biblioteca letteraria. Non ancora pronto al futuro agognato, questo *logos* germinale dovrà comunque immergersi nelle acque che da sempre bagnano le sponde del linguaggio, venendo lambito da un'eredità da cui desidera staccarsi per disegnare la trama di un discorso diverso, volto al futuro incerto di quello che oggi chiamiamo ancora l'umano. La finezza del *logos* sta nella sua capacità di assorbire la sapienza ereditaria sentita nel grembo, ma anche nella forza di accondiscendere alle potenze del desiderio di lanciarsi oltre di essa[8].

Un *logos*, quindi, pronto alla disseminazione di ciò che lo ha generato; che in essa passa attraverso una metamorfosi rivitalizzante che porta a nuova nascita il generante stesso. Questo implica un lento e paziente itinerario di apprendimento, sensibilità per le cose del mondo e le loro trasformazioni, passione per le briciole di umano che ancora ci rimangono; ma solo così sarà possibile superare la coazione a ripetere e interdire ogni ordine della predeterminazione che, presente o futura che sia, è sempre previa rispetto a quello che verrà e quindi cerca di smorzarne la forza innovativa – non volendo, da ultimo, che il reduplicarsi di se stesso. È dentro questa condizione che la parola poetica, nella metamorfosi della tradizione che la genera, deve avere la potenza immaginativa

[8] Cfr. TP, p. 335.

di nuovi nomi, inscritti in essa al massimo nella forma incoativa di una flebile traccia possibile – per ridare così diritto di proprio-ità all'umano che sta svanendo. Ma vi è un altro tema che Caproni mette in campo intorno a questo nucleo problematico: si tratta della parola «popolare».

In primo luogo, veniamo messi qui in guardia dal non scambiare popolare con ingenuo – quella credulità, così diffusa nella stagione della fine della fede religiosa, che ci asservisce alle potenze invisibili del mercato finanziario e alle sue promesse di una salvezza-benessere che vale solo nella misura in cui può essere monetizzata. Mi sembra che in Caproni l'aggettivo popolare richiami una dimensione degli affetti che mira a un accordo sensibile, quasi musicale ma non invisibile, tra un certo modo di scrivere in poesia e il vissuto effettivo dei giorni. Quando questa consonanza si realizza, allora il testo (anche quando è greve e carico di opacità), la sua pagina, le sue disposizioni stilistiche e grafiche, entrano effettivamente nello spazio del poetico. Non credo che la poesia debba essere pensata come uno specchio o un riflesso immediato dell'esistenza nella sua effettività; ma rappresenta la possibilità di un'assonanza del *logos* che si (in)scrive come metamorfosi della vita concreta[9] – come possibilità di una sua trasformazione rispetto alla datità in cui appare e all'immediatezza con la quale viene percepita. Questa metamorfosi è l'inedito, l'irriconoscibile a ogni semplice comparazione tra ciò che era prima e quanto si dà adesso; proprio perché trasla quest'asse temporale sull'apertura al futuro.

La parola poetica rappresenta quindi la possibilità, niente più di questo, di decomporre, de-scrivere, il medesimo a cui passato e presente vorrebbero ancorarci, per dare corpo a un'eventuale ulteriorità che non può essere che l'abbozzo di un non ancora. È così che intendo il mio approccio popolare alla poesia di Caproni: entrare nei tempi di questa assonanza, concreta e metamorfizzata, tra il *logos* che si inscrive nella

[9] TP, p. 725: «[...] Dire / (in calmerìa o in fortunale) / l'indicibile usando / il mare come materiale... Il mare come costruzione... / Il mare come invenzione...». Cfr. TP, p. 775.

pagina (del libro, del linguaggio, della vita) come seme di un a-venire ricondotto oramai definitivamente alla durezza della terra e dei giorni. Seguendo il filo di questo spunto, dall'interno dell'opera poetica di Caproni si vorrebbe raccogliere quelle schegge di parola che rappresentano una sfida alla teologia, al pensiero cristiano di Dio, al suo modo di vedere e interpretare il mondo comune dell'umano che, magari ancora per poco, è di tutti noi[10]. In particolare vorrei tentare un affondo critico sul modo in cui Caproni sente e vive il legame fra umano e divino; dove la poesia non è un semplice mezzo per metterlo in parola (per esprimerlo, insomma), ma la possibilità stessa della sua fattibilità, oltre il concetto, e della sua vivibilità, oltre quanto il presente sembrerebbe imporre a tutti.

L'ombra di Hölderlin

Vorrei introdurre brevemente una distinzione che spero possa aiutare il lettore a inquadrare il mio ingresso nella poesia di Caproni. Per procedere in maniera adeguata si deve obbedire alla poetica del testo e alla sua *mens*. Un approccio non letterario alla poesia europea non rappresenta assolutamente un fatto insolito. Per il XX secolo basti pensare all'impresa (titanica) della lettura di Hölderlin da parte di Martin Heidegger[11] – solo per citare un caso che ha fatto scuola fino a oggi, anche per quanto riguarda l'ambiguità del progetto. L'opera di Heidegger intende cercare di recuperare un rapporto non

[10] TP, pp. 271-272: «Rimasi, come dire? / stranito. Come un usignolo. / Mi feci piccolo. Solo. / In disparte. E se arte / posso ancora ammirare / vostra, che con le carte / in regola a costruire / v'indaffarate un presente / che non guarda al domani, / io (vi giuro: le mani / mi tremano) non so più agire / e prego; prego non so bene dire / chi e per cosa; ma prego: / prego (e in ciò consiste / – unica! – la mia conquista) / non, come accomoda dire / al mondo, perché Dio esiste: / ma, come uso soffrire / io, perché Dio esista. / Questo faccio per voi, / per me, per tutti noi. / D'altro non mi chiedete. / Sono un semplice prete».

[11] Cfr. M. Heidegger, *Erläuterungen zu Hölderlins Dichtung*, Frankfurt a. M., Klostermann, 1981.

di maniera fra la sensibilità del *logos* poetico e la ragione di quello filosofico. Eppure, posta in questi termini, nonostante l'intenzione di coglierne il nesso, non ci rimangono che due possibilità: o il *logos* è distinto, e quindi si raddoppia proprio mettendo in relazione poesia e filosofia, così che altro è il *logos* filosofico e altro quello poetico; oppure il *logos* della poesia (di Hölderlin) è, almeno per certi suoi aspetti, ciò che dovrebbe essere quello della ragione – in questo secondo caso, la possibilità di ritessere il nesso e, quindi, di affermare l'unità di un *logos* soltanto avviene per assimilazione e scomparsa dell'uno nell'altro. Insomma, il registro heideggeriano non sembrerebbe riuscire a evitare, in un modo o nell'altro, l'apparire della violenza (distintiva o unitiva) per poter risolvere la questione in gioco – tema questo per lui decisivo dopo la cosiddetta *Kehre*. Non a caso ho richiamato qui la strana alleanza fra Heidegger e Hölderlin, perché questo patto stretto fra i due permette di introdurci a un aspetto centrale della poesia di Caproni – almeno secondo l'enfasi della sua illustrazione per mano di Giorgio Agamben[12]. Nella prefazione all'ultimo libro di Caproni *Res Amissa*, pubblicato postumo nel 1991, Agamben scrive che siamo oramai in grado di datare la nascita dell'a-teologia moderna; si tratterebbe del «giorno, all'alba del XIX secolo, in cui Hölderlin corregge gli ultimi due versi del poema *Dichterberuf*»[13].

È probabile che Hölderlin abbia concepito questo componimento nell'estate del 1800 e che vi lavori per circa un anno, fino alla sua pubblicazione nel 1802; di esso abbiamo due abbozzi manoscritti differenti e un'unica versione data alle stampe. Quello che qui interessa è il processo redazionale dell'ultima quartina, e in particolare dei suoi due versi conclusivi. In uno dei due manoscritti troviamo il seguente finale:

> Wohin sie gehen, die goldene Wolke folgt,
> Erheiternd, und befruchtend, beschirmend auch,

[12] Cfr. G. Agamben, *Disappropriata memoria*, in G. Caproni, *Res Amissa*, Milano, Garzanti, 1991, pp. 7-26.

[13] *Ibidem*, p. 11.

Und keiner Würden brauchts, und keiner
Waffen, so lange der Gott uns nah bleibt[14].

Poi Hölderlin cambia completamente le prime due righe e modifica in senso inverso le ultime due (e questa rimane la versione data alla stampe):

Furchtlos bleibt aber, so muß sein, der Mann
Einsam vor Gott, es schützet die Einfalt ihn,
Und keiner Waffen brauchts und keiner
Listen, so lange, bis Gottes Fehl hilft[15].

Il movimento di distanziamento di Hölderlin è progressivo: fino a che... Dio non manca; poi, fino a che... Dio ci è vicino; e infine, tanto a lungo... fino a che il suo mancare aiuta – presenza, spaziatura, mancanza (che probabilmente articola un registro differente dall'assenza intesa dall'a-privativo posto prima del lemma teologia). In questi slittamenti ne va della vocazione/chiamata del poeta e, quindi, anche del *logos* proprio della poesia: il tutto viene posto nella tensione di una contrapposizione (solo davanti a Dio... tanto a lungo fino a che il mancare di Dio aiuta), avvolta da un legame protettivo tra i due opposti: quello della semplicità dell'unità che non è annichilimento delle contrapposizioni, ma indice della sua originarietà.

La mancanza sembra qui disarmare il *logos* poetico, metterlo a nudo, deprivarlo di ogni possibile sotterfugio. Dio mancante è una condizione favorevole per questo *logos*, il cui esito rimane incerto; ma mette in risalto anche l'essere divenuto problematico di un troppo di presenza del divino. Il linguaggio sembra dunque reggere solo fino al punto in cui la mancanza di Dio lo aiuta e lo supporta; ma si può giungere a un punto di rottura, in cui la mancanza stessa si dilegua in un eccesso che coinvolgerebbe anche la portata

[14] J.Ch.F. Hölderlin, *Sämtliche Werke*, Frankfurt a. M., Deutscher Klassiker Verlag, 2005, p. 783. In una prima redazione, poi cancellata nel manoscritto, la poesia chiudeva con le seguenti parole: «[...] so lange der Gott nicht fehlet».

[15] *Ibidem*, p. 307.

della parola poetica stessa. D'altro lato neanche il ritorno al non-mancare di Dio sembra essere auspicabile per il divino stesso, oltre che per il *logos* poetico che può essere tale in quanto custodito dalla giusta misura della sua mancanza. In questo caso, secondo Hölderlin, il linguaggio riprenderebbe una posa aggressiva e si ritroverebbe costretto all'astuzia della menzogna. Ma cosa mentirà il *logos* poetico se un giorno Dio si riaffacciasse, se non mancasse più? E cosa succederebbe se la sua stessa favorevole mancanza non ci mancasse più, se ci fossimo così assuefatti a essa da averla semplicemente trasformata in una presenza a cui anteponiamo un segno negativo del tutto vuoto? Nel suo venire al mondo l'a-teologia moderna sembra porre questioni assai più complesse di quanto non appaia a prima vista oggi.

Lasciamo per un attimo da parte queste domande che ritroveremo, articolate su registri leggermente diversi, quando affronteremo la questione della specifica a-teologia di Caproni. Vorrei soffermarmi per un attimo sul modo in cui Heidegger si rapporta a questa nascita europea del Dio mancante sulla scena della modernità, da un lato, e su come egli la interpreta e la fa giocare nel suo impianto filosofico, dall'altro. In estrema sintesi si potrebbe dire che il gesto con cui Hölderlin revisiona più volte le ultime righe del *Dichterberuf*, con tutte le conseguenze che tale esercizio di ri-scrittura ha per la modernità e la contemporaneità, viene letto da Heidegger più come una conferma della sua comprensione della genealogia del pensiero e della cultura europea, che come un atto inaugurale della sua stessa filosofia. Heidegger aveva bisogno di uno svuotamento del divino, e non di una mancanza favorevole di esso *coram Deo* (è interessante notare che Agamben taccia di questo posizionamento della poet(e)ologia di Hölderlin), per risolvere l'*impasse* che dagli inizi fenomenologici[16] attraversa la stagione matura dell'impianto ermeneutico dell'ontologia[17],

[16] Cfr. M. Heidegger, *Phänomenologie des religiösen Lebens*, Frankfurt a. M., Klostermann, 2011².

[17] Cfr. M. Heidegger, *Sein und Zeit*, Frankfurt a. M., Klostermann, 1977.

arrivando fino ai frutti più maturi della stagione della svolta[18]. Secondo l'ordine del pensiero, nonostante la messa in campo di una decostruzione della filosofia occidentale che dai greci va fino a Hegel e Nietzsche, Heidegger non era riuscito a eliminare l'orizzonte del nome di Dio dal suo stesso pensare. Per poter giungere a un'elisione ultima non era sufficiente l'intelligibilità del *logos* razionale, ma vi era bisogno anche della sensibilità di un *logos* poetico – che, semplicemente riscrivendo quattro righe di un lungo poema, riesce in quello che il primo ha mancato per secoli (prima e dopo di esso).

Ora rimane la domanda se l'elisione del nome divino cercata da Heidegger abbia una qualche corrispondenza con la mancanza favorevole di Dio nel *Dichterberuf* di Hölderlin. Ho già accennato al fatto che in Hölderlin la mancanza di Dio aiuta quando il *logos* poetico si pone, comunque, davanti a Dio e lo dice (anche nell'essere davanti a un non esserci): la poesia è l'evento di una modificazione del Dio, che non è più ma av-viene al linguaggio. Questa è probabilmente la distanza più grande fra il poeta dell'idealismo tedesco e il predicatore dell'essere del XX secolo. Ma vi è un altro aspetto che vorrei sottolineare. Ciò che in Hölderlin è una mancanza estesa, un lasso di tempo aperto al futuro senza riempimento, se non la parola poetica davanti a Dio nel suo mancare, in Heidegger si satura quasi immediatamente: l'istante fugace per istruire una rapida sostituzione del divino – dal nome del Dio cristiano al *kommenden Gott*, l'eco dei cui passi già annuncia il loro arrivo salvifico (qui è il futuro che temporalizza il presente, che è altra cosa dall'essere un'apertura incolmabile verso il tempo che viene). A differenza di Hölderlin, che avvista il modo inedito in cui solamente si rende ancora possibile un *logos* sotto l'auspicio del Dio mancante, Heidegger cambia solamente l'oggetto teologico. Detta altrimenti, la filosofia non sembra potere ciò che la poesia può quando ne va di Dio (presente, a distanza, o mancante, poco importa). È probabile che la

[18] Cfr. M. Heidegger, *Beiträge zur Philosophie (Vom Ereignis)*, Frankfurt a. M., Klostermann, 2003[3].

poet(e)ologia di Hölderlin possa essere ancora più radicale, e teologicamente intrigante, di quanto non sia l'a-teologia che Agamben gli ascrive. Già questo dovrebbe destare l'interesse del teologo, che non dovrebbe frequentare il poetico solo per diletto dell'animo o per sopperire a un linguaggio oramai in carenza di presa sull'effettività della vita. In fin dei conti, in Heidegger la mancanza rischia di essere fittizia, una sorta di gioco del pensiero per cambiare nome e denominatore del divino; Hölderlin invece avanza un primo passo verso una sua modalizzazione, dove il mancare di Dio aiuta il *logos* a stare davanti a lui. La tenuta del posizionamento di Hölderlin è incomparabile con il semplice ribaltamento della neo-teologia di Heidegger: il mancare di Dio del primo traghetta un *logos* all'altezza delle migliori imprese del pensiero (europeo) del divino; la domanda è se esso ne sia oggi ancora capace.

Credo sia possibile individuare una qualche correlazione tra il riempimento immediato del vuoto a-teologico in Heidegger, ossia il suo annuncio profetico della venuta di una nuova divinità plurale, con la mancanza di profilo etico che può essere riscontrata nella sua opera[19]. In ogni caso, le cose stanno ben diversamente nella poesia di Caproni: l'onestà intellettuale con cui sosta nel tempo mancante del divino, fino agli estremi dell'opera ultima, si intreccia con un profilo etico e un impegno civile del linguaggio che dà forma a una dignità poetica dell'umano, in quanto finitudine, di trasparente rilievo. Se il pensiero critico (sia esso letterario, filosofico, teologico) vuole confrontarsi rispettosamente con l'opera artistica della poesia, allora dovrebbe imparare a guardare a essa come a un luogo che può dare *logos* ai fondamentali del vivere; ed è in grado di far sorgere da esso cose nuove all'interno del linguaggio e della cultura[20]. In questo senso, il poetico rappresenta un'istanza di crisi del pensiero e non la sua mera e opaca

[19] Cfr. M.M. Olivetti, *Analogia del soggetto*, Bari-Roma, Laterza, 1992, pp. 121-123.

[20] TP, p. 934: «Sfondare la parete nera. / Rompere in alba la sera. / È il sogno del morituro? / Il voto del nascituro?».

corrispondenza – ha un potere che il concetto non possiede, ed è la sede di una traccia generativa di cui la ragione non è capace (nel momento stesso in cui poesia e pensiero sono attraversate dalle medesime questioni e vivono nello stesso tempo). Davanti alla poesia lo scacco della ragione rimane tutto interno a essa[21] – senza che con questo la si debba dismettere come impedimento di un *logos* che fa senso e sappia stare all'altezza del nome di Dio (che poi egli esista o non esista, è irrilevante per la questione in gioco).

Iconoclasmo programmatico

Mi sembra che la forte piegatura iconoclasta della poesia di Caproni rappresenti una delle sfide più pungenti e interessanti che egli pone al pensiero teologico e alla pratica della religione:

> Dio non è giusto
> dicono alcuni.
> Può darsi.
> Certamente, se c'è,
> non è in tutto e per tutto
> un Dio di loro gusto (TP, 898).

Confrontarsi con l'opera del poeta ligure significa essere continuamente pronti ad abbandonare la propria immagine di Dio; non si tratta solo di riformulare senza sosta le coordinate dello stesso pensiero di Dio, ma anche di rimettere in discussione la sensazione personale della sua esistenza o non esistenza. L'eventualità, nulla più di questo, della sua possibile (in)esistenza scompagina non solo la posizione credente, ma anche quella opposta ateo-secolare; aprendo un movimento di scarto fra il possibile teologico e la concreta disposizione dell'uomo verso di esso – scarto che né la fede né l'ateismo possono risolvere: «Se Dio c'è o non c'è è questione secondaria. Il difficile è stabilire, ammessane

[21] Cfr. TP, p. 195.

l'esistenza, il suo rapporto con l'uomo» (TP, 821). Viene così rimessa in discussione anche l'impresa (teologica) moderna della teodicea che, agli occhi di Caproni, è più una questione del gusto umano (cioè della nostra immagine di come Dio dovrebbe essere), che quella dell'esistenza e degli attributi predicabili del divino. La vita concreta e l'interazione con il reale sono lo spazio/tempo in cui il nome di Dio è sempre messo alla prova, rischiando di essere ridotto all'immaginario che ci siamo fatti di lui. In questi ambiti esistenziali Dio può essere una parola vuota (un mero sostantivo) o un'esperienza effettiva (un nome proprio); ma in entrambi i casi bisogna fare attenzione a non sovrapporre la nostra raffigurazione di lui (esistente o non esistente) all'eventualità del suo modo di essere (esistente o inesistente).

Inoltre bisogna essere sempre pronti ad accettare il fatto che ciò che è dato, o ciò che verrà, potrebbe rompere la nostra visione, sensazione ed esperienza del divino – sia questa la posizione della fede o quella di una laica professione di non credenza. Il dato del presente e il veniente del futuro possono rilanciare ogni volta di nuovo un sentiero senza fine dell'immaginazione di Dio all'interno della concretezza e fragilità della vita vissuta. Questo immaginario del divino, secondo Caproni, deve essere sostanzialmente instabile; ossia non deve catturare l'eventualità della sua esistenza o non esistenza in un'immagine fissa e inalterabile. Anzi, l'immagine di Dio viene continuamente distrutta dal fatto stesso che Dio si pone come mera eventualità, come quel terzo fra realtà e necessità che è il suo essere possibile. A questi tratti iconoclastici della poesia di Caproni si affianca anche una sfida di carattere gnoseologico.

La conoscenza di Dio rimane insensata fino a che essa non sia anche, allo stesso tempo, un riconoscimento del Dio possibile come esperienza della vita vissuta. Ma, a questo punto, la conoscenza stessa di Dio (in quanto esistente o non esistente) si trova deprivata di ogni possibile parola ultima sul conosciuto; perché la forza dell'iconoclasmo deve penetrare e toccare anche i nuclei più profondi della conoscenza umana. Caproni è perfettamente consapevole del fatto che la poesia stessa deve passare attraverso il crogiuolo di questo iconoclasmo epistemico; che non rappresenta uno scetticismo cinico, ma si pone come corrispondente adeguato per non catturare l'eventuale possibilità di Dio (esistente o meno) in un meccanismo statico della ragione umana.

È per questo motivo che la peculiare affermazione di Caproni della non esistenza di Dio non è data una volta per tutte, ma deve essere reiterata sempre di nuovo come il modo in cui viene rotta senza posa la formalizzazione previa della non esistenza di Dio. Questo ritorno costante a quell'affermazione non deve essere inteso come un rafforzativo che ripete l'identico; ma, paradossalmente, come l'indebolimento di ogni precedente asserzione di non esistenza che rende possibile il diritto esistenziale della nuova confessione sulla non esistenza di Dio – aprendo quest'ultima alla prova di ciò che potrebbe venire dal tempo che ancora non c'è. Troviamo qui una conferma del fatto che l'asse temporale che sta al centro della poesia di Caproni è quello che si gioca fra presente e futuro; proprio perché ciò che è ancora a-venire impedisce una cristallizzazione definitiva di ciò che è stato e mantiene in posizione di radicale apertura ciò che è adesso. Non ho conoscenze sufficienti per ciò che riguarda la storia redazionale dei manoscritti di Caproni, e quindi non sono in grado di dire se in lui sia avvenuto un qualche passaggio poetico comparabile alla revisione che Hölderlin fece del *Dichterberuf* tra i manoscritti e il testo dato alle stampe.

Si tratta comunque di una questione estremamente complessa anche per i filologi delle redazioni dei suoi manoscritti, perché Caproni lavorava in continuazione sui testi delle sue poesie prima che questi fossero inviati all'editore per la pubblicazione. In ogni caso, non credo che in Caproni si possa trovare un simile passaggio verso l'a-teologia (provenendo da dove poi?). Sembrerebbe che l'a-teologia non abbia alcuna data di nascita nella sua opera poetica; se ne può infatti percepire la presenza già nella fase iniziale della sua vita artistica – muovendo poi verso quell'incremento, che è anche un approfondimento stilistico ed esistenziale del tema, che caratterizza le opere più tarde della sua produzione. Fino a giungere all'ultimo periodo, quando tale questione sembra essere praticamente coestensiva all'intero della sua poesia.

Come dicevo, l'a-teologia poetica di Caproni non sembra avere una data di nascita, come se essa fosse stata già sempre lì, presente nella sua mente e nella sua scrittura. Un indizio di questo immemorabile della sua a-teologia può essere trovato in un componimento scritto tra il 1946 e il 1947:

> [...] O fu una fede
> anch'essa – anche il suo nome fu incertezza
> e appoggio fatuo alla mia spalla, erede
> dell'inganno più antico [...] (TP, 134).

La dinamica dell'iconoclasmo sopra descritta s'intreccia qui con l'albeggiare *in nuce* di ciò che sarà poi compiutamente un'a-teologia poetica. Tanto che viene da chiedersi se non sia proprio questa necessaria distruzione di ogni immagine, quando in circolo ci sono il nome di Dio e la relazione umana con lui, a essere il nucleo generativo dell'a-teologia stessa. Se sta questa ipotesi, allora la continua reiterazione della non esistenza di Dio non può essere compresa unicamente in chiave di coerenza epistemica; ma rappresenta il flusso di un elemento strutturale della sua stessa poesia. L'asserzione poetica della non esistenza di Dio è per Caproni un'affermazione limite, oltre la quale non è possibile rappresentare null'altro. In questo senso essa pone anche un limite: il limite estremo delle possibilità del linguaggio; e, proprio perché è questo limite, essa rappresenta il movimento generativo dello stesso linguaggio poetico, chiamato a gettarsi sempre oltre la condensazione linguistica di questo limitare che sono le varie modulazioni poetiche della non esistenza di Dio.

Un movimento che non coinvolge solo il linguaggio in senso stretto, ma più ampiamente anche il pensiero e la cultura dell'Europa del XX secolo, che devono sempre di nuovo entrare in contatto con il limitare inscritto in quest'affermazione limite. Se così stanno le cose, allora la secolarizzazione, con il suo estremo della scomparsa di Dio dalla scena della coesistenza umana, non può essere mai considerata come una condizione previa e predeterminante, non solo dell'insieme sociale ma anche del posizionamento del singolo davanti alla questione del divino.

Vivere e agire *etsi Deus non daretur* non vuol dire essersi lasciati definitivamente alle spalle il divino, come cosa oramai superata e superflua per la configurazione dell'umano e della socialità; quanto piuttosto ritrovarsi, nella consapevolezza di una stagione in cui Dio è mancante, esattamente davanti al divino come possibilità dell'attuazione del linguaggio (pensiero e cultura). È qui che emerge l'affinità di Caproni con la svolta della revisione del *Dichterberuf* di Hölderlin; ma questa vicinanza si illumina in tutta la sua coerenza solo se non si guarda unicamente alle ultime due righe del poema di Hölderlin – al contrario, è tutta l'ultima strofa del componimento che deve essere presa in considerazione, quindi anche la modifica apportata alle prime due righe. Si potrebbe dire che Caproni, come Hölderlin, pone il motto del moderno *etsi Deus non daretur* come realmente possibile solo se si sta in una posizione che rimane *coram Deo* esattamente nel tempo del suo (favorevole) mancare[22]:

> Mio Dio, anche se non esisti,
> perché non ci assisti? (TP, 954).

Resistere ai tempi

L'opera di Caproni deve essere quindi considerata come una poetica di resistenza davanti alla modernità e al postmoderno. È una resistenza alla modernità perché il congedo di Dio, che essa immagina di aver raggiunto come frutto della propria intenzione, non viene visto da Caproni come un conseguimento della libertà umana, da un lato; e perché questo congedo non comporta necessariamente l'irrilevanza del nome di Dio per il linguaggio, il pensiero e la cultura, dall'altro – rimanendo il limite a cui queste dimensioni dell'umano devono essere continuamente riportate per avere una reale possibilità di futuro:

[22] Cfr. TP, pp. 826-828.

Non è stato scacciato
da nessuno [...]
Ha lasciato
che tutti i carrozzoni,
all'altro lato del ponte,
sparissero, uno alla volta.
Poi, anche lui s'è eclissato
a passo a passo [...]
(Da allora non ha più dato
notizia di sé.
Dissipato
la mente incenerita come,
giù a basso, il torrente
nella trita ombra del niente) (TP, 695-696).

Il congedo da Dio è un Dio che prende congedo da se stesso, come se la sensazione che l'umano ha di lui fosse un aspetto che costituisse il suo stesso essere presso di sé. Prima di lui sono passate le molte impalcature su cui si era appoggiato il senso della sua presenza; e il loro venire meno ha lasciato come senza appiglio la posizione del suo permanere. Lungamente preparata (da Dio stesso?) la sua non è una scomparsa improvvisa, ma una lenta evanescenza – come se in essa volesse darci notizia del trasformarsi del suo intimo modo di essere; come se questa lentezza fosse un appello lanciato per trattenere, in un qualche modo, il suo passare oltre:

«Be'?» mi fece.
Aveva paura. Rideva.
D'un tratto, il vento si alzò.
L'albero, tutto intero, tremò.
Schiacciai il grilletto. Crollò.
Lo vidi, la faccia spaccata
sui coltelli: gli scisti.
Ah, mio dio. *Mio Dio.*
Perché non esisti? (TP, 331).

È anche in ragione di questo auto-eclissarsi di Dio che si è aperto uno spazio più ampio per la libertà dell'uomo; o meglio, che quella libertà è potuta apparire in tutta la sua abissalità. In questo passaggio della poesia di Caproni sembra che un senso di fatale passività scorra su entrambi i lati del ponte: è così che doveva essere, non senza un qualche reciproco rimpianto. Ma quando Dio si è dileguato? Dopo una lunga attesa, dopo il tempo in cui tutto e tutti passassero altrove; così il Dio che prende congedo, lo prende solo quando non c'è più nessuno con/per cui restare: al ridislocamento dell'umano corrisponde il Dio che non resta più dove era – così che il Dio mancante è un Dio migrato in un dove che non sembra più essere il luogo in cui scorrono i giorni dell'umano. Sembrerebbe dunque che Dio abbia mancato il suo esodo rispetto alle transumanze degli esseri umani che abitano il mondo. Da quel giorno la città degli uomini viene abitata da due solitudini e mancanze – magari emancipata una[23], e un po' rancorosa l'altra, ma pur sempre solitudini rimangono.

Quello che resta di un antico e reale legame sono soltanto i ruderi degli artefatti che la nostra civiltà occidentale si era costruita per governare i movimenti fra le due sponde del fiume; anch'essi divenuti oramai inutili dopo il congedo senza notizia di Dio. Per questo, oggi, non riusciamo più a orientarci nell'orizzonte dell'albeggiare di una religione del tutto inedita per gli scenari dell'Occidente europeo. Constatato il suo commiato, e istituita la sua mancanza come principio che regola la coesistenza dell'umano vivere, rimane la stranezza che continuiamo a usare gli artefatti di un'antica e passata presenza per pensare e gestire tutto ciò che sembrerebbe avere a che fare con il divino: *etsi Deus non daretur* continuiamo però a immaginare il divino e la trascendenza come se fosse tra noi, solo che nessuno più si pone, all'interno di questo spazio pubblico del linguaggio, *coram Deo* (né i rappresentanti dell'irreligione contemporanea, né i paladini della fede nonostante tutto). Proprio qui sta il pungiglione della poesia di Caproni: rimanere davanti a Dio proprio nel tempo della sua constatata mancanza:

[23] TP, p. 421: «[...] Faremo / ci siamo detti, senza / di lui. / Saremo, / magari, anche più forti / e liberi. / Come i morti».

Dio di bontà infinita.
Noi preghiamo, per te.
Preghiamo perché ti sia lunga
e serena la vita.
Ma anche tu, se puoi,
prega, qualche volta, per noi.
E rimettici i nostri debiti
come noi rimettiamo i tuoi (TP, 897).

I rappresentanti della religione, che almeno formalmente si oppongono al sentore del Dio mancante, sono oggi aggrappati agli istituti giuridici di quegli antichi artefatti per spremerne gli ultimi residuali vantaggi. Il richiamo alla valenza pubblica della religione, che caratterizza questo posizionamento nella socialità contemporanea, nulla dice in merito alla questione del divino nel nostro tempo; né tematizza, per sua parte, la questione del modo di essere di Dio come il suo favorevole mancare. D'altro lato, il cosiddetto mondo laico non sembra essere in grado di gestire né la residuale non scomparsa del religioso tradizionale, né tantomeno l'inedito fenomeno di una religione che si è trasformata radicalmente proprio dietro il velo della secolarizzazione; e anche i suoi rappresentanti si aggrappano ai relitti di quelle antiche figure per cercare di mettere un po' di ordine nella matassa dell'inedito di una religione che viene dopo la religione. Entrambi i versanti di questo contendere, che sulla scia di Caproni potremmo dire non avere più alcuna ragion d'essere, mostrano una sostanziale ingenuità rispetto a quanto sta di fatto accadendo; perché quegli artefatti giuridici, costituzionali e politici funzionavano, a buon pro della convivenza civile, solo sulla base di una presenza (quantomeno presunta) di Dio nelle trame dell'umana socialità. Oggi essi governano al più le relazioni fra le istituzioni della rappresentanza (religiosa e civile) che quella passata stagione ci ha lasciato; ma queste ultime sono esse stesse oramai superate dalla metamorfosi della religione che si è prodotta fra quella stagione che fu e il contemporaneo.

Nel tempo del Dio mancante le rappresentanze della fede religiosa e della laicità sembrano essere dunque sprovvedute, perché esse non si accorgono che in ogni fenomeno di «ritorno», come ha sottolineato Jean-Luc Nancy, si attesta sempre qualcosa di inedito, di sconosciuto, di incomparabile, rispetto a quanto dato in precedenza – che aveva al massimo una qualche vaga somiglianza con la novità del fenomeno attuale. Non si riacquista mai veramente ciò che si è perduto, perché le stigmate della mancanza s'incidono in quello che pensiamo essere un semplice ritrovamento[24]. Il problema che si deve oggi affrontare è il fatto che si continua a stare davanti a Dio anche nella sua evanescenza sia dall'orizzonte condiviso della socialità umana, sia da quello singolare dell'individuo.

Ma la condizione attuale non chiede solo nuove configurazioni dello spazio pubblico rispetto al fenomeno della religione; anche la fede religiosa è chiamata a ripensarsi a fondo in un tempo in cui il Dio mancante non segna più lo spartiacque fra il credente e il non credente, fra il cittadino religioso e quello laico, marcando piuttosto un'atmosfera in cui tutti siamo immersi e con la quale ciascuno, singolarmente, deve confrontarsi. D'altro lato, la poesia di Caproni offre resistenza anche alla vaga galassia del post-moderno, perché la forma specifica che il congedo di Dio prende nella sua opera non porta né a un nichilismo rassegnato, né a un relativismo qualunquista e indifferente, né tantomeno a una teologia negativa. Porta invece continuamente, e senza posa, davanti al tema dell'eventualità di Dio come mancante e non esistente.

Mi sembra che qui sia all'opera una forza del *logos* più coriacea sia dell'indifferenza in cui ci immerge l'omologazione commerciale del desiderio, sia dell'impegno della decostruzione filosofica a immaginare una spaziatura depotenziata per un divino uscito definitivamente dalla violenza ontologica della presenza. La poesia di Caproni non è un inno al cinismo, nichilista o metafisico che sia; ma esattamente l'opposto: il peso del legame umano, la responsabilità etica e l'impegno civile stanno, infatti, alla

[24] TP, p. 815: «S'illuse, recuperato / l'oggetto accuratamente perso, / d'aver fatto un acquisto. / [...] (Lui, / ignaro che ogni ritrovamento / – sempre – è una perdita)».

base della sua speranza a-teologica[25]. Né tantomeno si può dire che l'opera di Caproni sia il *pendant* poetico della decostruzione post-moderna; perché Caproni non mira a una critica dell'eredità metafisica della pura presenza, né vede in essa la necessità di un'inevitabile violenza, ma indica la possibilità di uno stare faccia a faccia con il divino proprio nel modo del suo assentarsi – e, quindi, interroga la teologia sulla possibilità di un pensiero di Dio, e di una relazione con lui, che non rientri nel canone classico della sua esistenza. Non è solo la struttura metafisica classica della prova ontologica a essere messa in discussione, ma anche la simbiosi moderna del fondamento indisponibile presente nell'attuazione dell'auto-coscienza del soggetto[26]; e, insieme a essa, il modello di un'ineffabilità insondabile che riduce ogni possibile *logos* a un silenzio sconfinato:

> Non c'è il Tutto.
> Non c'è il Nulla. C'è
> soltanto il non c'è (TP, 900).

Credo sia difficile racchiudere questo breve poema solo nella chiave dell'assenza, perché il registro più adatto mi sembra essere quello di una *presenza di mancanza*; quasi che il mancare fosse la soglia indefinitamente aperta fra il possibile, il reale e il necessario, nella quale essi si sfiorano e lasciano toccare le loro contrapposizioni senza origine l'una con l'altra. Qui, probabilmente, sta la distanza più grande fra l'impianto poetico di Caproni e l'orizzonte filosofico della poesia di Hölderlin. In ogni caso, questa presenza di mancanza, questo mancamento degli opposti che collidono fra di loro, rappresenta a mio avviso il corrispondente più intrigante dell'iconoclasmo programmatico presente nell'opera di Caproni; perché chiede agli asserti teologici e filosofici una riformulazione della loro stessa ontologia di fondo. L'autore, però, non prende solo le distanze dall'impianto

[25] Cfr. TP, pp. 124-125.

[26] TP, p. 360: «[...] *Perché* / (risposta di Tito Quinto / Flaminio a Filippo) / *solo ti sei ridotto* / *da te medesimo*».

classico del pensiero metafisico di Dio e dell'essere, dando forma a quella che potrebbe essere definita una metafisica poetica del ribaltamento; ma mostra anche una certa qual esteriorità al modo di pensare moderno e post-moderno. Piuttosto che cercare di denominare il contenuto del suo posizionamento, che altro non sarebbe se non etichettarlo secondo categorie che non sono proprie alla sua opera civile di poeta, penso ci si debba limitare a registrare questo suo essere a parte rispetto all'atmosfera diffusa della stagione in cui vive. Infatti, Caproni mira intenzionalmente a una poetica che sia una difesa appassionata del tempo, e non delle sue mode o abitudini; che sappia fare resistenza contro l'ammiccamento conveniente di un'adeguazione allo spirito dei tempi correnti:

> [...] Essere in disarmonia
> con l'epoca (andare
> contro i tempi a favore
> del tempo) è una nostra mania.
> Crediamo nell'anacronismo.
> Nel fulmine. Non nell'avvenirismo (TP, 851).

Mario Luzi ha formulato in maniera pregnante il tratto maggiore di questo anacronismo quasi programmatico (ideologico, nell'accezione più alta del termine) che caratterizza la poetica di Caproni:

> In Caproni c'è una specie di postumità che io ho sentito subito, questo me lo ha reso molto apprezzabile e anche attraente ma allo stesso tempo mi faceva un po' sentire dall'altra parte della barricata [...] A cominciare dal *Viaggiatore cerimonioso*, ma specialmente dall'altro libro *Il muro della terra*, ho cominciato a sentirlo come poeta postumo, come poeta ispirato da postumità insomma[27].

Una poesia, quindi, nata dopo una morte, una fine, che si deve caricare di tutto questo peso per elaborare l'inter-

[27] M. Luzi e G. Caproni, *Carissimo Giorgio. Carissimo Mario. Lettere 1942-1989*, Milano, Scheiwiller, 2004, p. 14.

ruzione che l'ha generata portando in sé l'intero travaglio della cesura da cui essa proviene:

> Ma memorando è il tuono
> del treno scoccato all'Umbria
> all'improvviso – il frastuono
> spento di colpo a Foligno
> dove, posando in ore
> dure di stelle, un afrore
> rancido estremo addio
> suonò sulla terra – al sasso
> scagliato privo di sguardo
> del nostro amore a Dio (TP, 90).

Poesia che è memore del lutto che la fa venire al mondo inscrivendosi in essa come una specie di dissonanza continua; quella che permette di guardare alla vita, ai fondamentali dell'umano, alle cose, senza mai darli per scontato, ma anche come un'impresa che inizia da un punto zero, da un abisso sul quale bisogna reggersi con le sole proprie forze – anche quando ne va di Dio. Al di là delle differenze stilistiche e di inserimento nel panorama poetico italiano del XX secolo, è forse proprio questa mancanza di una sponda, di un appoggio, che contraddistingue la distanza rispettosa che c'è fra Luzi e Caproni; una differenza ammirata, che la fa però rimanere altra dall'itinerario letterario e umano di ciascuno dei due poeti.

Parola postuma ed etica del linguaggio

La postumità di cui parla Luzi ha anche un valore epistemico che non deve essere sottovalutato. Credo che la poetica di Caproni possa raggiungere ciò a cui aspirava il romanticismo, senza però riuscire a ottenerlo. Nella sua poesia, infatti, parola ed effettività del vivere sono intensamente legate l'una all'altra: la parola non è semplice specchio del reale, né origine lirica di una diversa configurazione della vita ottenibile solo per via letteraria. Questa effettività del concreto esistere non deve essere oltrepassata, se si vuole trovare un *logos* che sia degno di essa e sappia renderne ragione; e anche il *logos* della ragione e quello del pensiero di Dio sono chiamati a misurarsi con quest'altezza dell'umano esistere. Il vissuto, infatti, può fare affidamento sul pensiero critico solo se questo non avanza la pretesa di porsi *a latere* dell'agone dell'esistere quotidiano; e se non nega di essere anche lui toccato dall'effettività vivente del mondo. La parola postuma di Caproni racchiude in sé la possibilità di dare forma a un esercizio del pensiero corrispondente alla concretezza del vissuto, senza con questo dover rigettare la ricerca di criteri per la verità e veracità dell'impresa di esistere nel tempo che finisce:

> Il mare brucia le maschere,
> le incendia il fuoco del sale.
> Uomini pieni di maschere
> avvampano sul litorale.
>
> Tu sola potrai resistere
> nel rogo del Carnevale.
> Tu sola che senza maschere
> nascondi l'arte di esistere (TP, 73).

Inoltre questo *logos* postumo è, al tempo stesso, un pensiero della realtà e una sensibilità per l'ulteriorità di un senso che, emergendo dal vissuto e circolando in esso, non si esaurisce nella mera fatticità del suo distendersi lungo le pieghe dell'esistenza umana. Vorrei ora richiamare brevemente alcuni punti rispetto ai quali questa caratteristica della poesia di Caproni si presenta come una sfida alla fede cristiana e al sapere teologico. In primo luogo si tratterebbe di mettere in campo una teoria della conoscenza che sia in grado di sentire il desiderio di promessa che ogni singolo essere umano è a se stesso. In seconda battuta la capacità di elaborare un apparato critico-culturale mediante il quale smascherare dall'interno i vicoli ciechi delle questioni esemplari della modernità. Infine, si tratta di raggiungere la consapevolezza che anche la disposizione fiduciale del cristianesimo si muove attualmente in uno spazio segnato dal mancare di Dio; e che la fede non elimina questa mancanza dalla relazione teologale così come essa è oggi eventualmente possibile.

Vi è un altro aspetto che vorrei sottolineare, per quanto esso possa sembrare più estemporaneo. Gran parte del mio lavoro su Caproni si è svolto durante soggiorni di ricerca e docenza negli Stati Uniti; e mi sono così trovato davanti a un problema apparentemente banale: tradurre una parola non mia, ma appartenente alla mia lingua, in una lingua straniera. Per altri autori e ambiti tematici la cosa mi riusciva, non facilmente certo, ma era pur sempre qualcosa di possibile. Quando, dovendo preparare una conferenza, mi sono trovato al cospetto della poesia di Caproni come questione di traduzione ho avuto delle difficoltà davanti alle quali non mi ero trovato in precedenza con altri testi (anche poetici). Lentamente mi sono accorto che la resistenza alla traduzione non era solo una questione della lingua in cui questa doveva avvenire, ma qualcosa inerente alla stessa parola poetica di Caproni[28]. Più la sua opera poetica avanza nel tempo, più diventa difficile una giusta traduzione delle sue poesie; e credo sia possibile dire che Caproni giunga in un qualche modo intenzionalmente a questa soglia di non traducibilità della scrittura come parte della sua poetica. Intorno a questa difficoltà specifica si condensano alcune questioni cruciali della cultura europea, che non sono solo di carattere linguistico e letterario. Penso che Caproni fosse consapevole del significato che la sua poesia aveva per la sfera più ampia del linguaggio; ma, al di là di questo, mi preme mettere in rilievo il legame che egli istruisce fra il linguaggio come sfera generale, come istituzione primaria dell'umano, e la particolarità di una lingua specifica (in questo caso l'italiano).

Nella resistenza, man mano crescente, alla traduzione delle sue poesie mi sembra si adombri il tema dell'intraducibilità di quanto è singolare in quelle categorie del generale che

[28] Per non incolpare troppo rapidamente la lingua inglese, devo dire che mi sono trovato nella medesima situazione anche quando ho dovuto fare una presentazione della poetica di Caproni in tedesco, che per me è ben più di una seconda lingua conosciuta a fondo. Ho avuto occasione di dover tradurre in inglese e tedesco tutti e tre gli autori presi in considerazione in questo libro, ma solo con Caproni ho sentito una resistenza al passaggio attraverso la traduzione che proveniva dal testo stesso della poesia.

possono transitare da un ambito culturale all'altro restando del tutto impermeabili all'ambiente che attraversano. Nella poesia di Caproni la crescente difficoltà alla traduzione in un'altra lingua si presenta esattamente come l'indice di una resistenza alla tendenza, tutta moderna, di sussumere il particolare all'interno di un generale indistinto, omogeneo e senza differenziazioni[29]. Più le questioni fondamentali dell'umano muovono verso il loro fulcro poetico, più il linguaggio di Caproni si particolarizza nella lingua italiana, con l'esito di una sostanziale impossibilità di trasporle come questioni che possono essere staccate da quella specificità del *logos* a cui sono giunte.

Questa condizione della poesia davanti alla traduzione ci permette di fare alcune brevi considerazioni. Una particolarità del suo uso della lingua italiana risiede nell'abilità di Caproni di coniugare insieme un tratto iconico del linguaggio (quello in cui sorge la disposizione fiduciale mediante la quale ci rapportiamo, in quanto singoli individui, alla realtà ed entriamo in relazioni non consumistiche con gli altri) a uno proposizionale (che è la sfera del linguaggio in cui quella fiducia di fondo viene condivisa sul piano della discussione pubblica): la lingua di Caproni è l'impasto ben riuscito di queste due dimensioni fondamentali del linguaggio[30]. Un secondo aspetto che merita di essere messo in rilievo è il lavorio poetico di Caproni sulla questione del tempo, mediante il quale egli è in grado di elaborare un quadro di connettori linguistici temporali all'interno della sua opera. Un approfondimento di questo aspetto sarebbe auspicabile, stante la carenza esistenziale di legami temporali del vissuto in cui si trova la società telematica contemporanea; che riesce a mettere in rete spazi diametralmente opposti o materialmente diversi tra di loro, ma accolla tutto l'onere della costruzione temporale del vissuto

[29] Su questo tema si veda l'illuminante saggio di P. Gisel, *Dell'universale e delle particolarità*, in «Il Regno Documenti», 2013, pp. 249-256 (nell'originale francese il saggio è intitolato *Résistances des particularités et pièges de l'universel. Pour un usage subversif des corps, des traditions et des frontières*).

[30] Sul tema del linguaggio iconico e di quello proposizionale si veda J.-M. Ferry, *Les Grammaires de l'Intelligence*, Paris, Cerf, 2004.

sulle spalle del singolo. Di questi due aspetti fondamentali ho fatto solo breve cenno perché ritengo che essi possano rappresentare piste ulteriori di indagine originale sull'opera del poeta ligure (che, in quanto tali, esulano però dal fuoco prospettico del nostro approccio alla sua opera).

L'onore della finitudine

Il fondamentale della finitudine umana rappresenta, da un lato, il *pendant* antropologico dell'a-teologia poetica di Caproni e, d'altro lato, si pone come l'interrogazione più radicale che la sua poesia muove nei confronti del cristianesimo. Nella sua opera vi è un rapporto profondo fra finitudine e a-teologia; e il modo in cui egli ne elabora gli intrecci rappresenta sicuramente una sfida di alto profilo per il pensiero teologico e per il suo oggetto ultimo (il nome di Dio). Finitudine vuol dire molto più del semplice riconoscimento dell'ineluttabilità della morte (fisica) per ogni essere umano che viene al mondo; sebbene il tema della morte ricorra ritmicamente nell'opera poetica di Caproni. La finitudine è piuttosto la segnatura dell'umano che tutti siamo[31]. Non necessariamente un'incisione tragica[32], perché alla vita finita si accede nell'orizzonte del suo promettente carattere. Tutte quelle esperienze che ci fanno sentire uno scacco del vivere non sarebbero percepite in quanto tali se non sentissimo l'ingresso nei giorni come qualcosa carico di una benevola promessa; che, appunto, tali esperienze sembrano mancare. La vita è uno spazio/tempo certamente fragile, quasi friabile, ma anche integro perché è tutto quello che ci è dato[33]; e ogni promessa di salvezza che infranga il

[31] Su questo aspetto si veda il bel lavoro del filosofo francese E. Falque, *Le Passeur de Gethsémani. Angoisse, souffrance et mort. Lecture existentielle et phénoménologique*, Paris, Cerf, 1999.

[32] TP, p. 258: «[...] Ora che più forte sento / stridere il freno, vi lascio / davvero, amici. Addio. / Di questo, sono certo: io / son giunto alla disperazione / calma, senza sgomento [...]».

[33] TP, p. 780: «[...] Tutto è qui e ora. / Tutto / è già storia lontana». Cfr. TP, pp. 691-694. Trovo che le parole di Andrea Emo su Mallarmé

limitare della finitudine[34], con tutti i suoi correlati, non è degno dell'umano. Questo punto riguarda sicuramente la religione, che spesso può distruggere la vita in nome di un al di là sostanzialmente estraneo a essa; ma riguarda anche le molte tecniche, di cui oramai disponiamo, con la loro falsa promessa di una liberazione dai segni della finitudine e le loro applicazioni sul corpo umano che ne è la memoria che sempre ci accompagna[35]. Se la vita, in quanto vita finita, è integra, allora la salvezza deve essere in grado di accadere, sempre e per sempre, nella finitudine stessa. Vorrei iniziare questa parte delle mie riflessioni su quello che è, a mio avviso, il tema centrale dell'opera di Caproni con la citazione di un passaggio tratto dal poema *I See Around Me Tombstone Grey* di Emily Brönte, che egli pone alla fine della sezione «Tema con variazioni» del suo libro *Il muro della terra*:

> We would not leave
> our native home
> for *any* world
> beyond the tomb (TP, 372).

possano illuminare anche questo aspetto della poetica di Caproni: «Mallarmé non ricercava la salvezza nella letteratura, nella poesia, ecc.; non si serviva della letteratura, della prosa o del verso, come di uno strumento di salvezza; anzi, i suoi scritti manifestano l'intima rinuncia alla salvezza; sono l'espressione dell'estrema rinuncia alla salvezza; in cui effettivamente la salvezza consiste. Forse egli stava trovando il punto in cui immagine e diversità possono coincidere con l'assoluta negazione, cioè con la salvezza. Cioè, quando sono l'espressione e la rappresentazione di una rinuncia alla salvezza; il sacrificio supremo, degno della divinità quando si apre in essa l'abisso della coscienza» (A. Emo, *La voce incomparabile del silenzio*, cit., p. 107).

[34] TP, p. 343: «Ho provato anch'io. / È stata una guerra / d'unghie. Ma ora so. Nessuno / potrà mai perforare / il muro della terra».

[35] Cfr. G. Böhme, *Ethik leiblicher Existenz*, Frankfurt a. M., Suhrkamp, 2008; M. Neri, *Resistenze. L'enigma dei corpi disabili fra spazio pubblico e pratica religiosa*, in «Verifiche. Rivista di scienze umane», 2013b, pp. 157-181.

Solo alcune brevi considerazioni su questa inusuale citazione. Caproni mette in corsivo l'aggettivo indefinito *any*, rimarcando così il mondo della finitudine e della morte – che è il mondo in cui la vita fino alla morte è integra, quello che non abbandoneremo per nessun altro mondo (e non quello in cui siamo costretti a rimanere). Nel mezzo, nel fra della vita e della morte, nulla deve andare oltre la finitudine, perché questo vorrebbe dire mancare il solo spazio/tempo di cui disponiamo, l'unica possibilità di qualcosa che sia integro. Ogni superamento dell'essere-mortale, sia esso divino-religioso o umano-tecnico, rappresenta una ferita della finitudine, una ferita di quello che fondamentalmente siamo. Di conseguenza, tale superamento non sarebbe altro che la negazione di ciò che rende l'umanità realmente ed eticamente umana. L'*ethos* dell'umano che è comune s'infrange non appena si pensa di poter disporre a proprio piacimento della finitudine che siamo – e questo non solo verso gli altri, ma anche verso sé stessi.

È probabile che qui stia anche la differenza della comprensione di Caproni della finitudine rispetto alla prospettiva di una qualche immortalità ancora possibile che risuona nella poesia della Brönte. L'immortalità, anche se pensata nei puri limiti della terra (come la fama nei tempi futuri su cui lavora tenacemente Petrarca impegnando tutta la sua vita letteraria, ad esempio), rimane in ogni caso un passo oltre la finitudine; e, quindi, un passo oltre l'*ethos* che è proprio alla vita chiusa dal limitare del corpo. Personalmente condivido questa posizione «intransigente» di Caproni: ciò che è degno dell'umano che tutti siamo non deve essere mai oltre la nostra finitudine (sia esso una speranza, il senso, o lo stesso nome di Dio). Se fosse oltre la finitudine, o l'oltre dalla nostra finitudine, e se noi lo dovessimo accettare, allora l'umano avrebbe rinunciato a se stesso commettendo una sorta di suicidio esistenziale e filosofico.

Si tratta di una dismissione di qualsiasi escatologia? Di ogni dottrina cristiana della redenzione?[36] Sì, se con escatolo-

[36] TP, p. 838: «Quando non sarò più in nessun dove / e in nessun quando, dove/ sarò, e in che quando?».

gia e redenzione si intende il sacrificio dell'umano nell'essere finito che esso è. Se qualcosa come una rivelazione di Dio e una salvezza dell'uomo dovessero accadere, ciò potrebbe avvenire solo nella finitudine e come finitudine. Inoltre, ogni compimento, sia di un eventuale Dio che si rivela sia dell'esistenza umana, deve rimanere finitudine[37], deve portare con sé il segno indelebile del nostro essere irrimediabilmente finiti. Solo un simile compimento, se mai ve ne fosse uno, sarebbe degno dell'umano, rispettoso di esso, appassionato per lui così come egli di fatto è. Solo qualcosa, o qualcuno, che fosse in grado di onorare proprio così la nostra finitudine sarebbe degno di una fiducia e un credito senza riserva alcuna. Che il cristianesimo possa apparire troppo incerto davanti a questa piega terrosa della fede, era una preoccupazione sentita anche da Dietrich Bonhoeffer in una delle lettere inviate alla fidanzata dal carcere: «Temo che i cristiani che osano stare sulla terra con un piede solo, staranno con un piede solo anche in cielo [...]». Non c'è dunque salvezza da questa vita, ma solo salvezza di questa vita insieme al suo corpo segnato dalle incisioni della finitudine. La vita finita è spazio/tempo fra il nascere e il morire; o la salvezza è il compimento di questo spazio/tempo, dell'esperienza che in esso viviamo, dell'*Erlebnis* della finitudine che siamo, o non è nulla – è il nulla:

> Ma i càrdini della nascita?
> Ma i càrdini della morte?...
> Così, stentoreamente,
> gridava, rinchiuso, il demente.
> (Era, la sua ragione eversa,
> la sola Cosa *non* persa?) (TP, 814).

Questa è la *crux* stessa del cristianesimo: l'essere di Dio carne umana e salvezza del questo-qui del corpo che ciascuno di noi singolarmente è (e non di una pura anima o spirito); compimento provato e vissuto qui e ora nel tempo che finisce; Dio sentito nell'affezione della carne mortale che

[37] Cfr. TP, pp. 175-178.

siamo[38]. Se non è questo, allora è la non esistenza di Dio. La pretesa della fede cristiana porta in se stessa l'evidenza per la negazione del suo Dio. Tentare di occultarla vorrebbe dire sbarrare l'unico accesso possibile verso l'eventualità di Dio, verso il Dio che potrebbe essere[39] e il come egli potrebbe essere. L'occultamento di questa piegatura della finitudine che penetra fin nel cuore dell'essere di Dio è l'antica tentazione di sempre della pretesa cristiana. Da un lato, abbiamo il tentativo di fare delle condizioni ambientali della cultura diffusa un surrogato dell'esistenza di Dio (intesa come relazione effettiva con l'uomo); data questa marcatura cristiana dell'ambiente culturale, l'effettività della relazione teologale e l'esistenza stessa di Dio diventano storicamente superflue. D'altro lato, vi è il tentativo di giustificare apologeticamente Dio davanti al dato di fatto di non essere più sentito e vissuto come una presenza reale nella vita del mondo; di questo suo mancare Dio non sarebbe assolutamente responsabile, e il mancamento del divino sarebbe da ascrivere tutto alla disposizione dell'uomo e di una cultura oramai emancipatasi dalla tutela ecclesiastica – in questo caso l'apologia della fede confessante rischia di ridursi a una vuota nominazione dell'esistenza di Dio. Religione e confessione possono, dunque, negare Dio con una magnitudine impensabile alla sola libertà secolare del mondo moderno.

Vorrei ora prendere in considerazione una seconda poesia di Caproni che ha a che fare con il tema della finitudine umana; si tratta di *Dies illa* pubblicata nel volume *Il franco cacciatore*:

> Nessun tribunale.
> Niente.
> Assassino o innocente,
> agli occhi di nessuno un cranio
> varrà l'altro, come
> varrà l'altro un sasso o un nome

[38] Cfr. M. Neri, *La dimora ospitale. Riflessione teologica sull'incarnazione*, Bologna, Edb, 2013a.

[39] Cfr. R. Keraney, *The God Who May Be. A Hermeneutics of Religion*, Blomington, Indiana University Press, 2001.

perso fra l'erba.
La morte
(il *dopo*) non privilegia
nessuno.
Non c'è per nessuno,
bruciata ogni ormai inattendibile
mappa, nessuna via regia (TP, 431).

Non si dà giudizio possibile dopo la morte; nessuna possibilità di redimere e portare a compimento un'esistenza oltre l'esercizio dell'umana libertà. La differenza qualitativa dell'umano deve attestarsi fra il nascere e il morire – dopo non vi è alcun privilegio per nessuno, e il comune della mortalità che siamo non appiana il come abbiamo vissuto il nostro tempo finito. Come non c'è posto per un Dio oltre l'effettività e la realtà dell'esperienza umana, così non c'è posto per la nostra responsabilità oltre la finitezza dei giorni che abbiamo vissuto. La vita, quel lasso tra nascere e morire, deve essere all'altezza della disuguaglianza per poter affermare la bontà della differenza nell'umano che è comune a tutti noi. Non c'è nessuna «via regia», ma solo la dura terra dove la responsabilità è per ogni persona il principio egalitario che giudica di ogni ineguaglianza. Solo questa imputabilità effettiva può mostrare se la disuguaglianza che abita la finitudine umana è bontà della differenza o violenza del predominio. La finitudine non rappresenta in alcun modo un alleggerimento dell'umano: sgravarsi del peso del cielo di Dio[40] significa farsi carico per intero di quello della terra degli uomini[41].

Questo è vero per gli esseri umani, ma vale altrettanto per l'eventualità del nome di Dio – che, se mai fosse, non dovrebbe essere in alcun modo un'attenuazione del cimento dell'esistere. Se un Dio volesse mostrare la sua esistenza[42],

[40] TP, p. 738: «Hanno rubato Dio. / Il cielo è vuoto. / Il ladro non è ancora stato / (non lo sarà mai) arrestato».

[41] TP, p. 743: «Cosa può *mai* insegnarci: / "Dio non c'è", va clamando. / "Per questo," dice sospirando, / "dobbiamo, *più* che *mai*, amarci».

[42] TP, p. 383: «Dio di volontà, / Dio onnipotente, cerca / (sforzati!), a furia d'inesistere / – almeno – d'esistere».

ammesso che lo possa fare rimanendo il mancante per antonomasia, essa non potrebbe apparire che come giustizia affidabile resa a ogni singola vita che nasce e muore. Ogni forma di ingiustizia, secolare (sottrarsi in questa vita all'imputabilità morale) o religiosa (posporre l'imputabilità morale di questa vita oltre di essa) rappresenta una traccia a favore dell'inesistenza di Dio. D'altro lato, se si vuole mantenere Dio responsabile e imputabile, come mi sembra Caproni voglia fare, allora bisogna riconoscere tanto l'effettività di Dio quanto la finitudine della sua esistenza (poiché responsabilità e imputabilità sono possibili solo tra il nascere e morire)[43]. Nel momento in cui Caproni afferma un Dio che si congeda da se stesso, ne afferma quantomeno la sua effettività; di questo eclissarsi nella mancanza il poeta ritiene Dio responsabile, e quindi lo riconosce come soggetto imputabile – e la poesia di Caproni è proprio la lunga attesa della scrittura di una risposta del Dio eventuale a questa imputazione ultima che il *logos* poetico gli muove:

> Il bambino che vinta
> infine la vergogna nera
> di credere, e in preghiera
> per un'ora poi lascia
> il suo mazzetto di fiori
> a Santa Rita da Cascia,
> come potrà, mio Dio,
> come potrà poi senza
> odio perdonarti il furto
> della tua inesistenza? (TP, 339).

A-teologia poetica

«Con Caproni tutte le figure dell'a-teologia giungono al loro congedo»[44] – in tal modo Agamben contrassegna la peculiarità letteraria dell'opera di Caproni rispetto alla

[43] Cfr. TP, pp. 345-346.
[44] G. Agamben, *Disappropriata memoria*, cit., p. 13.

tradizione moderna che la precede[45]: lingua, stile, prosodia, sono tutte coinvolte in questo apice culturale. Ma cosa vuol dire che qui, in quest'opera poetica, tutte le variazioni sul tema dell'a-teologia vengono in un qualche modo congedate? Che si è raggiunto il culmine di ogni sua possibilità? Che essa viene come superata dalla sua stessa radicalizzazione? Che l'a-teologia non può che seguire il movimento del Dio mancante che l'ha generata, e quindi eclissarsi essa stessa? Cosa viene dopo il congedo dell'a-teologia? Agamben non sembra dare risposta a queste domande, probabilmente perché vuole sottolineare la singolarità incomparabile con cui il tema viene trattato nella poesia ultima di Caproni (quella di *Res Amissa*, tanto per intenderci). Ma forse vi è qualcosa di sottaciuto in questo doveroso elogio.

Tutta l'a-teologia poetica di Caproni si volge davanti al Dio mancante; ed è una sorta di chiamata in correo che viene rivolta al Dio del congedo e dell'evanescenza. Così facendo si mantiene la mancanza in quanto tale, impedendo che essa si tramuti in assenza togliendo così a Dio anche questa ultima via di fuga e di auto-legittimazione; ma si grava anche l'umano del compito improbo di tenere il Dio mancante nella sua mancanza. Quello che mi preme è mettere in risalto il potenziale teologico di questa singolare versione poetica dell'a-teologia di Caproni. Egli smaschera con maestria la forma paradossale e antitetica che circola sia nell'affermazione religiosa dell'esistenza di Dio, sia nella sua controparte secolare o nichilista. Prendiamo in esame l'attitudine religiosa schizzata da Caproni per riferimento alla persona che prega:

> [...] (che, qui fra voi, vedete,
> e per voi, son Dio
> che esiste, si dice, soltanto
> nell'atto di chi lo prega: un atto,
> in fondo, di disperazione
> e negazione) [...] (TP, 308).

[45] TP, p. 736: «Dio non c'è, / ma non si vede. / Non è una battuta: è / una professione di fede».

Pregare sarebbe dunque un'affermazione della non esistenza di Dio, trattenuto all'esserci proprio dal gesto che, in fin dei conti, ne è l'evidenza della negazione. La preghiera nega un Dio esistente perché è il sentore del suo non essere presente in una data situazione della vita. Se Dio fosse sentito presente non sarebbe necessario pregarlo[46]. Essa dice, quindi, di un modo di Dio, quello della sua percepita mancanza (l'esserci del non esserci). Proviamo a passare da questa situazione particolare della preghiera a una condizione più ampia dell'umano vivere. Una relazione fra Dio e l'uomo basata sulla preghiera è un atto che nega sia l'effettività di Dio, sia la sensatezza dell'esistenza umana; e la necessità di rivolgersi a Dio con una preghiera rivela, dunque, che non vi è affatto alcun Dio – se non quello tenuto in essere, senza esserci, dalla preghiera stessa[47]. Da un lato abbiamo il paradosso che è proprio la persuasione dell'esistenza di Dio, che sta al cuore dell'attitudine religiosa della preghiera, ad affermare da ultimo la sua non esistenza effettiva. In questo senso il più rispettoso riconoscimento di Dio è anche la più radicale negazione della sua esistenza. D'altro lato questa preghiera fa della mancanza di Dio il suo esserci, così che la sua esistenza è appesa al filo intermittente del rivolgersi a lui della disposizione religiosa dell'animo. La mancanza del sentore di Dio è il modo del suo esserci. Ma non è solo l'attitudine religiosa a essere contrassegnata da una contraddizione interna alla sua fede fondamentale; anche quella secolare, che nega attivamente l'esistenza di Dio, è in fin dei conti un'affermazione contraddittoria (come lo è quella della stessa a-teologia). Infatti, l'asserzione secolare contraddice la sua fede fondamentale nel fatto di essersi liberata una volta per tutte di Dio:

> [...] – Zitto. Dio esiste soltanto
> nell'attimo in cui lo uccidi (TP, 418).

L'atto supremo della modernità, quello della consapevolezza che la libertà umana è all'altezza del deicidio

[46] TP, p. 744: «Appunto perché lo preghi / fratello, Dio lo neghi».
[47] Cfr. TP, p. 722.

definitivo, è un gesto che si ritorce contro se stesso. Non si tratta solo del paradosso che l'omicidio linguistico di Dio termina nell'effettività della sua esistenza; ma anche della qualità del Dio cui il deicidio della modernità dà i natali:

> [...] Quello che ritroveranno,
> non se lo aspettavano: *lui*
> *che loro hanno ucciso*, qui
> più vivo e più incombente
> (più spietato) che mai (TP, 419).

L'irreligione dei tempi moderni ha finito col produrre una metamorfosi genetica del divino, delle cui conseguenze incominciamo solo ora a renderci conto. Svincolato da ogni legame con la libertà umana, che trova la sua giusta misura unicamente in se stessa, Dio diventa la più ambigua e astuta minaccia che può incombere sull'umano e sulla vita del mondo. E la figura dell'imputabilità del Dio mancante, che troviamo nella poesia di Caproni, mira esattamente a lasciar sussistere questa obbligazione etica del divino nei confronti dell'uomo che la modernità ha dissolto nella pretesa auto-referenziale dell'attuazione del vivere umano. Questa trasmutazione violenta di un divino diffuso, senza modalità d'essere, è il convitato di pietra che il pensiero moderno non si è accorto di aver ospitato e coltivato nella sua stessa casa: l'irreligione secolare produce una religione del tutto fuori controllo.

Svincolato eticamente da ogni legame con l'umano, Dio si trasforma in una sacralità arcaica e sacrificale assetata della più sanguinolenta vendetta per essere stato scacciato dalla sfera della vita umana – e fa dell'uomo stesso lo strumento truculento di questa sua folle ritorsione (per la quale è disponibile anche a sacrificare ogni buon nome, pur di dimostrare la sua indomita presenza). Quando Dio è ridotto a pura cifra linguistica rimane solo una minaccia incombente sull'effettività della vita reale. O meglio: proprio perché Dio è stato costretto nelle maglie vuote di una semplice cifra linguistica, egli può esistere allora liberamente e assolutamente come attrazione distruttiva di ogni indifferente libertà contro l'umano che tutti condividiamo. Non c'è Dio che abbia più bisogno di tornare a essere nel legame con l'umana libertà che il Dio che si presume essere stato assassinato dall'era moderna.

È possibile trovare una via di uscita da questo groviglio di contraddizioni e violenza? Con la sua a-teologia Caproni fa, alla fin fine, un passo di carattere teologico – mette in campo un vero e proprio *logos* di Dio. Dio è in dissolvenza, è il mancante, perché si congeda in prima persona dalla sfera dell'umano e, così facendo, prende commiato anche da se stesso:

> Amici, credo che sia
> meglio per me cominciare
> a tirar giù la valigia.
> Anche se non so bene l'ora
> d'arrivo, e neppure
> conosca quali stazioni
> precedano la mia,
> sicuri segni mi dicono,
> da quanto m'è giunto all'orecchio
> di questi luoghi, ch'io
> vi dovrò presto lasciare [...] (TP, 255).

Abbiamo una sorta di uscita di scena in sfumando, il Dio mancante è anche il Dio che si prende cura di annunciare il suo congedo, il suo dipartire da noi: una sorta di esistenza in evanescenza, dove tutto dice un *logos* che qui rimane solamente alluso. La decisione di Dio è sua e non sua al tempo stesso, ma alla destinazione ignota cui lo condurrà egli si prepara in prima persona. Nel complesso, Caproni tende per una scelta che Dio stesso compie rispetto al suo esserci – basti qui ricordare il *topos* ricorrente nella sua poesia di un Dio che commette suicidio[48].

Per quanto tutto rimanga in parte velato (chi arma veramente la mano del suicida contro se stesso?)[49], Capro-

[48] TP, p. 349: «Un semplice dato: / Dio non s'è nascosto. / Dio s'è suicidato».

[49] Cfr. J. Améry, *Levar la mano su di sé. Discorso sulla libera morte*, Torino, Bollati Boringhieri, 2012.

ni opta per una responsabile imputabilità di Dio rispetto alla sua non più sentita esistenza. È proprio questo essere imputabile che gli permette di evitare sia la contraddizione in cui cade l'attitudine religiosa, sia quella che avvince la posizione nichilista. Mi sembra, dunque, che l'a-teologia di Caproni stia o cada con la possibilità di ritenere Dio responsabile e imputabile per il suo congedo; ma questa posizione non può decadere con il venire meno di Dio, essa deve essere necessariamente reiterata fino all'estremo del finito per mantenere la sua validità. È come se il *logos* poetico si facesse carico di questo trattenimento di Dio proprio nella sua mancanza, in una sorta di dissolvenza che non si chiude mai – se non con la fine della scrittura stessa, ossia la morte del poeta:

> Morto io
> morto Dio (TP, 752).

Dio non si dissolve quindi nella solitudine del suo essere infinito, ma è nello stato di un perpetuo eclissarsi trattenuto, che fa della finitudine del verso poetico il tempo limitato del suo av-venire al mancamento; così che quel trattenimento necessario diventa il *logos* della sua esistenza in mancanza. Questa è, a grandi linee, la struttura necessaria di una scrittura che vuole ritenere Dio imputabile della sua non esistenza.

Mi sembra che in essa ci siano due aspetti di rilievo con i quali la teologia dovrebbe essere all'altezza di un confronto. Revocate in principio tanto l'attitudine religiosa quanto quella secolare nella loro paradossale affinità[50], la singolarità dell'a-teologia di Caproni non può essere ricondotta a nessuna delle due: sta lì, da sola, anche davanti a percorsi precedenti rispetto ai quali è possibile ascrivere lo stesso nome. Mi chiedo se questa eccezionalità della poesia di Caproni non possa essere interpretata come una radicalizzazione dell'antico tema dell'*evocatio deorum*. Si tratta di

[50] TP, p. 709: «Quante vie torte / Tra preghiera e deicidio? / Come sono vicine / (vicine!) alla morte!».

una radicalizzazione perché nell'a-teologia di Caproni è Dio stesso che mette in atto l'*evocatio dei* come il venir meno, la scomparsa di se stesso[51]. Un tema, questo, non del tutto estraneo alla narrazione evangelica della rappresentanza di Dio che è il vissuto umano di Gesù[52]. Se ne può trovare una traccia in *Mc* 15, 34: «Eloì, Eloì, lemà sabactàni?, che significa: Dio mio, Dio mio, perché mi hai abbandonato?». Per la comunità di Marco l'uomo crocifisso rappresenta l'irrevocabile presenza di Dio che si realizza nel gesto di una libertà finita nella quale l'*evocatio dei* è forma della manifestazione definitiva del divino, con cui coincide il morire proprio-così e non altrimenti di quest'uomo sulla croce. Il sentore di Dio, che ha accompagnato tutta l'esistenza di Gesù racchiuso nella cifra del nome paterno di Dio, è qui del tutto scomparso; ogni immagine di Dio è stata distrutta dall'orizzonte della coscienza di Gesù – la mancanza è assoluta. In questo abissale mancamento Gesù si rivolge *comunque* al Dio che non esiste più come orizzonte del suo vivere; ed è questo rivolgersi di un uomo giunto al ciglio della finitudine del suo esistere che tiene letteralmente in vita un Dio altrimenti completamente scomparso, dissolto – anche dalla sensazione dello spirito del Figlio. Così che il *logos* inarticolato del grido con cui Gesù muore in croce è la parola definitiva di Dio non solo nella storia, ma anche nell'intimo più profondo del suo essere[53]. Il *logos* che trattiene Dio all'esistenza non ha alcuna semantica, non dice propriamente nulla; è pura semiosi di un corpo squarciato che riecheggia nella sonorità lacerante di un'ultima e nuda *phoné*.

Caproni pone esplicitamente la domanda sul ruolo e significato dell'uomo in croce rispetto alla non esistenza di Dio:

[51] TP, p. 445: «Se non dovessi tornare, / sappiate che non sono mai / partito. / Il mio viaggiare / è stato tutto un restare / qua, dove non fui mai».

[52] Cfr. J. Kloppenborg, *Evocatio Deorum and the Date of Mark*, in «Journal of Biblical Literature», 2005, pp. 419-450.

[53] Cf. H. Verweyen, *Gottes letztes Wort. Grundriß der Fundamentaltheologie*, Regensburg, Pustet, 2000, pp. 292-317 e pp. 338-362.

Pensiero fisso:
il vero debellatore
di Dio, è lui, il Crocifisso? (TP, 751).

Alla luce delle riflessioni precedenti, il dubbio di Caproni appare in tutta la sua legittimità teologica: la fine di Gesù, sulla quale egli gioca una partita durissima con i suoi discepoli rispetto a come si vive a rappresentanza di Dio tra il nascere e il morire, implica una modalizzazione dell'essere di Dio che trasforma radicalmente anche la nozione stessa della sua esistenza. D'altronde proprio le modalità del divino rappresentarono per l'uomo di Nazareth la tentazione sempre aperta contro cui dovette combattere fino alla fine dei suoi giorni. Il nesso che così viene creato fra l'esistenza di Dio e il suo modo di essere spariglia le carte dello stesso pensiero teologico, che ha lungamente creduto di poterli trattare come due temi distinti e separati fra di loro; mentre invece è proprio il Crocifisso a interdire la frattura fra l'ontologia dell'esistenza (a prova di Dio) e la fenomenologia del vissuto (in cui Dio è messo alla prova). O i due lati della questione vengono tenuti insieme nella trama di un unico discorso teologico, oppure non c'è prova razionale di Dio che possa resistere alla prova dell'effettività del vivere umano.

Dalla domanda esplicita di Caproni si può indurre la domanda che la fede cristiana tende a non porre a se stessa, ossia se da ultimo il Crocifisso non rappresenti, in un qualche modo, il momento a-teologico piantato nel cuore dell'affermazione cristiana di Dio? Il pensiero della fede non dovrebbe indulgere in una mitigazione della radicalità con cui il vangelo di Marco afferma un'*evocatio dei* come ultima parola di Dio su se stesso. La mancanza assoluta di semantica della libertà umana di Gesù, nel grido inarticolato della croce, è la sola evidenza cristiana di Dio che viene affermata nel sentore della sua irrevocabile scomparsa[54]. Questa libertà, che modalizza definitivamente l'essere di Dio, appartiene essenzialmente a quello che egli è in quanto tale – ossia come Dio. L'atto ultimo di questa libertà, che

[54] TP, p. 702: «E allora, sai cosa ti dico? / Che proprio dove non c'è nulla / – nemmeno il dove – c'è Dio».

grida l'*evocatio dei* dalla propria vita e fa esperienza di cosa questo significhi, riducendosi alla *phoné* di un *logos* che è pura semiosi di un corpo che muore, costituisce l'unica possibile evidenza dell'eventuale esistenza di Dio – eventuale perché essa è sospesa per sempre al riconoscimento che *proprio così* è di Dio.

L'unica evidenza effettiva del Dio cristiano non sta, quindi, né nel concetto filosofico del suo essere, né nell'affermazione religiosa della sua esistenza; ma nella sospensione indefinita (di entrambi) dell'atto umano con cui la libertà di Gesù decide di dare credito e di affidarsi a un Dio che è completamente svanito dall'esperienza umana del suo vivere e morire. Da ultimo questa è esattamente la *fede di Gesù* – nella totale dissolvenza dello stesso nome paterno di Dio, e nella mancanza di qualsiasi sentore di lui. Il principio del cristianesimo è ancora più radicale dell'a-teologia poetica di Caproni; e, quindi, ospitale della sfida che essa muove imputando a Dio le ragioni della sua mancanza. Cristianamente parlando Dio non può godere di altra evidenza che di questa; e la sua esistenza è legata a doppio filo con il modo di essere cui lo vincola, una volte per tutte, il credito concessogli da Gesù nel suo mancamento più assoluto.

L'a-teologia poetica di Caproni costringe la fede a pensare fino in fondo la qualità modale dell'unica eventuale esistenza di Dio: «Vi sono casi in cui accettare la solitudine può significare attingere a Dio. Ma v'è una stoica accettazione più nobile ancora: la solitudine senza Dio. Irrespirabile per i più. Dura e incolore come un quarzo. Nera e trasparente (tagliente) come l'ossidiana. L'allegria che essa può dare è indicibile. È l'adito – troncata netta ogni speranza – a tutte le libertà possibili. Compresa quella (la serpe che si morde la coda) di credere in Dio, pur sapendo – definitivamente – che Dio non c'è e non esiste» (TP, 439). È una libertà di questo genere che tiene in vita Dio nel momento in cui scompare dalla vita del Figlio: solo la libertà provata nello spazio del Dio mancante può rimandare all'effettività della relazione con lui – senza con ciò darne prova di esistenza, perché proprio questa fu l'esperienza di Gesù all'estremo della sua finitudine (l'unico *logos* possibile è, infatti, quello del centurione: proprio-così muore unicamente Dio...).

Un secondo aspetto dell'a-teologia di Caproni che vorrei brevemente prendere in considerazione è quello dell'imputabilità di Dio per il suo venire a mancare. Quantomeno a partire da Anselmo la teologia cristiana è stata in grado di pensare la qualità etica dell'essere di Dio in relazione alla redenzione della creazione. Ciò che rimane ancora da pensare a fondo, sulla scorta degli inizi della grande Scolastica, è esattamente l'obbligazione etica di Dio nei confronti della propria manifestazione nel corpo del suo *logos* filiale. L'idea a-teologica di un'imputabilità di Dio per il suo congedo da noi chiede alla teologia di esplorare la moralità di una data rivelazione del divino; ossia che la *forma* della manifestazione coincida perfettamente con la manifestazione *dell'essere* che in essa accade. Solo in questo caso è possibile pensare una rivelazione di Dio come giustizia di un'affezione che, nel momento in cui tocca ogni singolo uomo, implica l'essere di Dio in un dovere morale nel quale ne va di se stesso (e non solo della giustificazione dell'uomo).

Questa giustizia non si limita, quindi, solo al peccato e all'uomo in quanto peccatore; ma rappresenta la giusta legittimazione della dignità dell'umana finitudine, da sempre a essa dovuta, a essere momento che costituisce la verità stessa di Dio. Lo sviluppo di questo tema rappresenta l'abbrivio per pensare l'originario come pro-affezione, ossia come il modo dell'essere dove l'essenza e la relazione si generano reciprocamente senza alcuna possibilità di affermare un primato dell'una sull'altra[55]. Intrecciando la questione dell'evidenza di Dio, prima abbozzata, con quella dell'auto-implicazione morale della sua manifestazione, si potrebbe abbozzare un profilo teologico in grado di corrispondere, rispettandone la differenza, alla domanda fondamentale che Caproni reitera fino all'ultimo nella sua opera poetica:

> In aria un brulichio
> di punti neri...
> Uccelli?

[55] Cfr. P. Sequeri, *L'amore della ragione. Variazioni sinfoniche su un tema di Benedetto XVI*, Bologna, Edb, 2012.

Lettere stracciate?...
O – forse –
soltanto dispersi brandelli
(gli ultimi) di Dio?... (TP, 806).

Poesia e religione

Parlando di poesia religiosa si corre il rischio di intavolare un discorso fin dall'inizio equivoco, che non fa bene né alla poesia né alla religione – le quali, tra l'altro, rimangono nozioni estremamente vaghe anche all'interno del proprio ambito accademico ed epistemologico. A monte della relazione (o meno) fra poesia e religione sta la questione di fondo del rapporto fra estetico e teologico[56], la cui corretta articolazione è pregiudicata dal passaggio attraverso la cesura della modernità. D'altro lato rimane ancora da costruire un quadro critico adeguato che ne sappia metterne in valore la reciprocità, senza intaccare la specifica autonomia e la libera attuazione di ciascuno dei due ambiti. Detto questo da un punto di vista teorico, non si può non registrare come oggi estetico e teologico tornino a guardarsi e frequentarsi con una scioltezza che avevamo dimenticato da tempo; ma, a parte gli slanci di qualche affondo su entrambi i versanti, siamo ancora nella fase degli ammiccamenti.

Si procede con cautela, quasi a volersi proteggere da invasioni ritenute indebite; a cui si accosta la percezione di un'attrazione reciproca, velata dagli slanci ispirativi di una stagione oramai quasi dimenticata e dal sospetto di ferite non troppo lontane nel tempo che si sono incise nel corpo di entrambi. Insomma, si procede con dovuta cautela. Il lato positivo di questa nostra stagione di transizione nel rapporto fra estetica e teologia è la consapevolezza comune, seppur ancora tenue e incerta, del fatto che le ragioni

[56] Cfr. G. Larcher, *Estetica della fede. Un abbozzo teologico-fondamentale*, Milano, Glossa, 2011; P. Sequeri, *L'estro di Dio. Saggi di estetica*, Milano, Glossa, 2000; U.J.H. Körtner, *Gottes Wort in Person. Rezeptionsästhetische und metapherntheoretische Zugänge zur Christologie*, Neukirchen-Vluyn, Neukirchener Verlag, 2011.

che hanno portato alla loro divaricazione appartengono a un tempo con il quale facciamo sempre più fatica a identificarci e sentirlo come realmente nostro. Il rischio di uno sfruttamento dell'altro a proprio vantaggio adombra però ancora la possibilità di una più cordiale e felice relazione fra l'estetico e il teologico. Il cristianesimo corre oramai palesemente il rischio di parlarsi addosso; e la sua teologia fatica a trovare un linguaggio che non sia auto-referenziale. La tentazione di attingere a piene mani dall'estetico quella sensibilità e presa spirituale sul reale, che non si trovano più nelle trame della sua teologia, è lì in agguato, accovacciata a due passi dal cristianesimo, con le sue suggestive potenze.

Non avendo più codici proposizionali e iconici per dire del *sensibile Iddio* di Gesù, la teologia vede nell'estetico un bacino da cui attingere a piene mani; fermandosi però a un lavoro di riesumazione archeologica o arrestandosi alla superficie del fenomeno estetico – laddove esso mostri una qualche evidente corrispondenza con il dato della fede. D'altro lato l'itinerario della produzione estetica contemporanea è segnato da una molteplicità di rotture e superamenti; non solo per quanto riguarda una generale costellazione culturale, ma anche rispetto a se stesso. In un certo qual modo la produzione estetica odierna ha elevato la fragilità a proprio canone, sentendola come la forma migliore per dare espressività a un registro dell'alterità che percepisce sempre più come ragione della sua stessa ispirazione[57]. In questo travaglio, però, l'estetico sembra aver smarrito qualsiasi possibile nominazione di questa alterità che, proprio nel momento in cui trova forma e figura rispettosa della propria ineffabilità, diventa sempre più evanescente.

Conseguentemente anche il portato spirituale che abita genuinamente la produzione estetica contemporanea si trova

[57] TP, p. 719: «Dovunque balza il delfino / [...] vivo / là vedi il guizzo di Dio / che appare e scompare, in lui ilare / acrobata dell'arguto rostro. / È il giocoliere del nostro / inquieto destino – l'emblema / dell'Altro che cerchiamo / con affanno, e che / (il delfino è allegro – è il gaio / compagno d'ogni navigazione) / si diverte (ci esorta) / a fondere la negazione / (un tuffo subacqueo – un volo / elegante e improvviso / in un biancore di spume) / col grido dell'affermazione».

in una condizione di sofferenza: nel medesimo gesto che gli dà espressione, esso è esposto a fenomeni apparentemente irriducibili di dissolvenza. Nel contesto dell'Occidente europeo, il ricorso alla tradizione cristiana per la nominazione dell'alterità radicale e per la configurazione dello spirituale appare, all'estetico, come la possibilità (quantomeno temporanea) di non smarrirsi in una pura formalità (per quanto essa sia ridotta all'esiziale). Questa reciproca caccia nel territorio dell'altro è ciò che ancora frena la possibilità di mettere in luce il legame che scorre fra questi due ambiti dell'esperienza sensibile dello spirito umano.

Almeno sul lato del cristianesimo si può dire con certezza che l'estetico non è una semplice questione di interesse momentaneo, o una manovra strategica da mettere in campo in un periodo di crisi; ma, al contrario, esso gli è originariamente proprio in virtù della qualità sensibile e dello spessore corporeo della manifestazione definitiva dell'essere di Dio *nel modo di vivere e morire* di Gesù di Nazareth. È all'interno di questo quadro più ampio, qui semplicemente abbozzato, che si va a inserire il rapporto fra poesia e religione, in generale, e quello dell'opera poetica di Caproni e il cristianesimo, in specifico. La poesia di Caproni sfugge a ogni sorta di etichetta e di schieramento, come mostra l'iperbole di Agamben nel definirla il congedo ultimo da ogni previa figura dell'a-teologia: la sua opera è un patrimonio comune della cultura europea contemporanea, e come tale deve essere apprezzato – senza costringerla né a un battesimo religioso, né a un'abiura secolarista. Lascio nuovamente la parola a Mario Luzi, che mi sembra abbia colto con estremo rispetto questo tratto dell'opera del poeta ligure:

Carissimo Giorgio, del tuo *Seme del piangere* non credo di poterti dire di più ora, se non che mi ha fatto e mi fa veramente piangere. Tu capisci. Componimenti come *Ad portam inferi* che traducono il dolore in quella grazia meravigliosa son veramente un esempio di sublimazione: e si capisce allora che il male entra nella storia (non nella «storia» dei nostri giovani tromboni) a generare umile vita e riscatto da se medesimo, trasparenza, luce.

È quello che a me occorreva sapere. E tu l'hai detto con quella castità e affabilità che ha raggiunto la tua arte[58].

Le parole conclusive di Luzi sono quasi le stesse che egli usa per riferirsi alla vicenda credente di Carlo Betocchi[59]; ma sono anche il riconoscimento che nei versi di Caproni il male, nelle sue molte e camaleontiche forme, non ha l'ultima parola sulla finitudine umana – che essa è capace di un riscatto dal pensarsi come chiusura solipsistica e sufficienza altezzosa.

Come si può dire di questa poesia senza costringerla in confini angusti, che comunque non le appartengono? Piuttosto che ricadere nell'espressione equivoca di poesia religiosa, forse si potrebbe parlare di una poesia spirituale[60]; volendo indicare con ciò una qualità possibile della parola poetica e rimanendo tuttavia consapevoli dell'indeterminatezza dell'espressione, da un lato, e della problematicità che essa comporta stante il quadro ancora instabile della configurazione del nesso fra estetico e teologico, dall'altro. Il tratto spirituale non è solo presente, ma occupa una posizione centrale nell'opera di Caproni:

> Tutti riceviamo un dono.
> Poi, non ricordiamo più
> né da chi né che sia.
> Soltanto, ne conserviamo
> – pungente e senza condono –
> la spina della nostalgia (TP, 802).

Mi preme solo rimarcare che questo profilo spirituale non deve essere inteso in senso riduttivo, come una pura dimensione dell'interiorità del soggetto; perché la sua poesia

[58] M. Luzi e G. Caproni, *Carissimo Giorgio. Carissimo Mario*, cit., p. 42.
[59] Cfr. M. Luzi, *Tutte le poesie*, Milano, Garzanti, 1988, p. 522.
[60] Cfr. P. Valesio, *Oltre l'oltre. Alcune riflessioni sulla poesia spirituale*, in *Il governo della poesia. Prospezioni e consuntivi sulla poesia nel tempo globale*, a cura di R. Bonfatti, Modena, Edizioni del Laboratorio, 2005a, pp. 39-42 (il titolo dell'articolo di Valesio riprende un passo di una poesia di Caproni pubblicata nel volume *Res Amissa* – cfr. TP, p. 799).

è scrittura di un tornante epocale della congiuntura culturale dell'Europa del XX secolo, e come tale deve essere apprezzata proprio nel suo profilo altamente spirituale. Credo che questa qualità spirituale trovi uno dei suoi spessori maggiori nel ritrovamento del nesso fra l'ordine della parola e quello del vissuto. Il poema *Ad portam inferi*[61], cui faceva cenno Luzi, è a mio avviso esemplare per comprendere, nell'opera di Caproni, il rapporto che intercorre fra parola poetica ed effettività del vivere: a partire da esso, mediante la categoria della metamorfosi, egli istruisce la forma del nesso fra il *logos* della scrittura e quello del vissuto concreto. Leggendo questo poema la portata della metamorfosi si può percepire nell'intreccio osmotico tra la figura della madre e quella della moglie come *lo stesso* soggetto poetico. Questo transito in cui una figura si trasforma nell'altra non si realizza nella maniera freudiana di un inconscio desiderio di incesto, e neanche nella fusione indistinta di una donna nell'altra. Al contrario, abbiamo un reale soggetto (poetico) che è in grado di ospitare due differenti persone (reali); ed è proprio questa ospitalità del *logos* della scrittura che permette una metamorfosi poetica dell'effettività del vissuto reale.

Questo *logos* ospitale della vita apre uno spazio di ricevimento per poter scrivere in maniera completamente nuova le grandi questioni che la modernità ha pensato di aver esaurito in se stessa – e invece ce le ha consegnate irrisolte. Se si può dire che quello di Caproni è un «punto di arresto casuale, ma veramente senza ritorno, di un viaggio diretto da nessuna parte, comunque in fuga oltre ogni figura familiare dell'umano e del divino»[62]; allora esso è in grado di prendere per mano anche il cristianesimo e condurlo verso l'ignoto luogo in cui il suo fondamentale (ossia il *nesso* dell'umano e del divino) si è ricollocato dopo il suo esodo dai luoghi che aveva abitato per secoli. È probabile che tale legame non abbia trovato ancora una qualche collocazione decifrabile all'interno dello scenario della contemporaneità: quello che Caproni ci indica con chiarezza è che esso è

[61] Cfr. TP, 214-218.
[62] G. Agamben, *Disappropriata memoria*, cit., p. 11.

oramai eventuale ed evanescente – ma questo è già molto, anche per la teologia che dovrebbe assumere come luogo proprio esattamente la dissolvenza trattenuta e reiterata del divino e della relazione teologale a cui Caproni dà un *logos* che cerca di onorare la finitudine che è di tutti – nostra e del Dio che è Gesù:

> Smettetela di tormentarvi.
> Se volete incontrarmi,
> cercatemi dove non mi trovo.
> Non so indicare altro luogo (TP, 424).

Capitolo secondo

REMOTE ATMOSFERE: PIER PAOLO PASOLINI

Quella di Pasolini è un'opera complessa, stratificata, multiforme[1]. Nella permanenza di intuizioni e convinzioni di fondo, che con modulazioni diverse l'attraversano tutta come l'anima di un coltello, la sua produzione artistica è per natura cangiante, conosce tornanti e ribaltamenti repentini; così da rendere ardua, se non impossibile, una sintesi sistematica che non sia immediatamente travolta dall'instancabile moto vitale dell'uomo Pasolini. Una presenza personale che, come d'incanto, continua a scorrere ancora oggi nelle sue opere – così vivida, intensa, pungente, a quasi quarant'anni dalla sua morte violenta e prematura; come se l'arte cui ha dato forma si fosse impregnata di lui, quasi ingravidata della sua presenza fisica. Questa mobilità di Pasolini da una sfera all'altra del fare artistico corrisponde all'attraversamento della vita del paese italiano nel XX secolo.

Di quella vita Pasolini fu un attento osservatore e uno dei protagonisti più scomodi con la sua continua ricerca di un'ancestrale aderenza al reale, da un lato, e, dall'altro, con l'elaborazione di una critica di civiltà incessante che, mossa principalmente verso i processi di modernizzazione e industrializzazione dell'Italia post-bellica, andava a toccare il nodo nevralgico degli equilibri nascosti tra politica ed economia – sui quali si è basato sì il rilancio del paese, ma che rappresenta anche come il focolaio di un'infezione che dalla fine degli anni '50 del secolo scorso giunge fino ai nostri giorni. Vivendo di questa adesione alle cose che accadono, accompagnata dalla sensazione di una dolorosa distanza da quelle che sentiva essere le condizioni del vivere

[1] Per le sue poesie faccio riferimento all'edizione critica dei Meridiani: P.P. Pasolini, *Tutte le poesie*, Voll. I e II, Milano, Mondadori, 2009 (d'ora in poi TP 1; TP 2).

più prossime a un'originaria genuinità dell'umano[2], Pasolini non poteva che essere un'artista della non linearità, delle improvvise inversioni, dei cambi repentini, della scompaginazione prospettica. Caratteristiche queste che riguardano sia gli stati d'animo, sia la forma del suo giudizio di civiltà.

Pasolini è stato un uomo che ha investito le sue passioni nel sogno di un'umanità capace di ricuperare l'indicibile della sua originarietà, compresa come vita buona perché verace, schietta, senza i veli delle convenzioni; ed ha concesso sempre il credito della fiducia alle relazioni (personali e pubbliche) che lo coinvolgevano, quasi con disarmante ingenuità – quello che potremmo dire uno sguardo amico gettato sulle persone, fino a prova contraria. Con questi tratti dell'animo, egli non poteva uscire dalle vicende della vita se non segnato da profonde lacerazioni, tormentato, irrequieto. Eppure mi rimane una sorta di riserva a racchiudere la sua esistenza, artistica e umana, sotto il segno del tragico – anche se certamente tragica fu la sua morte[3]; e questo non senza un filo che la legasse alla sua vita[4]. È come se Pasolini avesse vissuto continuamente sulla soglia del tragico, senza però sentire mai la propria vita come racchiusa in questa categoria. Anche nelle oscurità più profonde rimangono, infatti, intatti sprazzi splendenti di un'oscura luce che egli sentiva sfiorare con gaiezza il suo essere al mondo:

[2] TP 2, p. 420: «Mi sono ingannato / giocando al pellegrino / che arriva come uno spirito / in un mondo contadino [...]».

[3] Per quelli della mia generazione Pasolini è «iniziato» proprio con la sua morte: poco più che decenne, ricordo ancora l'edizione del telegiornale in cui ne venne data notizia; le immagini in bianco e nero; subito un sospettato e l'arresto di Pino Pelosi (la sua foto sugli schermi, la sabbia del Lido di Ostia con le sue dunette e straducole). L'unica memoria che ho di lui prima della morte, è il resoconto di qualche polemica per la «pornografia» dei suoi film. A parte gli articoli pubblicati sul *Corriere*, in quegli anni i miei genitori non mi diedero nulla di Pasolini da leggere; né lo ritrovai mai negli anni seguenti alle medie e al liceo. Per quanto possa sembrare strano, iniziai a leggere qualcosa di Pasolini da adolescente in parrocchia nel nostro gruppo giovani di S. Maria del Rosario a Milano (credo si trattasse di *Lettere Luterane* o *Scritti corsari*, ora non ricordo bene), accanto a Kierkegaard, Guardini, Bonhoeffer.

[4] Cf. R. Carnero, *Morire per le idee. Vita letteraria di Pier Paolo Pasolini*, Milano, Bompiani, 2010.

[...] Se qualcosa di puro, e sempre giovane,
vi resterà, sarà il tuo modo mite,
la tua fiducia, il tuo eroismo:
nelle dolcezze del gelso e della vite
o del sambuco, in ogni alto o misero
segno di vita, in ogni primavera, sarai [...]
la purezza, l'unico giudizio che ci avanza,
ed è tremendo, e dolce: ché non c'è mai
disperazione senza un po' di speranza (TP 1, 990-991).

I diversi ambiti della sua quasi ossessiva attività, dalla poesia al cinema, dal giornalismo al teatro, dalla stesura dei copioni alla critica letteraria, dalla narrativa alla pittura, vengono a imbastire la trama di una composizione artistica complessiva (eviterei il termine totale, che non credo corrisponda alle ragioni di questa sua eclletticità) – senza chiari confini di demarcazione e rigide distinzioni di genere. Se proprio si volesse chiamare qui in causa la nozione di opera totale, lo si può fare non tanto nel senso di una raggiunta, riuscita, chiusura dell'intero estetico nella forma della produzione artistica; ma solo come convocazione continua delle diverse possibilità e capacità espressive dell'umano in forme variegate, come esigenza imprescindibile della stessa impresa artistica che è sempre anche impresa dell'animo. Così intesa, si potrebbe dire che per Pasolini l'opera complessiva/totale rappresenta una necessità intrinseca dell'estetico, prima che questo venga declinato tecnicamente come specializzazione.

L'apparente semplicità del reale, infatti, non può essere colta che mettendo in gioco una policromia dei mezzi percettivi la più variegata possibile – perché sfaccettata e molteplice è la realtà stessa. Allora l'opera complessiva/totale diventa l'argine estetico davanti all'evanescenza del reale che, per Pasolini, è uno dei prodotti più subdoli della modernità avanzata. D'altro lato, il reale come evanescenza, rappresenta la caratteristica propria della fragile delicatezza in cui sussiste la realtà stessa. L'intreccio di questi due movimenti può apparire unicamente nel fuoco di molteplici incroci espressivi creati da un'applicazione, fine e sensibile, di quella policromia dei mezzi della percezione che caratterizza l'impresa della sua produzione artistica.

Pasolini ha affermato più volte il nesso indissolubile esistente fra i vari ambiti della sua attività artistica, da un lato, e la necessità di inserire ciascuno di essi nell'insieme della sua opera complessiva. Queste le condizioni che egli pone per una giusta comprensione della sua arte (e del suo impegno civile, che costituisce un tutt'uno con essa). Isolare pertanto un genere specifico (quello della sua produzione poetica, in questo caso), per andare a cercarvi allusioni a quella che, in sede iniziale, potremmo generalmente chiamare la questione del religioso, non può essere quindi che una sorta di artificio rispetto al disegno complessivo dell'estetica di Pasolini. Si tratta di un prezzo da pagare inevitabilmente per inserire la sua poesia all'interno dell'intenzione che guida la ricerca di questo libro. Questa necessità di metodo, però, non è completamente in contrasto con la stessa vicenda artistica di Pasolini; anche lui non ha potuto evitare, infatti, di dover mettere mano a qualche artificio per perseguire la sua intenzione estetica nei vari ambiti della sua produzione artistica.

Ne indico solo due, quelli più evidenti, che stanno come all'inizio e alla fine delle diverse fasi della sua opera artistica maggiore. Penso qui al primo volume pubblicato delle sue poesie, scritto nel dialetto friulano di Casarsa[5], e alla sua attività cinematografica; in entrambi i casi l'espressione estetica passa attraverso un artificio: quello di un dialetto studiato e non appreso naturalmente, ma usato quasi come se fosse una lingua madre a motivo di una ben precisa intenzione culturale e sociale; e quello dell'apparato tecnico che il cinema richiede per riuscire a produrre quel risultato finale di naturalità realistica cui Pasolini voleva giungere (una visione immediata della realtà, nella crudezza del suo essere e valere esattamente così come viene mostrata). Se poi teniamo conto che la realtà che Pasolini voleva cogliere e mostrare con il suo cinema stava svanendo, ecco allora che l'artificio si amplifica nel tentativo di ricostruire, il più naturalmente possibile, ciò che era oramai praticamente scomparso essendo solo l'ombra di una realtà.

[5] Si tratta de *La meglio gioventù*, oggi reperibile in TP 1, pp. 10-159.

A margine

La necessaria estrapolazione del poetico, e la concentrazione sul tema del religioso, potrebbero quindi andarsi a inserire nel gioco degli artifici che Pasolini stesso mette in opera nella sua produzione artistica complessiva. Anche il nostro approccio cercherà di essere coerente con le ragioni che hanno spinto Pasolini alla creazione (artificiosa) di una realtà per invenzioni; dato questo che, a mio avviso, rappresenta una delle chiavi di volta per un corretto ingresso nella comprensione della sua opera d'arte. Abbiamo già visto che, nel loro essere multiformi, i diversi ambiti artistici rimangono costantemente aperti l'uno verso l'altro, l'uno nell'altro. In Pasolini vi è come una congenita porosità fra forme e generi dell'espressione artistica; e si potrebbe dire che la sua è sostanzialmente un'*estetica dei transiti*. Certo dei generi artistici – e questo fatto balza immediatamente agli occhi di chiunque si accosti con un po' di attenzione al Pasolini poeta, scrittore, regista, pittore.

Le invadenze cinematografiche in poesia, le esondazioni poetiche nei copioni per il cinema e nella narrativa, le divagazioni giornalistiche che girano nel verso poetico e nella *pièce* teatrale, la pittura che circola libera quasi ovunque nelle sue opere, sono tutte lì, palesi, a mostrare questo transito incessante di un genere nell'altro. L'ecletticità estetica di Pasolini si realizza anche attraverso questa osmosi e contaminazione dei generi artistici, che rende la sua opera complessiva spuria e impura. Ma è solo così che egli può corrispondere all'esigenza che innerva la sua arte, o che plasma la sua vita, all'essere artistico: quella di mostrare la falsità delle trasparenze, la doppiezza ipocrita di una separazione rigorosa fra i generi; per mettere in risalto, di contro, le ambivalenze radicali e le impurità sostanziali di cui è fatta la vita – una volta che da essa è stata sollevata la patina del perbenismo e delle convenzioni, che la riducono ad apparenza senza carne e intensità.

Ma nell'estetica dei transiti di Pasolini non si tratta solo di generi artistici. Essa si allarga fino a toccare e plasmare le forme stesse del vivere; cogliendo così una configurazione specifica dell'umano e della sua inscrizione culturale e sociale. Per quanto queste tre dimensioni (umano, cultura, socialità) possano essere storicamente in conflitto fra di loro, per quanto i processi della modernità abbiano incrementato la distinzione e separazione fra di esse (fino all'estraneità), rimangono tutte sostanzialmente delle attraversate: spazi in cui si transita, che scorrono l'uno nell'altro intaccandosi a vicenda; e tutti incessantemente percorsi da una debolezza più originaria di ogni loro forza. Debolezza che, proprio in quanto tale, rimane indisponibile a ciascuna di queste dimensioni, opponendosi al tentativo di cattura e addomesticamento che ognuna di esse vorrebbe realizzare nei confronti di questa più remota, debole, originarietà; per non doverla così riconoscere come la genesi permanente della propria presunta potenza. I transiti e le commistioni dei generi artistici non sono altro che l'incorporazione espressiva di questo passaggio della debolezza vitale nell'uomo, nella cultura e nella socialità: la forza dell'originarietà circola depotenziata nelle maglie dell'esistenza, individuale e sociale, degli uomini e delle donne; fatto questo che rappresenta un «in principio» indisponibile, se non appunto nel sentore di una primordiale fragilità.

Come già accennato, non si può certo negare lo stretto legame che scorre tra la vicenda personale di Pasolini e la sua produzione artistica; ma l'opera non rappresenta mai un semplice rispecchiamento biografico dell'autore. Intrise del suo vissuto, le poesie di Pasolini non possono essere considerate come meramente auto-biografiche; esse hanno, piuttosto, un tratto testimoniale e si allargano dall'esistenza di questo singolo uomo a quella di altri esseri umani. Pasolini non intende però la propria individualità come qualcosa di esemplare, che possa fungere da medio estetico per esprimere un eventuale comune dell'umano che è di tutti (in questo senso Pasolini non è un Petrarca del '900). Certo, egli è ben consapevole della propria individualità e singolarità; non la nasconde, anzi essa deborda continuamente dai margini nei versi poetici – e si tratta di un essere singolare al tempo stesso desiderato e patito:

> [...] È senso della grandezza, questo senso
> che mi strugge sui minimi atti

> di ogni nostro giorno: riconoscenza
> per questo loro apparire intatti
> a me sopravvissuto, e pieno ancora
> di stantio pianto... (TP 1, 942).

Mi sembra però che Pasolini intenda la sua singolarità come una sorta di eccezionalità non rappresentativa; ossia che non sta per altri, non prende il loro posto, ma che gli consente il doloroso affinamento di una sensibilità estrema, quasi animale, per ciò che è veracemente e propriamente umano (di ciascuno e di tutti):

> [...] Un'anima in me, che non era solo mia,
> una piccola anima in quel mondo sconfinato,
> cresceva, nutrita dell'allegria
> di chi amava, anche se non riamato.
> E tutto si illuminava, a questo amore.
> Forse ancora di ragazzo, eroicamente,
> e però maturato dall'esperienza
> che nasceva ai piedi della storia [...] (TP 1, 837).

È questa sua condizione singolare, di comunanza non esemplare, che gli permette di intuire, percepire ed esprimere l'esemplare umano più prossimo alla sua originarietà. L'opera poetica, intrisa di tratti biografici, eccede dunque il limite del «sé» poetico che scrive, e si fa luogo di un corpo a corpo, di un intreccio dei sensi e delle passioni, in cui si innesta il dovere di una presenza e partecipazione rappresentativa alla vita degli uomini e del mondo. Nel punto in cui l'estetica dei transiti s'incrocia con questa passione civile dell'estetico, viene a condensarsi l'opzione culturale che caratterizza tutta la produzione artistica di Pasolini: quella del posizionamento dei *margini* e del *marginale* a spaziatura portante in cui scorre il reale nella sua non artificiosa veracità (non senza una qualche remota risonanza del vangelo di Gesù – cfr. *Mt* 21, 31 e *Lc* 13, 13, solo per i richiami più espliciti):

> Questi due che per quartieri sparsi
> di luce e miseria, vanno abbracciati,
> lieti paganamente dei loro passi,

dicono con faccia lieta che mille facce
ha la storia, e che spesso chi è indietro
è primo: così chiaramente incarnate
sono nel loro ingenuo petto
le confuse e reali speranze del mondo,
che possono ogni atto anche abbietto,
ogni miscredenza, ogni inverecondia... [...] (TP 1, 976).

Questo posizionamento implica anche una rottura con il canone estetico classico e tradizionale, quello che Pasolini ha ricevuto dai suoi maestri e che, di tanto in tanto, torna a fare capolino nella sua produzione poetica. Il compito davanti al quale egli si trova, in virtù della centralità estetica del marginale, è quello di una riscrittura della stessa nozione di stile. Il margine, come unica spaziatura in cui circola il reale, non chiede l'abbandono di ogni finezza stilistica, né esige il congedo in poesia dallo stile; ma la sua messa in valore, come chiave di volta dell'estetico, non può che condurre a una trasmutazione interna dello stile stesso. Esso diventa così quel necessario tempo della forma in cui dall'indistinto di una massificazione che vuole omologare tutto può sorgere qualcosa che sia traccia di un'effettiva individuazione:

[...] Per essere poeti, bisogna avere molto tempo:
ore e ore di solitudine sono il solo modo
perché si formi qualcosa, che è forza, abbandono,
vizio, libertà, per dare stile al caos [...] (TP 1, 1000).

Lo stile viene così radicato in un'anteriorità che precede il modo di essere e apparire della forma, divenendone la sua stessa condizione di origine. Anteriorità che lo stile non è in grado di rappresentare adeguatamente, ma a cui può solo fare cenno come quello spossessamento che fa dello stile il gesto configurante dell'estetico. Questo scarto, quasi impercettibile, dischiude la possibilità di un lavorio artistico sulla questione dello stile stesso – indefinitamente aperto proprio perché quell'anteriorità davanti alla quale si trova continuamente è, da ultimo, non rappresentabile (ossia, in un certo qual modo, a-estetica – se si pensa l'estetico in termini di rappresentazione). In Pasolini, però, questa impossibile rappresentazione non coincide con una totale assenza di espressione; anzi, proprio questo è il compito e la ragion d'essere dello stile: trovare una via espressiva, magari volatile e instabile, dell'infinitesimale di quell'anteriorità dalla quale esso emerge come il distinguersi di una forma artistica strappata all'indefinito del caos.

Sono queste le armoniche di fondo che articolano la *Stimmung* fra la figura dello stile e il tema della grazia – lasciato per ora in quella feconda ambivalenza che lo fa oscillare fra la sfera dell'estetico e quella del teologico[6]:

> [...] la Grazia è negli Indizi
> la Storia nelle Funzioni
> nella catalisi c'è la grazia impura e l'indecifrabilità della storia
> la pagano cara i poeti del ridondante! [...] (TP 2, 275).

La realtà è intermittenza e interruzione, viene attraversata da accelerazioni improvvise, si contamina di intersezioni che la rendono meticcia. Nel suo apparire il reale è dunque spiazzamento continuo della possibilità di una visione d'insieme sintetica, di una sua apprensione complessivamente risolta – tutto ciò rende vano e sospetto ogni tentativo che cerca di generalizzare la realtà in una condizione unica e unitaria. Cogliere il reale come totalità, come un tutto indistinto, vuol dire fargli violenza, trasformandolo in una semplice funzionalità della storia. Questa è la ragione principale per cui il moderno avanzato è oramai uscito definitivamente dalla discrezione di una «grazia» possibile; ed è proprio contro questo abbandono di una gentilezza verso la realtà che Pasolini si oppone. Il suo lavorare per indizi, e sugli indizi, sapendo che saranno sempre opachi ed effimeri, allusioni che rasentano l'illusione, rappresenta quello che potremmo chiamare lo specifico dello stile estetico di Pasolini.

Questo implica anche la rinuncia previa, da parte dell'autore, a riempire gli interstizi che rimangono aperti

[6] Cfr. R. Milani, *I volti della grazia*, Bologna, Il Mulino, 2009.

fra i ritrovamenti degli indizi; dove la graziosità può essere immaginata esattamente come questo vuoto luminoso e silente che sta tra cenno e cenno. Cosi facendo, Pasolini ha vissuto anche del desiderio impossibile di riscattare la storia dalla funzionalizzazione cui è stata costretta dalla modernità; per riconsegnarla all'effettività di vissuti individuali semplicemente, ma anche assolutamente, necessari in quanto tali – spogliati di ogni sovrastruttura del superfluo, dell'arredo, del cosmetico. La grazia interstiziale del vuoto che sta tra gli indizi vorrebbe essere lo spaziamento che riapre la storia alla possibilità di un originario naturale, capace di accomunare le esistenze di tutti – ossia di uscire dalla storia stessa.

Sia nella scrittura che nel cinema di Pasolini lo spiazzamento, l'inatteso, l'inconsueto, si presentano come segnature tipiche del suo stile. Non si tratta di semplici tecniche o strategie funzionali a catturare l'attenzione del lettore/spettatore, ma di elementi necessari alla sua produzione artistica per condurre il lettore/spettatore alle soglie dell'immedesimazione con un'esperienza estetica che mira all'immediatezza con il reale, di cui le forme artistiche pasoliniane vogliono essere pura mostranza[7]. L'effetto di provocazione che ne consegue non è quindi fine a se stesso, né rappresenta lo scopo principale della sua messa in scena; la provocazione qui non cerca lo scandalo per il puro gusto di indignare il lettore/spettatore, e non è nemmeno uno strumento ideologico usato contro la mentalità cattolico-borghese dell'Italia della seconda metà del '900. L'irritazione della provocazione, portata talvolta all'eccesso, vuole essere invece l'indice artistico necessario per spingere verso quel passaggio ai margini della prospettiva estetica del reale; oltre che rappresentare la qualità soltanto indiziaria, frammentata e sospesa, dell'esperienza estetica a cui essa potrebbe permettere di accedere.

[7] Lasciamo per il momento aperte due questioni: se una simile immediatezza estetica sia possibile e, ammessane la possibilità, se la produzione artistica di Pasolini riesca in questo suo intento.

Per eccessi: lo stile e il sacro

Se non si comprende questa valenza estetica della provocazione nell'opera di Pasolini, unita a quell'intenzionalità umanistica che l'accompagna, si rischia di fraintendere la sua portata performativa, cadendo nella banalità di una valutazione moralistica della sua presenza nel campo di interazione estetica dell'opera d'arte. La provocazione non può fare a meno di intaccare contenuti e assetti (sociali, culturali, religiosi) stabiliti, ma questo aspetto non è che una sorta di appoggio per giungere a quella revisione critica della qualità dei rapporti umani e della percezione della realtà che ne è la vera e propria ragion d'essere. Alla censura borghese della provocazione insita nell'opera di Pasolini corrisponde il compiacimento ideologico delle opposizioni (politiche e letterarie), che manca non meno della prima il motivo per cui l'irritante si attesta come momento costitutivo dell'estetica pasoliniana[8].

Nella sua opera la provocazione appare essere eccessiva esattamente perché non può essere altro da questo, stante il contesto culturale e politico all'interno della quale essa si pone come vettore estetico di un'ispirazione che desidera una giustizia che, nell'essere uguale per tutti, non renda tutti eguali e omologati. Pasolini prende consapevolmente su di sé il peso della responsabilità per l'inserzione di una violenza possibile nell'artistico; necessaria al fine di interrompere quella deriva che egli vede in atto nella massificazione industriale e nell'idolatria neo-capitalista che

[8] Opposizioni che si rivelano essere non meno pruriginose del ceto borghese e della Chiesa cattolica italiana quando le provocazioni di Pasolini vanno a toccare i loro «dogmi» e valori istituiti. Nella vicenda di Pasolini diventa evidente l'insostenibilità di una critica interna alle stesse forze critiche del paese (esemplare il suo rapporto con il Pci); delineando quella che dovrebbe essere la funzione, ma anche il destino, dell'intellettuale in senso alto: la sua non organicità sistemica ai centri del potere implica una sostanziale solitudine e marginalità. Proprio quello di cui avrebbe bisogno ogni democrazia civile per preservare la sua idealità nell'organizzazione della convivenza umana. A quasi mezzo secolo da queste vicende, nella miseria culturale in cui ci troviamo ora in Italia, esse sembrano avere un profilo e una qualità quasi immemorabili.

vanno caratterizzando il tessuto del paese quantomeno a partire dalla metà degli anni '50 del XX secolo.

Il quadro abbozzato fino a questo punto mi sembra possa offrire la cornice adeguata per introdurci al tema della religione nella poesia di Pasolini; che, come annota Bandini, rappresenta «nel poeta un sentimento persistente che travalica intatta la *katastrophé* dei periodi storici»[9]. Tale permanenza del religioso è, a mio avviso, strettamente correlata alla questione dell'eccesso cui abbiamo appena fatto cenno. Mi sembra così possibile intendere il tema della religione (anche) come questione estetica legata alla specificità dello stile di Pasolini (non solo quello letterario). Attraverso l'eccesso egli intende alludere alla necessità di dover scompaginare le forme istituite di una società che si sta progressivamente disumanizzando (o che, in altre parole, è in perdita dell'originarietà dell'umano). Uno degli agenti principali di questa sovversione dell'ordine è proprio la pericolosa economia con cui il sacro si inserisce nelle trame del reale:

> [...] Gli eccessi sono essenziali all'economia del sacro.
> Spezzano le barriere fra uomo, società, natura e Dio [...]
> (TP 2, 239).

Questa rivalutazione poetica del sacro, inteso come forza originaria di coesione e prossimità fra i diversi, si accosta alla critica di una religione che, nel suo processo storico di istituzionalizzazione cui consegue la razionalizzazione dell'esperienza religiosa, ha perso la potenza corporea e la carica erotica quali dimensioni essenziali della propria attuazione. In questo senso, il sacro viene compreso da Pasolini come quella forza primigenia che dà spessore alla relazione religiosa, all'interno del tessuto sociale, fra l'uomo e Dio. Nella storia, e in quanto storia, la religione come istituzione che si attesta nel sociale rappresenta anche un tentativo di addomesticamento del sacro – impresa sicuramente rischiosa ed esposta alla possibilità di un disastroso fallimento.

[9] F. Bandini, *Il «sogno di una cosa» chiamata poesia*, in TP 1, 2009, pp. XV-LVIII (qui p. XLII).

Il problema sorge quando la religione come addomesticamento del sacro finisce con il sostituirsi a esso, senza averne le potenze primigenie che caratterizzano quella sua tendenza fusionale generativa di comunanza e *communitas* fra il divino, l'umano, la natura e la socialità. Quando la religione pensa di essersi sostituita al sacro non solo diventa ragione di partizione divisiva, ma non si accorge nemmeno che tale sostituzione non può che essere fittizia. La forza originaria del sacro non smette di circolare nella socialità degli uomini solo perché la religione ritiene di averlo debitamente sotto controllo; piuttosto essa trasmigra altrove, lascia la religione al suo sogno di dominio (sul divino e sull'umano) e va ad abitare altri luoghi del reale. Al tempo stesso, però, trovarsi faccia a faccia col sacro (quella che dovrebbe essere la corretta posizione della religione) è impresa che affascina; ed è in grado di avvincere le migliori energie dell'umano.

Il guadagno insito in quest'azzardo sarebbe quello della legittimazione a essere istanza sociale esclusiva di mediazione del divino rispetto all'umano e alla natura – ma il sacro, sia detto per inciso, è assai coriaceo di fronte a qualsiasi tentativo di monopolizzazione (vi si può concedere, ma se lo fa è perché vi vede un qualche vantaggio per sé). Per riuscire in una simile impresa è però necessario creare forme sociali di separazione fra i tre poli dell'esperienza religiosa (uomo, natura, Dio) – il cosiddetto disincanto del mondo, che però può produrre come suo contraltare una mistificazione della religione (lasciata a se stessa, fosse anche solo per il privato della vita, la religione può creare danni notevoli; e lo stesso può dirsi per uno spazio pubblico completamente inaridito di una qualche qualità spirituale).

Nella storia dell'Occidente europeo la religione istituita (cattolica) tende a funzionare come mediazione sociale di quegli spazi generati dal processo di separazione che essa stessa ha indotto – è questa meccanica che ha impedito una stabile sacralizzazione del potere politico; con la religione che ha funzionato come polo alternativo a esso rivendicando per sé un potere di competenza e governo sul sacro. In tal modo l'istituzione della religione ha avuto la possibilità di affermare un potere del sacro (limitato dagli istituti della politica) sull'uomo, sulla natura e anche su Dio.

La preoccupazione di Pasolini non riguarda, però, in primo luogo il nesso religione-potere che consegue a questo processo di separazione e occupazione, quanto piuttosto l'effetto di allontanamento dall'originario che esse inducono come effetto secondario della realizzazione storica della religione. Una convivenza umana in difetto del sacro è una convivenza in perdita di umanità. Detta altrimenti: quando il sacro perde la sua natura religiosa, perché l'addomesticamento istituito dalla religione lo spinge verso altri ambiti del vivere umano, allora la società rischia di mettere a repentaglio la sussistenza di quei vincoli fondamentali che fanno di essa non una mera convenzione dei rapporti interumani, ma la realtà di un vivere-insieme che possa essere desiderato e desiderabile da tutti. Riprendiamo in mano la questione dell'originarietà, che rappresenta il nucleo dell'anima religiosa della poesia di Pasolini in quanto questione linguistica[10]. Egli sa bene che «l'Atto inaugurale non riaccade» (TP 2, 239), ma è altrettanto consapevole del fatto che la qualità dell'umano e delle sue relazioni si decide nella misura in cui si dia una possibilità di permanere nella prossimità di questa atmosfera originaria irripetibile e innominabile. I tratti maggiori della poetica di Pasolini ruotano esattamente intorno a questo nucleo incandescente della portata del linguaggio: questione di lingua e della parola, certo, ma così affine all'aporia centrale sulla quale si basa lo stesso impianto teologico del cristianesimo[11]:

> [...] credo che mai linguaggio
> sia stato assunto a luogo divino
> e come tale divenuto oggetto di rito e di preghiera [...]
> (TP 2, 341).

[10] Su questo aspetto centrale, che lega lo sperimentalismo poetico di Pasolini al nucleo teologico del cristianesimo, tornerò verso la fine di questo capitolo.

[11] Cfr. M. Neri, *Christologie als Phänomenologie des Leibes Gottes. Eine kulturelle Herausforderung*, in «ET Studies», 2011, pp. 25-40.

Ma la modernità che Pasolini ha di fronte a sé è caratterizzata proprio da quella che potremmo chiamare una radicale assenza di devozione linguistica[12]; e, quindi, da una profonda mancanza di referenti, reali e condivisibili, mediante i quali sia possibile nominare il reale al di là delle leggi della convenzione sociale e del costume culturale: «Tutti i riti della *cultura di massa* dunque saranno privi di unità» (TP 2, 341).

Pasolini constata che viviamo oramai in una lontananza drammatica, e forse irreversibile, dall'originario come ragione inesprimibile di una comunanza che appartiene a tutti esattamente perché non è di nessuno. La rapida industrializzazione dell'Italia post-bellica, con i conseguenti flussi migratori che riempiono le città e svuotano le aree rurali del paese, sono per lui fatti gravidi di conseguenze negative per la stessa lingua italiana: massificandosi, essa si impoverisce, perde polifonia stilistica, diventa tecnica fagocitante che smarrisce i colori delle sfumature e le ariosità delle aperture prospettiche[13]. All'italiano che diventa tecnica e burocrazia corrisponde la lenta sparizione dei dialetti, che per Pasolini sono custodia linguistica preziosa della gioia delle origini – in grado di farla riecheggiare in maniera inventiva oltre l'irripetibilità dell'inizio[14]. Nella moltitudine dei dialetti traspare qualcosa della multiformità espressiva che si genera nella comunanza dell'originarietà:

> [...] Sono infiniti i dialetti, i gerghi,
> le pronunce, perché è infinita
> la forma della vita [...] (TP 1, 1041).

[12] P.P. Pasolini, *Scritti corsari*, Milano, Garzanti, 2010², p. 12 (d'ora in poi SC): «Lo slogan infatti deve essere espressivo, per impressionare e convincere. Ma la sua espressività è mostruosa perché diventa immediatamente stereotipa, e si fissa in una rigidità che è proprio il contrario dell'espressività, che è eternamente cangiante, si offre a un'interpretazione infinita. La finta espressività dello slogan è così la punta massima di una nuova lingua tecnica che sostituisce la lingua umanistica».

[13] A questa distruzione dell'italiano, e più in generale all'impoverimento umanistico e culturale del paese, contribuisce, per Pasolini, in maniera prevalente sistemica e politica la televisione – con il senno di poi, si può dire che molta parte della sua critica era corretta.

[14] Cf. TP 1, p. 597.

L'urbanizzazione tardo-moderna dell'Italia si rivela essere fatale per la sua lingua, almeno quanto lo è per il cattolicesimo quale religione di popolo, che si ritrova deprivato della sua radice rurale e agreste. Era questa matrice che aveva permesso, infatti, di contenere allo stesso tempo sia i codici istituiti della religione cattolica sia le divagazioni eretiche della fantasia e della sapienza popolare (convivenza paradossale di un'eterodossia che rende reale e praticabile l'ortodossia stessa). Il regresso (salvifico) alla prossimità con l'originario rappresenta, per Pasolini, una questione di lingua che viene giocata anche sul piano della poesia. Si tratta, come vedremo in seguito, di un lavorio sui nomi, sulla portata delle parole rispetto al legame originario dell'uomo con le cose (ma i nomi, in Occidente, sono occupati da secoli dal cristianesimo e dalla religione come istituzione della società). Pasolini non solo è consapevole delle genealogie da cui tutti proveniamo, per pensare di poter scavalcare – come se non fosse mai stato – il cristianesimo in questo lavoro sulle parole; ma si riconosce egli stesso inserito nella trama di questa grande discendenza culturale dell'Europa proprio nel gesto in cui criticamente la mette in discussione.

Un lavorio sui nomi che restituisca, in parola, il portamento dell'originaria aderenza dell'umano alle cose non può quindi prescindere dalla convocazione del cristianesimo nello spazio dello svolgimento del proprio compito: «Il riso dell'Anticristo, questo falso perdono, è una polvere di secoli caduta sui nomi. È la polvere non il peccato a separarci dal cielo. Cristiani, e voi detergete col sangue la polvere dai nomi» (TP 1, 403). Quasi come se l'originario di un'aderenza dell'umano al reale non possa essere riguadagnata che passando attraverso una sorta di martirio linguistico del cristianesimo sulle parole del linguaggio europeo. La provocazione è tanto evidente quanto sottile. Il peccato rappresenta già una codificazione della distanza/rottura fra l'umano e il divino; e quindi afferma surrettiziamente la possibile governabilità del loro rapporto attraverso l'intervento mediatore dell'istituzione della religione che ne è preposta alla regolazione sociale. Inoltre, concentrandosi prevalentemente sul singolo, la figura del peccato rimane come racchiusa nella continua puntualità della sua vicenda; diventando così una categoria difficilmente applicabile alle strutture della vita associata, che non sono affatto estranee alla riuscita del rapporto religioso con Dio. La fatica a delineare il suo quadro teologico, e le alterne vicende che ha conosciuto la nozione di «peccato strutturale» nel post-concilio, mettono in luce le difficoltà inerenti al tentativo di allargare la semantica del peccato dal piano personale a quello del *corpus* sociale. Infine, pensare al peccato come l'unica categoria divisiva fra cielo e terra significa inscrivere il rapporto religioso dell'uomo con Dio (anche in positivo) unicamente all'interno della sfera morale – mancando quella dimensione estetica che è fondamentale nella rivelazione cristiana e nella relazione teologale cui essa dà origine. In prima battuta, mi sembra che la provocazione di Pasolini miri a dislocare altrove la relazione fra l'umano e il divino rispetto alla sua collocazione unicamente morale. In specifico, però, mi sembra che Pasolini voglia qui sottolineare anche l'incapacità della nozione di peccato a racchiudere in sé il peso che ha il deposito della storia rispetto alla relazione religiosa fra l'uomo e Dio.

È proprio questo deposito polveroso, quasi impalpabile, che vela e sospende la possibilità di tale relazione. Porre il peccato come ragione esclusiva di ciò che separa cielo e terra significa mancare quella patina con cui la storia riveste il rapporto teologale, rendendolo opaco, finanche fittizio – puro nominalismo di qualcosa che in realtà non c'è più. La polverosa sedimentazione della storia è il venire meno di un'aderenza fra le parole e la realtà, fra il *logos* e le cose, fra l'originarietà e l'umano – adesione che rappresenta il profilo religioso costantemente ricercato da Pasolini nella sua multiforme opera artistica. La provocazione di Pasolini è quindi un invito rivolto (anche) al cristianesimo, affinché esso inizi a lavorare sui nomi che sono cari e sacri alla sua fede. Togliere la polvere dai nomi significa attraversare tutti gli ispessimenti della storia, saperli interpretare nella direzione di un'apertura del *logos* che sia ospitale del gesto inaugurale – che rimane irripetibile e, per questo, realmente dato. Un lavorio linguistico che potrebbe approdare a una rinnovata possibilità di adesione reale, e non semplicemente convenzionale, delle parole alle cose – condizione, questa, di quell'originarietà dell'umano in cui può apparire anche una forma del suo legame con il divino.

In pratica poetica

Se l'a-teologia di Caproni poneva la questione del religioso in chiave prevalentemente esistenziale (ossia come visione della (ir)relazione del singolo con Dio), l'ateismo confessante di Pasolini la disloca invece con decisione sul piano pratico; perché pratica vuole essere la sua poesia[15], pensata come una poetica della lingua[16] capace di incidere sulle dinamiche storiche dei rapporti per aprirli e condurli verso quella realtà di cui essi sono in continuo difetto. Accettare teologicamente la sfida che Pasolini con questo gesto letterario pone alla religione non significa affatto abbassare il livello della riflessione necessaria per esserne all'altezza; chiede però di individuare con precisione cosa comporti questa concentrazione pratica del poetico rispetto alla stessa questione della relazione religiosa.

Pur nella diversità degli stili e delle personalità, Caproni e Pasolini sono accomunati da un profondo affetto personale[17] e da due grandi passioni: quella educativa[18] e quella civile. In entrambe essi hanno investito competenze e creatività, mantenendo un'autonomia intellettuale che li porrà ai margini dei grandi schieramenti ideologici dell'Italia post-bellica: non etichettabili proprio per la chiarezza (Caproni) e la militanza (Pasolini) della loro posizione culturale nella vita del paese. Furono forse gli ultimi rappresentanti di un ceto intellettuale

[15] TP 2, p. 75: «[...] i miei versi saranno *completamente pratici* / (benché io sappia che senza Dio la pratica è surrealistica) [...]».

[16] Cfr. TP 2, p. 907.

[17] G. Caproni, *Tutte le poesie*, cit., p. 886: «Caro Pier Paolo. / Il bene che ci volevamo / – lo sai – era puro. / E puro è il mio dolore. / Non voglio pubblicizzarlo. / Non voglio, per farmi bello, / fregiarmi della tua morte / come d'un fiore all'occhiello».

[18] Per Caproni si veda il bel volume di M. Bacigalupi e P. Fossati, *Giorgio Caproni maestro*, Genova, Il Nuovo Melangolo, 2010.

italiano ancora capace di non farsi irretire dal fascino dell'opinione e di resistere al potere di attrazione strumentale della comunicazione mediatica di massa. Entrambi furono uniti anche da una profonda stima esistenziale, come attesta un epigramma che Pasolini dedica a Caproni:

> Anima armoniosa, perché muta, e, perché scura, tersa;
> se c'è qualcuno come te, la vita non è persa (TP 1, 1073).

In riferimento diretto alla questione del religioso, la differenza maggiore fra i due sta, forse, proprio nella pratica – e, quindi, nella concezione della religione come aspetto dell'animo individuale (Caproni) o come momento interno alla comunanza umana della socialità (Pasolini). Per Pasolini il cristianesimo (ma anche la Chiesa cattolica) non rimane solo l'orizzonte svanito di un'interlocuzione incessante (perché negare il negato è impresa mai finita), di un'allucinazione per una fede mai stata veramente possibile. Il cristianesimo cattolico Pasolini l'ha frequentato direttamente, senza mai abbandonarlo davvero del tutto anche dopo esserselo lasciato alle spalle. Il risvolto spirituale dell'a-teologia di Caproni rimane etereo, quasi metafisico; mentre quello di Pasolini è fattuale – lavora per figure e corpi, per sovra-scritture e glosse del testo biblico. Detto di questa differenza, mi sembra che Pasolini radicalizzi, ma anche ribalti, l'asserto a-teologico di Caproni. Lo radicalizza perché pone con decisione la sua poetica nello spazio di una a-filosofia che mette in questione la nozione stessa dell'essere. Lo ribalta perché pensa la poesia come alla possibilità di una diversa ontologia che racchiude in sé sia la sfera corporea del passionale, sia quella sociale dell'ambivalenza del vivere umano[19]. In Pasolini l'essere è radicalmente esposto, in balia delle temperie dell'esperienza esistenziale e delle capacità espressive della lingua:

> Ogni mattina ricominciava la tragedia dell'essere,
> dietro i balconi prima chiusi e poi aperti, come in una
> Chiesa [...]

[19] Cfr. TP 1, p. 1451.

> Il tuo «esse est percipi» incontrava tremendi ostacoli
> da superare, e ogni vittoria era una povera vittoria,
> e dovevi ricominciare subito
> come una pianta che ha continuamente bisogno d'acqua [...]
> (TP 2, 219).

Non si tratta di un'ontologia debole *ante litteram*, ma della debolezza come modo dell'essere che è affezione ed effettività: l'originarietà dell'essere non può mai essere assicurata, se si vuole che sia in presa diretta con il reale – o che sia lo spessore originario della realtà. L'essere-in-questo-modo, e non altrimenti, significa la necessità di un suo costante riposizionamento, che deve essere accudito per potersi realizzare proprio così come esso è. Questo chiarisce anche perché il gesto inaugurale sia irripetibile: non perché si tratti del fondamento di una genesi prima della quale, e senza la quale, non vi è nulla; ma perché rappresenta la scaturigine di ogni nuovo giorno in cui l'essere-affezione si spende nell'attesa della desiderata percezione che, cogliendolo, lo fa letteralmente essere. Questo essere, che è il «come» di un inesauribile ricominciamento, trascina con sé tutta la misura della vita, che ha toccato la sua affezione, nella chiusura mortale della sera che sola lo consegnerà (non più identico a se stesso) all'alba della sua nuova e inedita inauguralità.

Quella di Pasolini è letteralmente un'ontologia del contadino, di quella sapienza della terra che vede lo stratificarsi della vita proprio laddove essa sembrerebbe essere destinata a un'invincibile dispersione:

> [...] E la vita appare più viva: segno
> che qualcosa, in chi la viveva, muore [...] (TP 1, 853).

Parafrasando Heidegger, e mantenendo tutta la serietà dell'interrogazione filosofica, si potrebbe dire che per Pasolini l'uomo è il *coltivatore dell'essere* – che non dispera mai, anche nei tempi della sua evanescenza, perché confida nella vitalità della terra che lo riconsegnerà alla presenza impregnato di tutti gli umori di questo sprofondamento radicale nella contingenza. Ma appunto, si tratta di un essere che non può essere lasciato a se stesso quando è nel nascondimento del terreno; questo sì significherebbe la sua totale scomparsa, deglutito dalle profondità oscure alle quali si è consegnato. Per Pasolini l'essere-affezione va accudito, è bisognoso di cura. L'esemplare umano intriso di questa sapienza della terra a protezione e coltivazione dell'essere è, per lui, quello del contadino con la sua cu-/co-ltura rurale e agreste.

La critica di Pasolini all'urbanizzazione totale della società italiana ha le sue radici anche nella preoccupazione che con ciò venga meno questa saggezza pratica del terreno e del vitale, a cui è legata la possibilità dello sbocciare sempre nuovo del gesto inaugurale dell'originarietà. Questa comprensione dell'essere (come modo e affezione) corrisponde sicuramente al vitalismo di Pasolini, che è uno dei tratti principali della sua personalissima religiosità poetica. Ma vi è anche un'altra radice di questa ontologia dell'interramento, fatta di allusioni ad alcuni passaggi del Vangelo che vanno a loro volta a formare il *pendant* di quella che potremmo chiamare una *teologia del seme* (modo dell'aderire di Dio alla terrosità della vita umana):

> [...] «Quel che io *ho visto* dall'esempio dei semi
> quel che ho *imparato* da questo rapporto,
> quel che ho *inteso* dall'esempio dei semi
> (che perdono la loro forma sottoterra, per poi *risorgere*)
> tutto questo rappresenta la lezione definitiva».
> E ora questa lezione non serve più.
> E tu Salvatore, non essendo che il seme che rinasceva [...]
> (TP 2, 238).

In fin dei conti questa non è altro che una fuga sul tema dell'estetica dei transiti. È interessante notare che il collegamento fra questo canone estetico della sua opera e l'ontologia dell'essere-affezione, esposto alla cura che lo coltiva nell'effettività della terra, passi anche attraverso un riferimento non marginale all'immaginario biblico nel quale Gesù amò pensare e presentare il suo vivere a rappresentanza di Dio. Non si tratta di ribaltare improvvisamente, *ex parte fidei*, l'ateismo confessante di Pasolini in una larvata fede cristiana; ma semplicemente di cogliere come una delle immagini del Dio cristiano (quella della vicenda del seme, appunto) transiti nel *corpus* della sua poesia – funzionando da nesso strutturante fra il poetico e l'ontologico. L'incorporamento divino nell'*humus* terroso dell'umano, come un seme, pone la questione di una permanente necessità del contingente per lo stesso pensiero di Dio:

> [...] Uno stesso candore era nel credere
> e nel non credere. Non mi sono mai
> mutato? Se da me non pensato, Tu
> in me non puoi nulla? E io non posso
> nulla per fare umana la mia vita?
> Posso almeno sperare che nel vario
> Tuo essere, il mio essere unico
> a me inutile a Te sia necessario? (TP 1, 739).

Alla coltivazione dell'essere-affezione corrisponde, quindi, una realtà (che è cosa differente dalla mera esistenza) di Dio che dipende dalla sua custodia nell'uomo; infatti, solo un Dio custodito sarebbe in grado di apparire come significativamente presente nella vita dell'uomo (si custodisce ciò che conta – in positivo e in negativo).

La contingenza sarebbe dunque ciò che salverebbe Dio dall'insignificanza di un puro sussistere in se stesso come trascendenza irrelata, priva di transiti nel terreno della vita – passaggi, questi, che la sospendono necessariamente[20] in attesa di una custodia che può essere solo sperata come la sua stessa possibilità di essere: solo una *trascendenza interrotta* in tal modo potrebbe affermare, in quanto tale, la sua pertinenza con la vita della terra[21]:

[20] TP 2, p. 1056: «Bisognava prendere una decisione; / una di quelle decisioni che negano Dio / interrompendone la continuità stupenda».

[21] TP 1, p. 154: «[...] Ricordati, Signore, quello che ci è accaduto, / della nostra passione guarda di avere pietà. / La nostra terra è stata in mano agli stranieri, / e noi ci hanno portati prigionieri in un'altra. / I giovani e i vecchi, li hanno impiccati in piazza, / le nostre giovinette, ce le hanno disonorate. / Ci è morto nel cuore il bene dell'allegria, / ogni voglia di ridere ci è volata via. / Per le strade ferrate e gli stradoni d'asfalto, / per un poco di pane, abbiamo rischiato la morte. / Chiamaci tu, o Signore, e noi ti chiameremo, / rifà i nostri giorni come erano prima».

Ha sospirato! Dio ha sospirato!
Le stelle ballavano di contentezza,
le montagne e le rogge ballavano,
i fringuelli e i lucherini ballavano [...]
Dio ha camminato per terra
e sotto il Suo piede l'erba,
e sotto il Suo piede l'erba,
e Dio, sotto il Suo piede l'erba [...]
Dio ha riso,
e la pioggia sulle viole,
la pioggia sulle viole,
e la pioggia che ballava sulle viole! [...]
I contadini vecchi come la terra bestemmiano,
e Dio balla fra i muri e i broli,
col sole di Aprile e i giovincelli scalzi,
ballano i giovincelli fra i muri e i broli,
ballano i giovincelli con la brezza di Aprile,
e Egli balla in mezzo ai peschi e ai ciglioni,
coi contadini che vivono da mille secoli [...]
balla Dio sul fango e l'erba calda,
le nubi splendono sui monti della Carnia,
e verso il mare sulle paludi fra Caorle e Trieste,
Dio fra i muri e i broli antichi balla,
col cuore pieno di terra e di mari... (TP 1, 274-277).

Sul lato della contingenza sembrerebbe che in Pasolini la vita porti invece in sé il principio di una sua incessante riapertura, che sospende a sua volta l'immanenza rispetto a una pura auto-referenzialità. Ma si tratta di un principio fragile, che non sembrerebbe essere in grado di sussistere da se stesso, perché può essere occultato, fino all'oblio, dalla dimenticanza di una cultura e di una società nelle quali i processi di razionalizzazione hanno soppiantato quella coltivazione naturale (con la mano) della terra che si prende cura dell'essere-affezione – quando questo accade, la vita si immiserisce perché non nasce più dall'inedito quotidiano della posizione inaugurale dell'originarietà irripetibile. Certo, Pasolini pone l'accento sul rischio di pensare a una trascendenza non interrotta[22]; ma non manca in lui anche

[22] TP 1, p. 157: «Signore, siamo soli, non ci chiami più! / Non ci guardi più, anno per anno, giorno per giorno! / Di qua il nostro

la consapevolezza del fatto che una contingenza senza aperture rappresenta una minaccia per la cura sull'originarietà dell'umano:

> [...] Perché non solo chi è nel buio, non vede;
> ma anche chi è nella troppa luce [...] (TP 2, 1068).

Nelle sue poesie Pasolini lavora sulla possibile deriva di una contingenza senza aperture e squarci in chiave prevalentemente stilistica, attestando il registro poetico sui contrasti e le disarmonie che scorrono nella percezione del reale[23], da un lato, e sulle transumanze dei sensi[24], dall'altro. Tutto concorre a fissare un'atmosfera del contingente che solo la drammatica del linguaggio sostiene, impercettibile, dall'implodere su se stesso:

> Di soprassalto un tonfo remotissimo
> come sfiorando il cuore mi disegna
> la campagna insanguinata di fiori,
> il cielo atrocemente azzurro e
> ogni minima foglia, assorta
> in stupendi silenzi. Sono smorte
> mine, a indicibili distanze,
> che sfanno i loro pallidi scoppi [...] (TP 1, 646).

Come per l'interruzione della trascendenza, anche l'apertura del contingente non è mai una condizione, ma il percorso di un apprendimento continuo che può arrivare (anche) a spezzare le separazioni (sociali) per dare forma al possibile di una comunanza dell'umano[25]. L'originario, su entrambi i lati, non è né un dato né una sostanza prima, ma

scuro, di là il Tuo splendore, / per il nostro male non hai né collera né compassione [...]».

[23] TP 1, p. 616: «Dietro le siepi, appoggiati a un tronco, / forse due giovinetti empiono gai / questo tremendo spazio che la dolce / primavera riapre».

[24] TP 1, p. 607: «[...] l'odore come un urlo silenzioso, / dei campi impubi... [...]».

[25] TP 2, p. 750: «[...] Signore, manda un altro Cristo a insegnare a venir fuori dalle radici della vita e a saltare di gioia nei prati del Prossimo».

forma del rapporto con il reale mai conquistata una volta per tutte, che si attesta all'incrocio fra trascendenza interrotta e apertura del contingente. L'esperienza estetica, nella sua riuscita, è l'espressione di questo transito dell'umano nella spaziatura del gesto inaugurale dell'originario; in essa si conciliano fra loro, per un attimo, le diverse forme sociali dell'appartenere alla terra nella comunanza di un mondo:

> [...] (Le terre che a loro insaputa domina
> chi ama talmente la lingua
> da esserne per amore padrone;
> le città industriali e le campagne
> viste in una calda visione d'insieme,
> nel raptus stilistico che tutto ama.
> Ogni cosa diventa buona, e bella: fatale.)
> (Il mondo pacificato dal rapporto estetico
> che, in un suo mattino, a sua insaputa,
> si realizza in un cuore sgombro) [...] (TP 2, 979).

È a questo livello che in Pasolini si pone la questione del religioso: esattamente quello della lingua (singolare che contiene tutti gli innumerevoli dialetti della vita), del suo rapporto espressivo con l'originarietà innominabile e del tipo di legame che, all'interno di essa, le parole intrattengono con le cose.

Le cose e le parole

Nella critica alla razionalizzazione e omogeneizzazione della lingua italiana negli anni del dopoguerra, con il forte processo di industrializzazione e concentrazione urbana della popolazione, traspare in filigrana la comprensione che Pasolini ha di essa: la lingua è un'arte che non può essere ridotta a tecnica strumentale. È per questo che quando essa diventa mera comunicazione, vuol dire che ha preso definitivamente congedo da ogni capacità espressiva[26]. La

[26] SC, p. 54: «Dal punto di vista del linguaggio verbale, si ha la riduzione di tutta la lingua a lingua comunicativa, con un enorme impoverimento dell'espressività. I dialetti (gli idiomi materni!) si sono

lingua è un'arte ospitale, abitata dagli arricchimenti dialettali e dalle sfumature del gergo – con cui il parlato l'impregna trascinando in essa i luoghi del vivere umano. Di qui l'interesse per la parlata delle borgate romane, che si rispecchia nella sua produzione letteraria e cinematografica. Ma di qui anche la possibilità di elaborare un giudizio di civiltà sulla società italiana a partire dalla lingua stessa: il suo impoverimento va a detrimento della socialità e della cultura del paese[27]. La percezione di Pasolini di una corrispondenza fra borghesizzazione del sotto-proletariato e la scomparsa della gioia dalla parlata delle borgate, rappresenta il dramma di una lingua che si sta trasformando in altro da sé: indice di un processo di perdita dell'umanità dell'uomo[28], di quel mistero liminale che ha affascinato Pasolini per tutta una vita. La ricerca dei luoghi dell'umano in cui esso appare e vive in tutta la sua ambivalenza, dove l'addomesticamento dell'educazione non ha ancora completamente cancellato le folate dell'istinto, si concentra su quella soglia del preumano in cui l'originarietà non è ancora stata sottoposta alla disciplina della cultura (borghese/cattolica): qui essa appare non omologata alle convenzioni sociali e alla tecnica di una lingua codificata artificialmente.

Anche l'umano è un transito mai compiuto fino in fondo: stratificazione di incorporazioni che legano le generazioni le une alle altre, facendo saltare la separazione temporale passato-presente – così che il tempo diviene un fenomeno non lineare in cui possono coabitare gli opposti. Ecco perché per Pasolini l'umano non è storia ma vita. La

allontanati nello spazio e nel tempo: i figli sono costretti a non parlarli più perché vivono a Torino, a Milano o in Germania. Là dove si parlano ancora, essi hanno totalmente perso ogni loro potenzialità inventiva».

[27] SC, p. 60: «Ognuno in Italia sente l'ansia, degradante, di essere uguale agli altri nel consumare, nell'essere felice, nell'essere libero: perché questo è l'ordine che egli ha inconsciamente ricevuto, e a cui "deve" obbedire, a patto di sentirsi diverso. Mai la diversità è stata una colpa così spaventosa come in questo periodo di tolleranza. L'uguaglianza non è stata infatti conquistata, ma è stata "falsa" uguaglianza ricevuta in regalo».

[28] SC, p. 37: «La vita interiore degli uomini si è ridotta a mero calcolo e miserabile riserva mentale: a cui si aggiungono, naturalmente, le azioni, ma nella loro pura nudità formale».

lingua, quando è verace, ne rappresenta il *logos* adeguato e corrispondente:

> [...] E la lingua, s'è frutto dei secoli contraddittori,
> contraddittoria – s'è frutto dei primordi
> tenebrosi – s'integra, nessuno lo scordi,
> con quello che sarà, e che ancora non è.
> E questo suo essere libero mistero, ricchezza
> infinita, ne spezza,
> ora, ogni raggiunto limite, ogni forma lecita [...] (TP 1, 1043).

Transito delle incorporazioni che l'umano ospita sostando nella prossimità dell'originario, la lingua rappresenta la forma più radicale di apertura del contingente, interdicendo una sua coagulazione a mero dato di fatto: la lingua è il contingente *nel modo* dell'apertura[29]. Pasolini è ben consapevole della fragilità della lingua, della facilità con cui essa può essere strumentalizzata quale forma del potere fino al punto in cui il *logos* viene sostituito con il nulla[30]. Non di meno egli confida sulla possibilità poetica e letteraria di una ricerca incessante di una lingua gravida dell'ombrosità inaugurale e delle contraddizioni del vivere. Insomma, di un linguaggio che sia espressione[31] ed ecceda di continuo la sua codificazione culturale e lessicale. Per Pasolini l'espressione rappresenta la condizione stessa della vita reale[32], senza la quale le cose diventano meri oggetti e i rapporti si fanno l'artificio di un nesso convenzionale di segni arbitrari.

Nessuna lingua può essere continua espressività del reale: una simile presa diretta, senza alcuno scarto o sospensione, annichilirebbe la possibilità stessa della parola. Rimane, però, l'esigenza di un linguaggio che, pur nel suo transeunte stacco dal reale, non ne sia mai dimentico accantonandolo

[29] SC, p. 74: «Io vivo nelle cose, e invento come posso il modo di nominarle».

[30] Cfr. TP 2, p. 124.

[31] TP 1, p. 1047: «[...] Dovevo cercare un linguaggio, / a esprimere quel mio intimo lume infinito, / che fosse estremo [...]».

[32] Cfr. TP 1, p. 669 e p. 677.

come il semplice abbaglio della passione di un attimo[33]. La passione per il reale è l'affezione che deve attraversare tutto il *corpus* linguistico, anche quando esso è in sospensione di espressività del reale stesso:

> [...] il primo apparire dell'Europa
> fu per me apprendistato all'uso più
> puro dell'espressione, che la scarsezza
> della fede d'una classe morente
> rinascesse con la follia e i tópoi
> dell'eleganza [...] (TP 1, 943).

La fragilità della lingua consiste proprio in questa sua sospensione espressiva, che è a sua volta necessaria per accedere alla possibilità stessa dell'espressione. Come quest'arte che oscilla fra sospensione e ripresa dell'espressione, quello della lingua è un lungo itinerario di apprendimento che affina la sensibilità per la percezione delle «espressioni della vita»[34]; essa appare essere non tanto produttrice di espressioni, ma grembo accogliente in cui il reale può prendere dimora e apparire in tutta la sua vitalità espressiva[35].

La sospensione espressiva della lingua è la sua apertura ospitale verso l'*espressione reale* che nessuna parola può dire, ma che alcune parole possono ricevere divenendone la giusta spaziatura linguistica. La qualità di questo *logos* accogliente deve essere necessariamente espressiva, ma il suo ricevimento del reale non è espressione ma semplice allusione e ulteriorità. Allusione a qualcosa che anche nell'espressione reale rimane inesprimibile – ossia all'originarietà nella sua continua e sempre inedita sorgività[36], che Pasolini nomina come quella possibilità assolutamente singolare di «Inespresso Esistente»[37]. L'originarietà inesprimi-

[33] Cfr. TP 1, p. 747.

[34] TP 1, p. 1339.

[35] TP 1, p. 813: «[...] È floridezza e gioia, questo volere / violentemente essere espresso / che, in roventi vampe d'evidenza, / gonfia di spazio ogni umile oggetto [...]».

[36] Cfr. TP 1, p. 699.

[37] TP 1, p. 1248.

bile vive solo perché l'espressione reale è spaziatura accolta (dalla lingua) della sua continua sorgenza, che trova nelle intermittenze del linguaggio parole espressivamente ospitali (nella misura in cui sanno di non esserne l'adeguazione). È questo il quadro all'interno del quale si modula il registro della parola nell'opera poetica di Pasolini, che ho cercato di descrivere, in prima battuta, come la sua ulteriorità. L'allusione all'inesprimibile originarietà implica esattamente una destinazione non linguistica della parola stessa:

> È Parola non Carne... e finché
> sarà Parola non entrerò nel cuore
> di un destino [...]
> E io la so, la Parola! Perché
> sono io questo parlante sconosciuto,
> questa espressione della Carne...
> Non so fare altro che ripeterla:
> eppure è rimasta Parola... [...] (TP 1, 678).

Il linguaggio può essere apertura radicale del contingente solo se si ulteriora in un inspessimento corporeo del suo *logos*, solo se diventa carnalmente gravido dell'espressione reale in cui spazia l'originarietà dell'umano. Il nucleo della poesia di Pasolini mi sembra consista proprio in questa affannosa ricerca (stilistica) di una transumanza corporea della parola. Il tentativo è sicuramente riuscito per quanto riguarda il movimento che va dalla carne alla parola; rimane più faticosa e incerta la sua inversione, che dovrebbe condurre (linguisticamente) la parola al corpo di carne. Non c'è da meravigliarsene, questo secondo passo rappresenta infatti l'insoluto culturale della modernità europea – trascinando con sé secoli di polvere accumulata sui nomi che potrebbero esserne la soluzione. È a partire da questa *impasse* che si chiarifica sia lo sperimentalismo di Pasolini, sia la sua tendenza ad approcciare le genetiche culturali attraverso una sorta di loro riduzione ai livelli minimi dell'umano. Infatti, in questa sfera l'erosione del *logos* provocata dalla polvere dei secoli sembra opporre meno resistenza al tentativo di consegnare la lingua alla sua destinazione reale – quella del corpo, appunto.

Solo la chiusura del movimento che riconduce il *logos* al corpo sarebbe in grado di delineare il profilo di una lingua nella quale il rapporto con il reale sia esso stesso effettivamente reale; ossia espressione di quei «mistici legami»[38] che stringono originariamente l'uomo alle cose. Di questa prospettiva si può tentare, da un lato, una verifica in negativo. Ciò che la parola non riesce a portare all'espressione deve essere ricondotto a un campo extra-linguistico[39], nella finzione di una rinuncia alla lingua (finzione perché questa esteriorità al linguaggio è detta dalla parola). Ma Pasolini qui, come Dante cui allude nell'affrontare la questione, continua a scrivere; egli non intende affatto uscire dal transito che è la lingua, nel momento stesso in cui ne annuncia un'irrevocabile interruzione. Ciò che non si può «significare per parole» segna, allora, l'inizio incessante del linguaggio come scrittura. L'ingegno poetico che annuncia l'impossibilità della parola funziona esattamente come espressione stilistica (reale) dell'innominabile, creando così un vincolo (linguistico) tra la vicenda della scrittura e l'inesprimibile originarietà della vita. D'altro lato, si può cercare di sviluppare in positivo la problematica davanti alla quale ci ha condotti Pasolini, sul filo dei suoi incessanti tentativi linguistici in poesia. In tal modo mi sembra sia possibile cogliere uno degli aspetti più intriganti della sua opera poetica (anche dal punto di vista teologico): ciò di cui Pasolini è in cerca è un linguaggio capace di un *logos aderente* al reale – che altro non è se non la chiusura del movimento corpo-parola-corpo.

Il *logos* aderente sarebbe l'espressione reale dell'innominabile originarietà; ossia sarebbe la sua possibilità di attestarsi come realmente esistente proprio in quanto inespresso. In Pasolini questo snodo rappresenta un vero e proprio punto critico: quella del transito fra il poetico e il cinema, da un lato, e del transito del religioso nel poetico, dall'altro. I due assi sono strettamente collegati fra di loro,

[38] TP 1, p. 1250.

[39] TP 2, p. 204: «[...] Tutto ciò che non si può significar per parole / non è che pura e semplice forza – / Ma quanta innocenza nel non sapere questo! [...]».

e sono carichi di una valenza teologica di sicuro interesse (costruita in poesia da Pasolini stesso). Nonostante ciò essi rimangono problematici, segnando una sorta di cesura nella ricerca di una lingua aderente al reale nella scrittura pasoliniana. All'interno del movimento che tenta di ricondurre la parola al corpo, laddove egli ha intravisto la necessità di un *logos* aderente come ragione stessa del linguaggio, sta la figura di Cristo:

> [...] Quanto ha parlato Cristo!
> Eppure niente ha parlato più del suo corpo
> inchiodato sulla croce in silenzio [...]
> Siate ciò che siete!
> Non passate attraverso nessun simbolo! [...]
> Fate che Cristo parli con sé stesso,
> non con le sue parole, non con le parole su di lui.
> E dove è Cristo, è dentro di noi [...]
> Così Cristo: se Egli fosse in noi soltanto
> perché ci sono i suoi simboli, che non sono nulla,
> anch'Egli non sarebbe nulla: perché Egli deve esistere
> senza simboli. Egli deve essere nella realtà [...]
> Cristo *è* senza l'oro delle parole.
> Cristo *è*, nella realtà.
> Perché dunque non stiamo solo con lui?
> Perché usiamo dei simboli di scambio? [...]
> La vita è la sede dell'irrealtà,
> eppure io vi dico che c'è solo la vita;
> perché vivere significa vivere soltanto,
> e la realtà significa soltanto realtà,
> e la vita si vive con sé stessa
> e la realtà si rappresenta con la realtà [...] (TP 2, 1044-1045).

Ho citato per esteso questi passaggi tratti dalla raccolta di scritti intitolata *Bestemmia*[40] perché mettono chiaramente in luce il nesso, interno alla poetica di Pasolini, tra questione linguistica (di un *logos* aderente) e questione teologica (la carne del *logos* divino). Questo a ulteriore conferma del fatto che il tema religioso si attesta, in Pasolini, a livello

[40] Dedicata da Pasolini a «quell'uomo delizioso che fu Giovanni XXIII» (TP 2, p. 995).

degli snodi centrali della sua ricerca poetica intorno al linguaggio.

La critica al cristianesimo si gioca proprio rispetto a una separazione fra parola e corpo che fa perdere il realismo proprio al vissuto di Gesù. È quindi al corpo che devono riannodarsi le parole per poter essere espressione del reale; ma queste medesime parole devono anche fare corpo unico con la carne per poter accedere all'espressività dell'originarietà: non un *flatus vocis*, quindi, ma un inspessimento corporeo della parola; non una rappresentazione segnica della realtà, ma un *logos* così aderente da essere, in se stesso, realtà di realtà vissuta nella sua più ostensiva mostranza. Il cristianesimo, e insieme con lui l'Occidente europeo, sono invitati dunque a uscire dalle logiche di un'economia dello scambio simbolico, per accedere a una pratica dei corpi nella quale *ciò che si dà è*: vita vissuta e realtà senza frapposizione di istanze mediatrici. Solo in tal modo l'essere in noi di Cristo non sarà il gioco di interminabili rimandi, senza presa alcuna sul dato reale (in cui si gioca la vita dell'essere-affezione). Ma appunto, la sfida che pone a sua volta il cristianesimo (a mio avviso in una linea coerente alle linee di forza della poesia di Pasolini) è quella di non rinunciare alla durezza della parola proprio nel realismo della sua adesione corporea alla realtà. La questione potrebbe essere posta nei seguenti termini: quale rapporto c'è fra la lingua e il *logos* aderente? La chiusura del movimento che porta dalla parola al corpo di carne, dopo la riuscita del passaggio inverso (possibile solo grazie alla forza evocativa della lingua), significa un'uscita completa dal linguaggio stesso? Ci troveremmo davanti a un corpo senza *logos*?

La preoccupazione cristologica di Pasolini, quella di «un'idea di Cristo anteriore a ogni stile, a ogni corso della storia, a ogni fissazione, a ogni sviluppo»[41], è giustificata in nome di quella polvere millenaria che il cristianesimo ha lasciato depositare sui nomi dell'originarietà (dell'umano e del divino). Ma quando ci si trova davanti alla nuda realtà, quando non c'è più nessun simbolo che separa la frontalità

[41] TP 2, p. 1014.

dei corpi, come si accede a quest'unica realtà del reale che conta assolutamente? E, soprattutto, come può rimanere viva ed espressiva questa frontalità corporea sospesa all'infinitesimale dell'attimo del loro essere proprio lì? Non è forse l'azzardo di un *logos* aderente a permettere alla realtà, evocata dall'espressione della lingua, di essere davvero l'unica cosa che conta? Per rimanere in tale posizione, mi sembra che sia necessario dare forma (anche linguistica) a un *logos* del corpo (genitivo soggettivo). *Logos*, questo, capace di tenere fermo il linguaggio nella sua potenza evocativa, senza la quale quell'unica realtà che conta non potrebbe apparire come tale (non potrebbe affatto essere):

> [...] un Cristo che evocherò, nel film, realmente con la realtà,
> e tu finalmente lo vedrai
> vero, fisicamente vero,
> che ti parla con il linguaggio di sé stesso,
> anteriore a ogni altro parlare:
> *con le parole della Carne* [...] (TP 2, 1016).

Credo che il passaggio di Pasolini al cinema non sia avvenuto senza un qualche rapporto con questa problematica poetica intorno alla forza di una parola finalmente aderente al reale. Parola tanto cercata, ma poi anche temuta una volta avvistatane la possibilità perché così prossima alla tentazione permanente del linguaggio di ribaltarsi in una sorta di dominio semantico della realtà; riducendolo così a essere nulla più del prodotto di una mera convenzionalità dei segni – merce di un'economia dello scambio senza più alcuna allusione e ulteriorità.

L'ipotesi di questo realismo assoluto della presentazione filmica di Cristo rappresenta, già in sé, la mostranza delle «parole della Carne»:

> Il film l'ho già girato – e con Cristo!
> L'ho trovato, Cristo, l'ho rappresentato! [...]
> Mi manca qualcosa,
> ma questa mancanza non mi dà dolore [...] (TP 1, 1238).

Eppure la realizzazione di questo sogno pacificatore non avviene senza un qualche riferimento alla lingua e alla forza evocativa della parola: quello della lettura della narrazione evangelica di Matteo (la prima volta nel 1942; la seconda ad Assisi nel 1962, dove Pasolini concepì l'idea del film). L'ipotesi minore è che senza la forza evocativa del linguaggio la realtà rimarrebbe umanamente inaccessibile, sarebbe morta, non sarebbe per nulla. Ma si può avanzare anche un'ipotesi maggiore, partendo dalla necessità che Pasolini ha di esprimere (anche) *in parole* questo ritrovamento di Cristo grazie all'immediatezza realistica del cinema. Quest'ultima, con la sua rappresentazione, non sembrerebbe bastare: essa deve anche essere detta/scritta. Ha bisogno di un *logos*, per quanto minimale esso sia. Questo atto di pura enunciazione, senza contenuto e al di là di ogni referenza, è la piega che dal cinema riporta verso la scrittura poetica e la lingua. Una piegatura attraversata da una mancanza serena, che non genera più alcun turbamento. Ma spesso proprio questa forma di mancanza è quella decisiva; celata dietro l'appagamento di una realizzazione che essa lascia come in sospeso, aperta verso un indefinito oltre. Non credo che a questo punto sia un azzardo affermare che quello che qui manca, nel ritrovamento stesso, non è altro che quel *logos* aderente che è pian piano emerso fino a rivelarsi uno snodo centrale della poesia di Pasolini. Forse la possibilità di risolvere l'enigma che egli ha lasciato in sospeso risiede nel cercare di congiungere il *logos* aderente della scrittura alla *phoné* corporea del parlato (un'altra ragione del perché Pasolini è così attento al gergo delle borgate romane); non vedo altre possibilità per arrivare realmente a quella *parola della carne* che fu il sogno della sua poesia.

Critica del cattolicesimo

La critica di Pasolini alla Chiesa cattolica mi sembra essere, in molti suoi aspetti, meno scontata e banale di quanto non ritenga Bandini nel suo saggio introduttivo all'edizione critica della collana dei Meridiani[42]. Innanzitutto, bisogna tenere in considerazione che essa si inserisce nel quadro di una più ampia critica di civiltà portata avanti anche attraverso la sua produzione artistica; né si deve scordare che Pasolini fu sempre un severo critico di se stesso – consapevole delle dissonanze e lontananze che attraversavano la sua passione intellettuale per il paese italiano. I due grandi tentativi «religiosi» di Pasolini, fede cattolica e militanza comunista, si conclusero con due profonde delusioni esistenziali, i cui echi risuonano con cristallina chiarezza nella sua poesia. Il fallimento non riguarda tanto le persuasioni di fondo di Pasolini, che rimasero sostanzialmente stabili nei tanti tornanti catastrofici della storia in cui visse; quanto piuttosto la comprensione pubblica[43] delle ragioni che stavano alla loro base. Il motivo di questa radicale incomprensione, tanto sul lato del cattolicesimo quanto su quello del comunismo, è molto probabilmente legato a quell'estetica dei transiti che caratterizza la produzione artistica e la dimensione intellettuale di Pasolini:

> Meglio portare, nel marxismo, una radice mistica
> che una radice piccolo-borghese moralistica (TP 1, 1076).

Proprio questa è la differenza culturale di Pasolini rispetto alle istituzioni con le quali egli ha dovuto, comunque, confrontarsi: quella di non escludere per principio la possibilità e la pertinenza di una risonanza della posizione avversa all'interno del proprio stile di pensiero e di intervento nel dibattito pubblico nazionale[44]. La sua non organicità al sistema-paese, così come esso si andava organizzando agli inizi della seconda metà del XX secolo, lo pone in un qualche modo all'esterno della contrapposizione ideologica degli schieramenti di allora, da un lato, e nel mezzo del loro scontro, dall'altro. Questa condizione, sicuramente scomoda,

[42] Cfr. F. Bandini, *Il «sogno di una cosa» chiamata poesia*, cit., p. XLII.
[43] TP 1, p. 1183: «La morte non è / nel non poter comunicare / ma nel non poter più essere compresi».
[44] Cf. TP 1, p. 870.

gli ha permesso però di sviluppare quella che, a mio avviso, solo impropriamente si può chiamare la sua «ideologia» personale: ossia una devozione linguistica intellettuale che lo rende consapevole dei tempi lunghi necessari alla coltivazione del sogno di una giusta comunanza dell'umano, da un lato, e una passione civile militante che lo porta a scendere nell'immediato dell'arena del conflitto politico-culturale italiano, dall'altro.

La durata del riconoscimento estetico della sua produzione artistica, e la verifica a lungo termine dell'accuratezza di molte delle sue diagnosi dei tempi e delle sue tesi militanti, mostrano la qualità culturale di quest'animo spurio di Pasolini. Della sua critica alla Chiesa cattolica vorrei riprendere, in questa sede, solo due aspetti: quello legato all'urbanizzazione del cristianesimo moderno; e quello che prende in esame la Chiesa come problema dell'istituzionalizzazione della religione. Il *passaggio alla città* del cattolicesimo è gravido di conseguenze rispetto alla sua possibilità di continuare a essere un elemento significativo e integrativo dei vissuti della gente. Il processo di razionalizzazione insito in questo passaggio comporta un'istituzionalizzazione della religione cattolica, da un lato, e un suo adeguamento formale ai processi tipici della modernità avanzata, dall'altro. L'esito di questa dinamica complessa è un effetto di estraniamento della istituzione ecclesiale dalla realtà della vita (e della fede) vissuta. In tal modo, tanto la Chiesa (come istituzione) quanto le sue prese di posizione (come rappresentanza pubblica del cattolicesimo) diventano man mano sempre più aliene e incomprensibili:

> [...] questo bastione papalino blindato
> da contrafforti del dolce colore arancio
> di Roma, screpolati
> come costruzioni di etruschi o romani,
> sta per non poter più essere compreso (TP 1, 1184).

L'istituzione, che continua a sussistere al di là della comprensione della sua ragion d'essere presente nella vita degli uomini, è qualcosa di morto, deprivato di qualsiasi esistenza reale. La riduzione del cattolicesimo all'istituzione «Chiesa» non può approdare che alla sua totale incomprensibilità, anche per coloro che pur sempre in esso ancora si riconoscono e a quella Chiesa comunque appartengono[45]. Nella sua risoluzione istituzionale, la religione cattolica diventa semplicemente una tra le tante sovrastrutture della moderna società italiana. Stante questa condizione, l'eventualità di una comprensione della Chiesa e, quindi, anche della fede cattolica, rimane legata alle vicende delle biografie dei suoi rappresentanti. Un dato che troviamo anche nella poesia di Pasolini, laddove egli esprime il suo convinto e nostalgico apprezzamento per la persona di Giovanni XXIII[46] – vista come una sorta di scherzo momentaneo del divino, che è però anche un monito rispetto alle conseguenze della perdita del carattere rurale di una Chiesa divenuta oramai completamente cittadina:

> [...] Non serve fare santo chi è santo, aspetta che passino i secoli pazienti,
> quando il mondo sarà tutto di altri, o sarà tornato sede di un'assenza
> che avrà il nome di Nuova Preistoria. Allora si potrà esorcizzarlo,
> il Pastor Paganus
> perché tra i popoli
> non si saprà se di lui
> parlarono i Rotocalchi
> o Salimbene da Parma [...]
> e si potrà dire che
> Dio si è fatto vivo
> nell'ironia antiborghese
> di un Papa colto e contadino... (TP 1, 1389).

Ai processi di razionalizzazione istituzionale della religione cattolica corrisponde una svalutazione ecclesiale dei vissuti cristiani quale forma di presenza civile della

[45] TP 1, p. 876: «Si è perduto lo spirito cristiano / in cuori ancora cristiani [...]».

[46] TP 1, p. 1074: «La Chiesa è brutta, anche dietro la tua bella faccia: / lei resterà: del tuo sorriso si perderà ogni traccia».

fede nello spazio pubblico e nel tessuto quotidiano della coesistenza umana. L'urbanizzazione del cristianesimo ha portato, dunque, all'identificazione della fede con la sua rappresentanza istituita, abbandonando alla completa irrilevanza le rappresentazioni esistenziali della vita che crede. Risolto in istituzione, anche gli affetti più cari del cattolicesimo sono destinati a divenire semplici ingranaggi di una macchina burocratica e fittizia[47], perdendo così quel realismo mordente tenacemente custodito nell'aporia teologica di un *logos* divino che è carne umana. Su questi aspetti la critica di Pasolini non è per niente banale; anzi, è teologicamente pertinente. Vi è un altro risvolto sul quale vorrei soffermare l'attenzione: si tratta di ciò che potremmo chiamare la *perdita narrativa* della fede legata all'urbanizzazione del cristianesimo moderno:

> [...] L'umorismo nella fiaba era una carità
> tutta intellettuale: la più alta [...]
> È nei fatti la carità.
> Ma le nonne, accanto ai focolari, raccontavano favole:
> non era religione ufficiale, ma era religione [...] (TP 2, 43).

La razionalizzazione della religione implica un drammatico impoverimento della capacità narrativa della fede: il cristianesimo moderno non sa più *raccontare storie* ai suoi cuccioli, perdendo così l'ironia e la magia del divino. La lingua della favola tende a creare una sapienza pratica della vita e istruisce una comprensione non razionalistica della realtà; ed insegna anche che un fatto trova il suo valore solo nella realizzazione. Ma il cattolicesimo della pura rappresentanza istituzionale, senza più alcuna rappresentazione reale, non ha alcun bisogno di realizzarsi; gli è sufficiente apparire mediaticamente per ritenere di essere ancora

[47] TP 1, p. 1154: «E poi di tante realtà e tante irrealtà cristiane / che traccia è rimasta sopra i suoi traumi? / Il sangue di Cristo si è fatto ceralacca, / la ceralacca polvere, la polvere omissis. / Non una parola, o un accento, o uno sguardo, / ah, uno sguardo, sono cristiani, per chi / ha l'abitudine, poco civile, certo, e un po' angosciosa, / di richiedere questo a uno che parla, a uno che guarda».

esistente. La fissazione linguistica della Chiesa sulla mera corrispondenza formale all'ortodossia dogmatica della fede ha finito con l'annichilire le potenze dell'immaginario credente, che scorrono potentemente nelle pagine evangeliche e rappresentano una risorsa imprescindibile in una stagione in cui Dio non è più un'evidenza socio-culturale predeterminata. La concentrazione sul registro tutto moderno della comunicazione ha portato la Chiesa a smarrire ogni abilità per immaginare una strategia narrativa che sia espressione delle ragioni profonde della propria esistenza – quelle che toccano la vita vissuta, e non quelle che si appoggiano sulle alchimie costituzionali dei rapporti fra religione e Stato.

Oggi il cristianesimo cattolico non sa più raccontare se stesso, ed è per questo che fa così fatica a rendere ragione di sé. Dare spazio all'immaginario narrativo significa essere all'altezza degli scarti che la vita (anche quella della fede) produce rispetto all'astratta precisione della sicurezza dogmatica. Narrativa e immaginazione, per la fede, non sono un puro vagheggiamento estetico o uno sfizio culturale; ma rappresentano la condizione necessaria per potersi attestare come *possibilità reale* dell'umano vivere. L'asettica certezza della religione come istituzione non emana più alcuna bellezza (non riesce nemmeno a esserne più un committente) che sappia affascinare e rendere giustizia a quel sincero affetto vitale dell'umano che è in cerca, ed è ben disposto ad ascoltarlo, di un eventuale *logos* aderente – capace cioè di alludere alla possibilità originaria di una vita corporea felicemente e realmente riuscita nella contingenza dei giorni.

In fin dei conti la critica che Pasolini muove al cattolicesimo, talvolta aspra, nasce dall'averlo colto come la possibilità mancata di essere una reale critica di civiltà nei confronti delle derive del moderno[48], in grado di dare corpo

[48] SC, p. 80: «Ma questo è certo: che se molte e gravi sono state le colpe della Chiesa nella sua lunga storia di potere, la più grave sarebbe quella di accettare *passivamente* la propria liquidazione da parte di un potere che se la ride del Vangelo. [...] Riprendendo una lotta che è peraltro nelle sue tradizioni (la lotta del Papato contro l'Impero), ma non per la conquista del potere, la Chiesa potrebbe essere la guida, grandiosa ma non autoritaria, di tutti coloro che rifiutano (e qui parla

a relazioni umane secondo l'ordine di *agape* (e non dell'interesse e del massimo profitto). Quelle di Pasolini sono più le ragioni di una passione affettuosa, che il preconcetto di un'ideologia astiosa:

> Molte volte un poeta si accusa e calunnia,
> esagera, per amore, il proprio disamore,
> esagera, per punirsi, la propria ingenuità,
> è puritano e tenero, duro e alessandrino.
> È anche troppo acuto nell'analisi dei segni
> delle eredità, delle sopravvivenze:
> ha anche troppo pudore nel concedere
> qualcosa alla ragione e alla speranza [...] (TP 1, 997).

Il cristianesimo storico è proprio questa possibilità mancata, perché non avrebbe compreso che i suoi elementi strutturali non possono essere istituzionalizzati. La *diversità cristiana* di Dio[49] non è razionalizzabile, né è riducibile a una forma storicamente istituita. La risoluzione in istituzione di questa diversità teologale coincide, per Pasolini, con la scomparsa stessa del cristianesimo in quanto realtà della vita. Il *Deus caritas est* (*1 Gv* 4, 16) è opposizione a ogni processo di organizzazione sistemica della religione cattolica[50]; e principio di una nascita dalla grazia[51] della pratica del credere come quella rappresentazione vitale che fa la religione stessa. Su questo aspetto la critica di Pasolini non si discosta poi molto dall'interpretazione del cristianesimo storico in regime di modernità proposta di Ivan Illich[52] (che, in altro contesto, viene richiamato direttamente da Pasolini stesso).

un marxista in quanto marxista) il nuovo potere consumistico che è completamente irreligioso; totalitario; violento; falsamente tollerante, anzi, più repressivo che mai; corruttore; degradante (mai più di oggi ha avuto senso l'affermazione di Marx per cui il capitale trasforma la dignità umana in merce di scambio)».

[49] Cfr. TP 1, p. 749.

[50] Cfr. TP 2, p. 20.

[51] Cfr. TP 2, p. 24.

[52] Cfr. M. Neri, *Ospitalità e convivenza civile*, in «Il Regno Attualità», 2008, pp. 497-500.

La mia religione: auree del cristianesimo

L'ateismo confessante di Pasolini, quella «radice religiosa di un cuore che non concepisce il divino»[53], si attesta in quanto tale per riferimento al Dio istituito di un cristianesimo oramai completamente riassorbito nella razionalizzazione del suo passaggio alla città[54], da un lato, e a una trascendenza senza interruzione che rimane estranea alle ambivalenze del reale, dall'altro. Ma, come abbiamo visto fino a questo punto, queste non sono le uniche opzioni possibili per il divino cristiano. Nella sua poetica Pasolini si impegna anche in una decostruzione di queste due figure culturali del divino, per dare forma a quella che è la sua personale posizione davanti alla questione della religione. In questo quadro, il concetto «ateo» mi sembra in parte inadeguato per esprimere il verace sentimento religioso che accompagna tutta la sua scrittura in poesia:

> (E a pensare in me sia ancora un dio
> sperduto, debole, puerile:
> ma la sua voce è così umana
> ch'è quasi un canto.) (TP 1, 927).

Alla condizione della contemporaneità, che non è riuscita a fare dell'uscita dalla religione altro che una banale irreligione con tutti i suoi dogmi e asserti di fede[55], ha contribuito attivamente anche il cristianesimo – in una sorta di folle auto-annichilimento che lo spinge ad affidare le proprie ragioni pubbliche a una schiera di improbabili atei-devoti ai quali non interessa nulla dell'evangelo di Gesù né della coscienza umana che crede:

[53] TP 1, p. 690.

[54] Anche in questo caso più che di contrapposizione per partito preso, si tratta di una sfida che Pasolini muove al cristianesimo storico: «Di Lui non fate che mi annoi / prima di temerlo: difendeteLo / in me, non negli innocenti Suoi» (TP 1, p. 451; si veda anche TP 1, p. 1114).

[55] TP 2, p. 22: «Il laicismo, sissignori, è il frutto della cattiva religione. / (Infatti è divenuto esso stesso, dico, religione)».

> [...] Dove il Cristianesimo
> non rinasce, marcisce. E, contraddizione
> mille volte, mille volte allusa
> dal mio Cristo irriducibile,
> finisce difeso da qualche Erodiano impazzito
> macabramente privo del senso del ridicolo [...] (TP 1, 1154).

Lo spettacolo odierno, a dire il vero un po' triste, di un cattolicesimo che trova i suoi nuovi apologeti neo-liberali nei delatori laicisti di un tempo, è pane quotidiano del dibattito pubblico europeo. L'aporia di una difesa della fede portata avanti da atei-devoti, per i quali il vissuto e la pratica della fede non hanno alcun valore, contribuisce all'incremento del paradosso contemporaneo di un Dio divenuto irrilevante per le istituzioni stesse della sua religione[56]. Forse mai come oggi la fede sente, nell'Occidente europeo, quel «mancare di ogni religione vera»[57] di cui Pasolini parlava nel suo volume *Le ceneri di Gramsci* pubblicato nel 1957. Ecco, allora, che la questione del religioso si decentra in una sorta di dissoluzione campestre dell'istituzione della fede:

> [...] la chiesa del mio adolescente amore
> era morta nei secoli, e vivente
> solo nel vecchio, doloroso odore
> dei campi [...] (TP 1, 969).

Eppure questa evaporazione del cristianesimo storico in un'eterea fragranza lancinante annuncia la possibilità di una rinascita del suo *logos* verso una nuova, e più delicata, espressione dell'innominabile originarietà della vita.

L'odore, per Pasolini, rappresenta infatti un materiale di soglia in cerca di espressività – fragilissimo attimo di sospensione in attesa di un'aderenza della parola che lo faccia nascere a quell'espressione timorosamente desiderata[58]. Questa volatilizzazione del cristianesimo rappresenta

[56] Cfr. SC, p. 106 e p. 192.
[57] Cfr. TP 1, p. 824.
[58] Cfr. TP 1, p. 963.

il crogiuolo della sua necessaria rinascita a se stesso, della sua trasfigurazione, così da poter tornare a prendere dimora negli spessori del reale. Certo, si tratta di un rischio rispetto alle apparenti sicurezze che offre la macchina istituzionale; ma quest'ultima si trova in un tale stato di crisi (emblematicamente suggellata dalla rinuncia al ministero petrino da parte di Benedetto XVI) che continuare ad arroccarsi in essa potrebbe voler dire perdere l'ultima occasione per tornare a dare al *logos* della fede tutta la forza dell'affezione – dato che diventa dono solo nel suo ospitale ricevimento. «La mia religione era un profumo»[59], annota Pasolini nel volume *La religione del mio tempo*; quasi un invito a immaginarsi un cristianesimo speso nell'affezione sensibile, esposto alle intemperie atmosferiche; ma anche capace di affinare i sensi corporei dell'umano verso la percezione della sensibilità di un divino disposto a sostare indefinitamente, comprendendole, nelle sospensioni e lacerazioni del vissuto come nel suo stesso essere[60].

Quello che Pasolini ha ben compreso, ed espresso nella sua poesia, è che nella contemporaneità il cristianesimo non esiste che come rimanenza[61]:

> Reliquia amara e cieca
> di una Verità che non abbaglia più
> il sospetto con la sua freschezza d'alba [...] (TP 2, 749).

Ma altrettanto bene ha compreso che tale condizione di pura residualità non significa affatto una religiosità di qualità minore, quanto piuttosto rappresenta l'unica possibilità della religione stessa nella congiuntura attuale dell'Occidente europeo:

[59] Cfr. TP 1, p. 966.

[60] TP 1, p. 793: «La via d'uscita / verso l'eterno non è in questo amore / voluto e prematuro. / Nel restare dentro l'inferno con marmorea / volontà di capirlo, è da cercare / la salvezza».

[61] TP 1, p. 625: «Acque cristiane, e voi, campi / solcati nei luoghi dove un vivo / lume ha nome giorno, / perduto il vostro senso, entro / in me, nell'utero deserto. / E lì, atterrito, vi ritrovo [...]».

Ma io attendevo una luce diversa,
camminando da solo, tutto assorto
a ricordarmi, volto ad un'avversa
immensità, a un'inaudita morte [...]
Ma colto dall'impreveduta gioia
andavo vacillando sull'incerta
terra, tra i nuovi sassi, tra la nuova
erba, sotto un cielo troppo aperto [...] (TP 1, 648).

Quel che resta del cristianesimo sono dunque le sue atmosfere oramai effuse negli umori dell'aria che respiriamo, nei suoni che l'attraversano, nelle auree del tempo in cui risuonano ancora rintocchi di festa.

Intorno al mese di aprile Pasolini ha costruito una poetica nella poesia, quasi come se la stagione dell'anno che esso annuncia fosse capace di trasportare nella sua atmosfera naturale quel *logos* aderente in cui l'originarietà risuona nella sua incessante inauguralità:

[...] Al giusto momento, ci lasci, ritorni
alla segreta luce dei tuoi primi giorni:
alla luce che certo tu non puoi dire
né, noi, ricordare, una luce d'aprile
in cui la coscienza con le sue gemme sfiora
solo la vita, non la storia ancora [...] (TP 1, 952).

Quasi un'invocazione religiosa all'originario, che ha però anche il sapore di una sfida: dare prova di sé nella condivisione di quel continuo e irritante amore per l'uomo[62] che è l'opera artistica di Pasolini. Avvinto in queste rimanenze atmosferiche, basta poi anche un latrato a ridestare *logos* e Dio dalla loro (reciproca) assenza:

[...] Ah, lo so che le cagne, con il loro latrato,
ridestano ignare il Dio dimenticato:
sento come sono, ricordo come fui,
visto dallo sguardo improvviso di Lui [...] (TP 1, 830).

[62] Cfr. TP 2, p. 230.

Capitolo terzo

L'INDESTINAZIONE: PAOLO VALESIO

Con Paolo Valesio l'interrogazione che guida questo attraversamento di alcuni percorsi letterari italiani del XX e XXI secolo si esplicita ulteriormente all'interno dello stesso fare poesia, quasi fino a divenirne uno degli elementi strutturanti. Questo movimento di messa a nudo del destino del *logos* cristiano nel tessuto della contemporaneità, come questione che s'interseca con le trame del linguaggio poetico, avviene senza decadimenti confessionali, da un lato, e oltrepassa, grazie alla costruzione intenzionale del verso, lo stretto riferimento alla biografia dell'autore, dall'altro. Quella di Valesio è sicuramente una poesia complessa, non perché aggravata da una ricercatezza stilistica della lingua fine a se stessa, e neanche da giochi delle referenze così occulti da risultare pressoché indecifrabili; ma perché è tuttora un corpo in divenire, uno spazio liminale e aperto all'interno del quale confini e distinzioni (di scuola, di genere, di ambiti culturali, e così via) si fanno flebili, fino a sussistere solo nella forma di un'eterea volatilità (ma proprio così presenti nel testo poetico). Anche solo tentare una definizione di opera in poesia di Valesio è impresa ardua. Accanto ai poemi editi[1] troviamo non solo un ampio bacino di poesie non (ancora) pubblicate, in genesi

[1] Faccio qui riferimento ai seguenti testi di Valesio: P. Valesio, *Avventure dell'uomo e del figlio*, Marina di Minturno, Caramaica Editore, 1996 (d'ora in poi AUF); P. Valesio e P.G. Bubani, *Volano in cento*, Faenza, I Quaderni del Circolo degli Artisti, 2002 (d'ora in poi VC); P. Valesio, *Every Afternoon Can Make the World Still Stand. Thirty Sonnets 1987-2000*, trad. di M. Palma, introduzione di J. Hollander, New York, Gradiva Publications – Stony Brook, 2005[2] (1ª ed. 2002; d'ora in poi EA); P. Valesio, *Il cuore del girasole*, Genova-Milano, Marietti 1820, 2006 (d'ora in poi CG); P. Valesio, *Il volto quasi umano. Poesie-dardi 2003-2005*, Bologna, Lombar Key Editore, 2009a (d'ora in poi VU); P. Valesio, *La mezzanotte di Spoleto*, Rimini, Raffaelli Editore, 2013 (d'ora in poi MS); P. Valesio, *Dialogo coi volanti*, Napoli, Cronopio, 1997 (d'ora in poi DV).

e sviluppo continuo, ma anche pubblicazioni, testi inediti e un esperimento di scrittura continua in Internet[2] che, pur rubricabili sotto la categoria classica di prosa, si intrecciano costantemente con la poetica dell'autore.

Ma, in fondo, è proprio questa ripartizione tradizionale del linguaggio letterario che viene messa in discussione da Valesio in quell'arco che si stende tra le *Prose in poesia* e la «meditazione continuata [...], il saggio di pensiero narrativo» (DV, 11) del *Dialogo con i volanti*. Questa scrittura tra i generi (il segreto della bottega e lo spazio pubblico, la stampa e il digitale, la prosa e la poesia) è l'indice di una delle caratteristiche di fondo della sua opera complessiva (autore e critico, docente e poeta, accademico e praticante), ossia quella di stare essenzialmente *tra i mondi*:

> *Le lingue*
>
> Ho vissuto in inglese e in italiano
> e vorrei addormentarmi al mondo
> cullato dalle onde
> della lingua spagnola [...]
> Laghetto
> 2 dicembre 2002 (CG, 165).

Si tratta di mondi linguistici, certo, come viene dichiarato espressamente qui; ma non solo. La trasversalità cercata da Valesio si muove in una forma più ampia, sebbene simbolicamente inscritta in quella linguistica che la raccoglie e la traghetta. Quello che si cerca in questo oltrepassamento senza posa sono i movimenti che congiungono, facendoli anche collidere fra di loro, «mondi» che il moderno ha provveduto a separare artificialmente tra di loro. In questo accanimento di separazione, che poi non è altro se non una sorta di anestetizzazione dello spirito ammaliato dalla possibilità di una ripartizione disposta a concedere «a ciascuno il suo» purché non travalichi da quel dorato confino, anche la forza della

[2] Si tratta del *Codex Atlanticus*, un romanzo socio-filosofico o un diario pubblico come lo definisce lo stesso Valesio (cfr. www.paolovalesio.wordpress.com/category/atlanticus).

contrapposizione è diventata fatiscente (la trasformazione in opinionisti degli intellettuali ne è il segno più eclatante) – e con essa si è svilita la stessa funzione pubblica dell'argomentazione. Detta in una battuta, la modernità appare a Valesio come una fabbrica di disgiunzioni sostanzialmente innaturali – prodotto di un'alchimia che non risiede nell'essere delle cose, ma che a quell'essere è stato imposto dalla macchina demoniaca dell'«io» (assoluto e auto-referenziale) in cui è stato algebricamente trasformato l'umano che riceviamo (dono e dannazione insieme) con il venire ad abitare la terra. In queste divagazioni fra-mondi non vi è, però, l'auspicio di un regresso a una condizione pre-moderna, né la mitizzazione lirica dell'ancestrale – tratti, questi, che abbiamo visto essere all'opera nella critica poetica di Pasolini. Nella sua adesione alle cose «come sono», condizione necessaria affinché il loro «come potrebbero essere» possa essere adeguatamente e legittimamente pronunciato, Valesio non salva nemmeno la poesia.

Inscrizione tra-mondi

La sua poetica è letteralmente intaccata dal modo di vita della contemporaneità – testi che nascono in treno, durante uno dei tanti viaggi in aereo, per strada, a una rappresentazione teatrale o a un concerto; insomma sulla scena del mondo (e sul mondo come scena) che abitiamo noi, eredi della modernità. Questa localizzazione genetica dissolve immediatamente la possibilità di annoverare Valesio tra coloro che ritengono quello poetico un linguaggio superiore, quasi extra-territoriale, rispetto alle topografie della lingua quotidiana del vivere. La poesia di Valesio non è, volutamente, esente dal dazio che tutti noi dobbiamo pagare alla frenesia dell'essere uomini e donne nel tempo attuale: è solo in questo radicamento comune che essa, poi, si singolarizza, affinando lo strumentario linguistico in cui l'essere-giornaliero delle cose possa apparire in poesia non come indossando un abito tagliato su misura per altri. Lo spirito di una critica alla modernità avanzata non si gioca tanto sul piano dell'ideologia, quanto piuttosto si realizza in un lavorio sulla percezione estetica che possa portare alla luce quanto di sommerso continua pur sempre a circolare nella cultura che ci siamo ritrovati in eredità:

Homo Europaeus

> «Mi chiedi cosa sia l'umanità, e io in una parola te lo dico: sopra-angelicità... »
> Angelus Silesius

[...] Del pari, il fiume del Romanticismo
scorre nella coscienza collettiva
dell'Europa, insieme al Misticismo:
due fiumi d'acqua torbida ma viva.

Romantica ambizione deiforme
volteggiante su Dio e sulla preghiera,
sei discesa al moderno e al deforme.

Nell'umil quotidiana atmosfera
il mistico, paziente come un ragno,
fabbrica il soprangelico guadagno (EA, 50).

Agli occhi di Valesio l'esito della modernità comporta una perdita di profilo dell'umano europeo, così che nelle sue manifestazioni essa appare s-graziata, incespicando anche nei passi che più le sono propri. Ben prima di essere un'eventuale riflessione teologica, si tratta di un giudizio estetico che inerisce al compito di una poesia che vuole essere anche scrittura civile. L'umano ha finito col perdere misura rispetto a se stesso, fino ad apparire quasi ridicolo nella sua ossessiva cura per la costruzione artificiale della propria superficie esposta allo spettacolo pubblico. L'esito di questa sgraziatura è quello di aver ridotto a *quantité négligeable* la dimensione spirituale complessiva dell'umano essere al mondo (che l'autore intende come qualcosa che sta prima del grande fossato che la modernità ha scavato fra interno ed esterno, corpo e anima, spirito e materia)[3].

[3] DV, p. 45: «Il raccoglimento silenziario mi insegna che lo spirito è il luogo della più radicale in-differenza (che non ha a che fare con

In questo quadro, l'emergente figura del mistico rimanda sicuramente alla sfera religiosa; ma Valesio la inserisce con decisione all'interno dello spazio secolare della contemporaneità, e le ascrive in compito una sorta di recupero antropologico: quello di riscattare l'umano dalla condizione di impoverimento spirituale cui si è consegnato. La *conditio humana*, in situazione di modernità avanzata, non può più essere assicurata dalla referenza alla trascendenza ancora ombreggiante nelle parole di Silesio; ma deve essere lavorata, quasi ri-prodotta, dall'umano stesso all'interno della stagione del suo smarrimento:

Disincisione

[...] Ho appena finito
il lavoro di un sogno.
Non posso dire nulla
che tu [Signore Gesù] già non lo sappia
e allora non ti dico – non mi dico –
il sogno; e così lo perdo:
è dis-inciso
dalla lastra della sottocoscienza:
non so più nemmeno
che cosa ho perduto.
Laghetto
9 ottobre 2001 (CG, 61).

Quello che mi interessa nella dimensione dell'onirico tratteggiata in questi versi, per altro abbastanza rara nella produzione di Valesio, è che una certa referenza alla/della trascendenza funziona, oggi, sia come possibilità della parola, sia come interdizione di accesso dell'umano al proprio «sé». L'anticipo gnoseologico del trascendente immaginato

la noncuranza o, peggio, con il cinismo). Nel silenzio, la spiritualità si svela come l'atteggiamento che (ripeto) accetta tutto. Accettare significa sopra tutto *discendere* [...] Discendendo si giunge al livello base – quello che sta al di sotto di, e prima di, le distinzioni ideologiche fra atteggiamenti sanciti e atteggiamenti messi al bando; distinzioni linguistiche tra linguaggio umano e semiosi animale; distinzioni etiche fra bene e male; distinzioni spirituali tra anima e corpo, tra spirito e materia».

(si tratta pur sempre di un rinvio racchiuso nella trama del sogno), infatti, s'impone sull'apertura di un immaginario relazionale (rendendolo di fatto impossibile) da cui dipende la custodia di una parte del «sé» della quale il soggetto, pur con tutta la sua attrezzatura, non è né padrone né signore. L'onirico non sembra essere inteso come una sfuggevolezza del «sé», quanto piuttosto come un lavoro che impegna il soggetto su se stesso, al quale si può mettere mano solo affermando il realismo dell'immaginario relazionale anche davanti all'interdetto posto dalla trascendenza immaginata. Solo violando questa censura, interna alla dinamica del soggetto, è possibile un dirsi del «sé» a se stesso che non può essere sostituito da nessuna tecnica dello spirito (sia essa di matrice filosofica o psicologica) – perché, in questo caso, essa finirebbe per operare esattamente sul nulla di una mancanza di sé a sé stessi.

D'altro lato è proprio la permanenza dell'interdetto della trascendenza immaginata che consente un'esperienza del «sé» mancante che viene prima di ogni forma del sapere: il mancare di sapere dice esattamente di un'assenza che accompagna il dirsi del «sé» – ossia la possibilità dello stesso immaginario relazionale che porta alla parola un «sé» che non ha altra conoscenza se non quella di una perdita indeterminata. Le forme moderne della cura dello spirito si sono addestrate a lavorare più su una presenza recondita che, al massimo, va riportata alla luce della consapevolezza (razionale o psichica) del soggetto; ma appaiono sguarnite quando si trovano di fronte alla traccia sottile, appena percepibile, di un'assenza irrecuperabile inscritta, come eradicazione, nell'animo umano.

Nella ritrascrizione moderna dello spirito come *psyche* e/o *ratio* quell'assenza appare essere l'insopportabile che deve essere necessariamente rimosso dallo spazio luminoso del sapere e della terapia, affinché conoscenza e analisi possano operare con efficacia. Certo, la clinica analitica sopporta con maggior destrezza del sapere filosofico l'opacità del soggetto dietro cui si cela il magma informe di una non ancora avvenuta individuazione; ma non può considerare lo s-fondo, opaco e abissale, del soggetto come assenza irrecuperabile; dovendo piuttosto ricondurlo al registro di un'appropriazione pur sempre possibile – per quanto magari procrastinata *ad libitum* nel tempo per via della condizione (clinica) del paziente.

Ma, appunto, qui la poesia va più a fondo dell'analisi, insinuandosi in quel sotto-umano che è l'*humus* indisponibile del «sé», quello che la modernità ha cercato in tutti i modi di addomesticare. All'incrocio tra trascendenza immaginata e immaginario relazionale, il «sé» si trova in una condizione di continua dis-appropriazione, perché abitato da una mancanza, a cui non può porre rimedio, che lo fa letteralmente essere – un'ombra che sente estraneamente sua e dalla quale, al tempo stesso, rifugge volgendosi a un «sé» sentito impropriamente suo[4]. L'assenza annuncia qui un fantasma del «sé» che sia la logica del soggetto, sia la terapia della psiche, hanno tentato di eliminare dalle dinamiche dell'umano[5] – a suo detrimento, secondo Valesio, in quanto lo hanno consegnato al timore panico di un «sé» traslucido, geometrico, senza più profondità; dove anche l'abisso si è fatto manipolabile oggetto di applicazione e superamento. Dove il «sé» manca del suo fantasma, mancando la mancanza che è a se stesso, in quell'assenza che dal sotto-umano genera la parola, si spalanca il baratro dello sgomento perché «la sua assenza [del fantasma] / è più espantosa che la sua presenza» (CG, 79). Come se fosse proprio il fantasma, nichilità dell'assenza che trattiene il «sé» dallo sprofondare in un troppo pieno che lo divora, a tenere fermo un substrato generante sotto-umano che mette in salvo un *segreto*, meglio *il* segreto che il «sé» è a se stesso:

[4] CG, p. 60: «Un pensiero è piombato sopra me / come un falco blu: / "Perché osi pensare di essere mistico / se avaramente ancora / abbracci il tuo piccolo te, / se hai paura dell'annichilimento? / Avanti! in cammino / sul sentiero della risoluzione / che è polvere di dissoluzione"».

[5] L'eccezione, su entrambi i versanti, mi sembra possa essere rappresentata da Lacan (cfr. B. Moroncini e R. Petrillo, *L'etica del desiderio. Un commentario del seminario sull'etica di Jacques Lacan*, Napoli, Cronopio, 2007; S. Žižek, *Leggere Lacan. Guida perversa al vivere contemporaneo*, Torino, Bollati Boringhieri, 2009; M. Recalcati, *Jacques Lacan*, vol. I, *Desiderio, godimento e soggettivazione*, Milano, Cortina, 2012).

Fra le quinte del teatro

[...] Ogni angolo un deserto palcoscenico
da cui erano appena via guizzati
i fantasmi degli attori
(fantasmi di fantasmi)
lasciando sulle pietre, sulle tavole
sparse qua e là le noci del mistero
i cui gusci lui non poteva frangere;
e trattieni quei frutti sulla palma,
li scruta impenetrabili [...] (MS, 17).

Si chiarisce così come la figura religiosa del mistico dica di un certo modo in cui l'umano può guardare a se stesso, di come possa prendersi in mano lasciando intatta la dimensione spirituale del proprio «sé» – che il suo fantasma lascia, di soppiatto e quasi inavvertitamente, nell'assenza di cui è annuncio. Ci troviamo qui di fronte all'incrocio con uno dei mondi attraverso cui passa la trasversalità poetica di Valesio; forse quello centrale per ciò che concerne l'ultimo ventennio della sua produzione. La sua è, dunque, una poesia meticcia, non solo per i passaggi tra lingue e referenti letterari con cui intrattiene dialoghi e divagazioni; ma anche per i molti sconfinamenti della parola che aprono varchi tra dimensioni culturali dell'umano occidentale divenuti stoltamente sordi l'uno all'altro.

Forse è in ragione di questo suo errabondare, raccogliere, migrare, che Valesio, in maniera sempre più pressante, fa dell'ancoraggio del verso a uno spazio-tempo determinato (quasi cartografico e cronografico) un elemento interno alla scrittura in poesia. Si potrebbe dire una poetica del *pellegrino* che tutti, proprio tutti, continuiamo a essere anche nella stagione in cui il viaggio (sacro) si è tramutato in turismo (di massa)[6]. Pellegrino dice certamente un movimento dell'uma-

[6] AUF, p. 32: «La gente – i pellegrini / (sono tutti, / lo vogliano o no, pellegrini; / anche tu, o Solange – così chiamata / da tua madre per nostalgia d'Europa – / sei pellegrina; perché tutti salgono / alla stessa maniera, / lenti e a capo chinato, / le rampe che si attorcono / tutt'intorno alla cuspide del colle) / rampando tra le nuvole / e non mi scorgono / fino a che non si trovano ai miei piedi. / [...] Ma anche così prossimi / possono non vedermi [...]».

no verso un luogo in cui il senso possa essere sentito come proprio, esattamente nel momento in cui è disponibile a tutti; ma dice anche della preziosità che si cela dietro l'anonimità della sua figura – o meglio, dell'essere caro di ogni anonimo che vaga in cerca del luogo del suo senso[7].

Della sua partenza il pellegrino è sempre certo, ma la destinazione rimane per via l'orizzonte di un'aspirazione agognata – degna del più duro combattimento con sé e del rischio a cui si viene esposti dall'essere per strada. Un tratto, questo, fortemente presente e centrale nella poesia in «viaggio» di Valesio; consapevole di una partenza-luogo, che si cerca incessantemente anche nel movimento che lo estranea da essa, ma senza alcun retrogusto di una *Heimat* che, pur nella perdita del partire[8], permanga in posizione dominante rispetto all'anonimità del movimento aspirativo verso il luogo del senso-proprio che è di tutti. Nel viaggio, il pellegrino è straniero ovunque egli si trovi; e i luoghi del suo passare non sono che una temporanea e provvisoria dimora che lo consegna a quell'andare oltre cui non si può sottrarre. Straniero, ma non apolide; con una patria che si ambigua fin dagli inizi (quella anagrafica e quella attesa del senso), e poi si incrementa di tutte le ospitalità ricevute per via che mantengono per lui il sapore e il gusto di una casa in cui si è stati accolti come fosse stata la propria.

Si potrebbe dire che il linguaggio poetico di Valesio cerca di essere una risonanza in parola sia di questi allargamenti ospitali, che inducono a una rielaborazione dell'idea di origine, sia della provvisorietà che è tipica dell'esperienza pellegrinante che attraversa mondi così eterogenei e talvolta in contrasto fra loro. È da questa sapienza, che ben sa dell'ambivalenza e della non trasparenza dei diversi, che nasce una concezione del linguaggio come *fraintendimento*:

[7] Nel lessico spagnolo del '600 *peregrino* non indica solo una persona che intraprende un viaggio per giungere al luogo del suo senso, ma anche «cosa rara e preziosa».

[8] Cfr. EA, p. 22.

Ma è bene non affrettarsi troppo nella corsa verso un qualche lieto fine. Sembra infatti che il linguaggio umano si sia evoluto (o involuto) in larga parte come mezzo per fraintendersi. Ora, la poesia aderisce entusiasticamente a questo fenomeno – lo sposa, lo intensifica. Così facendo essa può eliminare o almeno ridurre gli ostacoli delle illusioni, ovvero gli ostacoli dell'ideologia, negli scambi linguistici fra esseri umani; e in questo senso e misura si può dire che la poesia prepari, nella sua *pars destruens*, la possibilità di qualche cosa di simile a un dialogo. Un dialogo, in fondo, può aver luogo solo problematicamente: esso consiste soprattutto nella proposta o progetto di un evento continuamente spostato nel futuro [...] A questo punto, però, si impone un chiarimento – anche per evitare le ripetute confusioni con forme di nichilismo. Il linguaggio umano non è fatto soltanto per fraintendersi, nel senso di non intendersi (nostra diffusissima esperienza *in malo*); esso contiene in sé anche la possibilità di fra-intendersi, ovvero «intendersi fra» (progetto e speranza *in bono*). Questo non è un gioco di parole: passare dall'esperienza del fraintendimento a quella del fra-intendimento è cosa molto più difficile che inserire un trattino fra le due parti di un dato termine»[9].

In Valesio la questione del linguaggio, qui brevemente descritta in specifico riferimento alla poesia, non si pone in astratto, ma dice dell'oscillazione fra collisione e coesione di quelle realtà vitali del suo viaggiare pellegrinante fra-mondi che le (diverse) lingue concorrono a plasmare[10]:

Fra le quinte del teatro

Nato secondo l'anagrafe in Italia –
e a quella radice, fedele –
lui sa però di essere
Renatus a New York (MS, 20).

Il passaggio da un mondo all'altro è la possibilità, ma niente più di questo, di un nuovo nascere che non nega l'esistente che lo precede; ed è proprio per questo che la categoria del migrare, tipicamente legata al trasferimento

[9] P. Valesio, *La strana bellezza del fraintendimento*, in «Italian Poetry Review», 2009b, pp. 15-20 (qui pp. 16, 17, 18).
[10] Cfr. *ibidem*, p. 17.

dell'attività professionale accademica al di fuori del sistema universitario italiano, non mi sembra cogliere il nucleo essenziale del viaggio poetico di Valesio. Verso l'Italia egli non sente né nostalgia (l'origine come sogno del ritorno), né rancore (l'origine come reiezione); ma appunto provata fedeltà, nella convinzione che non ci sia distanza, non ci sia frammezzo, che possa impedire di contribuire criticamente alla costruzione culturale del paese. Un indice considerevole di questo atteggiamento di fondo, che anche nelle stoccate lanciate verso l'originario mondo anagrafico è sempre costruttivo, è l'accanimento a usare proprio la lingua italiana nel contesto accademico statunitense – fino al paradosso di scrivere in italiano negli Stati Uniti e, talvolta, in inglese in Italia. Dietro vi sta una passione per la lingua che non può essere ridotta all'apprendimento di grammatica e sintassi, né all'applicazione dell'apparato filologico su un testo; perché la lingua è vita immersa nel mondo che plasma, con le sue regole, le sue sonorità, la sua semantica. All'incrocio di questa dinamica fra mantenimento e trasferimento è la nozione stessa di origine che si trasforma, o forse addirittura si trasfigura.

Il «Renatus a New York» non è né il raddoppiamento dell'origine, né la semplice rubricazione di un nuovo inizio (accademico, esistenziale, politico); ma dice di una metamorfosi che coinvolge la stessa biforcazione e pluralizzazione dell'origine. Novello Nicodemo dell'areopago globale e secolare, nulla dice del come di questa nuova e differente nascita; perché questo è il compito che spetta, in obliquo, all'intero del suo *corpus* poetico; sa però, e lo sa bene, il luogo in cui essa è avvenuta: una città che non è solo un mondo a sé stante, ma anche un mondo di mondi che si sfiorano, si ignorano, si guardano con sospetto, si intersecano – come se ci fosse un ulteriore, infinitesimale, «fra» nell'essere tramondi. Per dire di questo rinascere fuori dall'Italia Valesio usa una lingua morta, a cui affida il compito di veicolare la proprio vita nata dopo l'anagrafe, che è alla radice (ossia prima) della lingua italiana. Tempi, lingue, mondi, si condensano così in una singola, banale, parola. Se si guarda al percorso poetico di Valesio, questo rinascere ha sicuramente anche una portata spirituale e religiosa. Avvenuta in suolo statunitense, questa rinascita ne segna anche una distinzione: essa non si inscrive nel registro, tipicamente statunitense, del *born again* militante, politicizzato, che mette in piazza il suo nuovo nascere alla religione precedentemente abbandonata. Tratti, questi, non solo estranei alla spiritualità cristiana di Valesio, ma verso i quali egli sente anche un ostile fastidio culturale di fondo. Assumendo il registro dell'incarnazione, egli immagina una discesa della fede nei meandri oscuri della vita di tutti i giorni, che può evitare il ridicolo dello spettacolo, o la pretesa della superbia, solo se corredata da un'ascesi dello spirito come moderazione, discrezione, segreto; che ben prima di essere rivolti verso altri, devono lavorare sul proprio «sé»: «Non sappia la sinistra ciò che fa la tua destra» (*Mt* 6, 3). È all'interno dello stesso «sé» che si deve costruire, perché non data in natura, la soglia di un «fra» che preservi il segreto di sé a sé stessi – fragile, friabile, così sottile che può essere abbattuta dal più lieve dei moti dell'animo.

Nella metamorfosi dell'origine la scrittura si apre al tempo (che viviamo) quale spazio genetico della poesia: il quotidiano, con le sue molte insignificanze, sembra prendere il posto del tema classico dell'ispirazione; senza ergersi però a principio del comporre versi, ma assumendo invece i contorni più modesti di un semplice, eppur centrale, incipit (quello del concepimento di un poema). La poesia di Valesio è ben distante dall'essere il lirismo di una quotidianità che celerebbe chissà quali grandezze estetiche o misteriche: nella loro banalità i giorni mostrano da sé quello che li attraversa; la cui invisibilità non è un difetto dell'essere-quotidiano, ma un'atrofia della nostra percezione. È con questo difetto (spirituale) dei sensi che la poesia di Valesio si confronta in continuazione, cominciando dalla base più elementare della natura (basti qui pensare ai cataloghi ornitologici raccolti nelle sue poesie, che richiamano nell'ordine della parola quanto Messiaen ha messo in musica; oppure alle tavolozze di colori che entrano continuamente in gioco con una gamma vastissima di sfumature quasi impercettibili).

Ancora una volta: è dal basso che bisogna iniziare – se non si riesce a sentire un leggero cinguettio che si confonde con il silenzio del bosco, o si disperde nell'acustica esasperata e caotica di una metropoli, come si potrà percepire la brezza leggera che è lo Spirito che tutti raggiunge? Scrittura, dunque, quella di Valesio che investe di uno sguardo sensibile il quotidiano; che non passa mai oltre la sua durezza e refrattarietà, col desiderio di coglierví quel palese, troppo palese, che sfugge continuamente al nostro animo di uomini moderni oramai assuefatti alle amplificazioni e semplificazioni della tecnica.

Lo scandalo dell'essere

È da una stagione non breve che l'impegno letterario di Valesio (non solo come autore, ma anche come docente universitario) si accorda su armoniche che cercano di far risuonare la dimensione spirituale della parola: accolta non come corpo estraneo, né come belletto estetico; problematizzata al fine di non farla scadere nel *divertissement* di un animo pio; esposta senza vergogna, proprio nel momento in cui mette a nudo il «sé» scrivente/scritto che diventa specchio di una promessa visione faccia a faccia col divino che il cristianesimo fa transitare, ancorandola a essi, attraverso la miseria dei corpi che siamo:

Dardo 65

Nei rari momenti (ad esempio
nello specchio abbrumato di un motel)
in cui lo sguardo declina
verso il corpo in sua povertà
(defoliato dagli anni) e nudità
intorcigliato intorno all'indifeso
oscuro pene contro
il pallore del ventre
dunque in disperata purità
là dove la miseria
escludendo vergogna
è la modesta via maestra
verso la dignità –

> ecco io allora scorgo il corpo di Gesù.
> Bloomington, Indiana (VC, 50).

Intreccio di sguardi in cui va in frantumi l'identità monolitica dell'individuazione: c'è sempre altro nel «sé» che siamo. Rotto lo specchio di quest'incantesimo narcisista, la parola si fa portatrice di possibilità inaspettate; fa balenare una qualità di quell'umano messo a nudo davanti a se stesso che sembra eccedere, all'unisono, l'angustia del suo corpo e i margini della scrittura stessa. Nelle articolazioni del *verbum* si plasma la vicenda dell'uomo e della donna: troppo umana per trovare un punto di stabile equilibrio; sempre divagante, al di sopra o al di sotto, di quella misura idealisticamente astratta che vorrebbe racchiudere l'umano perfettamente in se stesso, dimenticando così la sua fondamentale instabilità che gli viene da quell'essere sopra ciò che, angelicamente, sta sopra. Instabilità che appare a volte nella forma del divino, a volte in quella del demoniaco, della bellezza della qualità spirituale, della brutalità di una potenza mai sazia, oppure in quel sotto-umano, in quell'animale (il *prima* dell'uomo) mai vinto una volta per tutte.

L'animale rappresenta, per Valesio, quel pre-umano sul quale tutti ci incidiamo e nel quale si cela una semplicità elementare dell'esser-dato dell'uomo irriducibile a ogni presa della ragione; facendo così da argine all'avanzata di un pensiero concepito in forma esclusivamente raziocinante:

> Gli animali rivelano l'Essere come Natura; cioè l'Essere in tutta la sua scandalosità – la sua irriducibilità a quale si voglia costruzione edificante, di tipo intellettuale o morale [...] Il vero scandalo degli animali non è il loro relativo *mutismo* (ovvero, la non-linguisticità della loro semiotica), bensì la loro irriducibilità a ogni metafisica (usando qui il termine in senso molto vasto – come tale, dunque, che abbraccia anche quella che spesso si chiama ideologia) (DV, 30).

L'animale può essere addomesticato, la violenta drammaticità del suo rapporto con l'uomo in ragione della reciproca sopravvivenza è stata anestetizzata nella serialità della produzione industriale del cibo: quando ne va della vita fisica si è persa la frontalità dello sguardo, quando si tratta della vita domestica il loro sguardo è stato soggiogato, reso mite e servizievole[11]; eppure essi rimangono lo scandalo di un essere semplicemente naturale, di un essere che è corpo e istinto – nulla più. Sfuggenti rispetto alla presa del metafisico, gli animali come gli angeli (che ne sono il rovescio di uno spirito senza corpo) mostrano come la problematicità dell'essere risieda altrove: il naturale dell'essere non si pone come questione, si dà semplicemente e appare come vita corrispondente a se stessa; è solo nell'uomo che l'essere si ambigua, divenendo problematico e «metafisico» (così come nel Dio cristiano, che dà spazio nel suo essere trinitario non solo alle alterità relazionali, ma anche al corpo):

> *Gli animali*
> *(Glossa a San Francesco)*
>
> [...] Come gli angeli, gli animali
> richiamano in questione
> l'affaticata congiunzione
> di corpo e anima.
> È forse per questo che sono
> più belli degli uomini -
> appesantiti dall'anima
> che si portano in petto (MS, 53).

L'umano è, dunque, non l'indebolimento ma l'*affaticamento* dell'essere; e la gravosa congiunzione di anima e corpo

[11] Ma questo viene a detrimento anche dello sguardo umano che non sa più cercare l'essere come vita della natura, come grammatica di fondo dell'uomo – animale anche se razionale (non si tratta, quindi, di un'apologia della cosiddetta legge naturale con la sua ormai sbiadita immediata evidenza per la ragione). Perdendo l'essere come natura l'uomo ha finito con il divenire un animale addomesticato, anche nella sua ragione: «Una volta – milioni di anni scorsi – / vigeva tra essi [gli animali] e gli umani / la sacertà del reciproco terrore. / Adesso la paura / siede in loro soltanto. / Lo sguardo degli umani è laicizzato / quello degli animali ipnotizzato. / In questi tempi sono accumunati / in rischio differente / da quello dell'artiglio e della clava: / essere colti insieme, raggelati, / fino allo sfondo della paralisi, / dal grande obiettivo [...]» (MS, p. 51).

rappresenta l'indice di un essere costantemente chiamato a lavorare-tra: un essere interstiziale che non può venire risolto metafisicamente in nessuno dei due margini della sua ambigua divaricazione, proprio perché il suo lavorio effettivo si attesta sul piano del pre-verbale. La divaricazione è l'essere-tra prima della distinzione e delle separazione, che mette in discussione la disgiunzione come ordine metafisico delle cose e dei viventi. Inoltre, a mio avviso, essa può rappresentare l'antecedenza del contatto fra essere naturale ed essere interstiziale e, quindi, il punto di una comunanza che nessuna differenziazione (quantitativa o qualitativa) può elidere. In ogni caso, mi sembra che l'affaticamento dell'essere al lavoro tra lo spirituale e il materiale, per configurare la congiunzione di un legame plastico fra essi che li plasmi in un'incessante inter(e)azione reciproca, possa offrire non minore resistenza alla metafisica (come sistema filosofico e impianto ideologico) di quella messa in gioco dall'essere come natura dell'animale.

Scorrendo la produzione poetica di Valesio, mi sembra sia possibile formulare alcune riflessioni legate al tema dell'essere naturale nella sua irriducibilità che, solo apparentemente, possono sembrare lontane da esso. La prima è quella, già accennata, di una visione che coglie il quotidiano come la natura della storia; ossia come ciò che nella storia sfugge a ogni sistematizzazione, ciò che non è edificante ma (brutalmente e semplicemente) dato e di cui nessun dire può esserne l'adeguazione. Il quotidiano è il vissuto nella sua non-verbalizzazione, una sorta di angolo cieco che decostruisce dall'interno ogni compattamento ideologico del linguaggio. Così che la parola, nel passaggio dall'essere vissuto quotidiano al dire di ciò che quotidianamente si vive, rimanda in un qualche modo al «*topos* dell'Ineffabilità»[12] – ossia una parola che desidera dire della vita e, così facendo, non può non dire lo scarto con cui essa si incide letteralmente nel linguaggio.

Eppure questa parola è necessaria, e deve essere detta se il linguaggio vuole essere ancorato alla vita che contribuisce a plasmare, senza esserne né il mero riflesso né una

[12] P. Valesio, *La strana bellezza del fraintendimento*, cit., p. 16.

sovrastruttura esteriore a essa irrelata: «Rivolgendosi alla vita oltre i confini delle poetiche, la poesia si rivela come qualcosa di troppo serio per potere restare entro i confini della poesia»[13]. Questo sconfinamento della parola segna l'impossibilità, in Valesio, di una extra-territorialità linguistica della poesia; ed è proprio il quotidiano a rappresentarne la cosa seria, perché esso è in grado di conservare la singolarità irriducibile della vita (di ciascuna esistenza: *questa* storia, e non altra; *questa* vicenda; insomma, il questo-qui che si coagula intorno al prima del sotto-umano), nel momento stesso in cui la consegna all'anonimato – che appare essere dunque il correlato esistenziale dell'ineffabile. Ma il senza nome, che ciascuno di noi è nell'agorà della quotidianità contemporanea, è al tempo stesso lo sconosciuto, l'abbandonato, il vagante, l'escluso; perché così è di noi oggi non appena usciamo dai piccoli gusci dei nomi propri che ci siamo costruiti per entrare nel macrocosmo del quotidiano. È in questo territorio che si genera e sviluppa uno degli assi portanti della poesia di Valesio che, in quest'ottica, potrebbe essere contrassegnata come un'*estetica dell'infimo*.

La seconda riflessione riguarda le implicazioni di questo profilo estetico della sua poesia rispetto alla questione teologica, che scorre trasversale all'interno della sua opera letteraria. Se Pasolini cercava il suo Gesù sulla base dell'arcaicità dei tratti del volto, di un'apparire grezzo in cui non ci fosse traccia alcuna di modernità, Valesio lo coglie di contro nello sguardo declinante che si posa sulla nuda fisicità di un corpo tutto immerso nell'essere moderno. Per quanto quasi opposte tra di loro, entrambe le posizioni rimandano a un medesimo orizzonte dell'interrogazione teologica. Con un lessico fenomenologico, la cosa potrebbe essere formulata all'incirca nei seguenti termini: il vero scandalo del cristianesimo non consiste tanto nel fatto che il *logos* filiale di Dio abbia un *Leib*, un corpo proprio splendente di intenzionalità e portatore della donazione; quanto piuttosto che sia *Körper*, fisicità fatta di orifizi, sporgenze, escrescenze, putrescenze, odori, datità come fatto bruto – un divino che *ha bisogno*

[13] *Ibidem*, p. 17.

della parola e non può più ritrarsi in un silenzio insondabile dell'essere. Su questo punto vi è come una frizione all'interno dell'opera di Valesio, che annoto di passaggio: da un lato, mi sembra che la figura dell'incarnazione, dell'essere-incarnato, rappresenti una sponda fenomenologica decisiva della sua poetica; dall'altro, il *verbum* di e in Dio quasi lo disturba (forse perché l'abbiamo trasformato in una pedante verbosità), come se fosse una sorta di ridondanza che finisce col velare un nucleo essenziale del divino:

> Se il *logos* si è fatto carne, la natura dovrà mostrare certe dipendenze, certe gerarchie sentimentali. Ma questa ansietà può forse diminuire se si pensa al divino nell'altro suo aspetto, quello della radicale unitarietà. Nell'occhio vivace e fuggevole di un animale, nelle chiome degli alberi, in tanti altri enti simili, si vede Dio – Dio in quanto è – e basta. La Trinità ha una forma per eccellenza verbale, anzi oratoria; dietro di essa (non contro o al di sopra di essa) sta l'Unicità, che è Silenzio (come aveva visto, a tacer di altri, Meister Eckhart) (DV, 64).

Ora come intendere questo dietro che non è né contrapposizione né differenza qualitativa? Uno sfondo che pre-cede l'essere-relazione del Dio cristiano; e, quindi, uno sprofondarsi dell'origine divina in un altrove rispetto al suo sorgere? Oppure come un qualcosa che l'essere-relazione del Dio cristiano si è lasciato alle spalle come ipotesi definitivamente superata dal suo venire all'essere proprio così, eppur sempre esistente come possibilità di poter essere-altro?

Ipotesi suggestive, tutte possibili all'interno di un «dietro» ante-predicativo di Dio. Ma quello di Dio è un nome che nome non è, perché la sua è una radice verbale (per rimanere nella matrice ebraica del cristianesimo, comunque quella che fu di Gesù). Se seguiamo il senso di questo passaggio di Valesio, viene subito alla mente il passo paolino in cui viene espresso il desiderio di Dio di «essere tutto in tutto» (*1Cor* 15, 28). Ma, allora, quell'unicità non sta tanto dietro l'essere trinitario di Dio, quanto piuttosto davanti: la sua ancora aperta destinazione, l'eventualità di un compimento post-verbale del suo essere – in quanto è (se mai sarà possibile, nel compimento, la risoluzione del Dio *come* è nel

Dio *in quanto* è). Mi chiedo se questa distinzione fra il come Dio è, e il fatto che è, sia poi così adeguata alle intenzioni stesse di Valesio. Da un lato, le potenze dell'Unico sono annichilenti, non tollerano alcuna differenza; nei confronti dell'unicità non c'è né relazionalità né dialogo, ma solo asservimento e sottomissione, fino al riassorbimento di quella che era solo un'apparenza – e il mistico, si badi bene, non è altro dall'uomo di fede, ma ne rappresenta semplicemente una forma che sta con e nella fede. D'altro lato, il silenzio dell'Unico non è l'ineffabile, che è tale proprio perché sta in un certo qual rapporto con la parola; ma un qualcosa di mortifero e letale per l'uomo e il suo linguaggio. In fin dei conti, Valesio stesso indica la possibilità di una via di uscita proprio indicando l'originarietà del *come* generativo dell'essere stesso:

Le origini

Amore è stato il primo movimento
che mi ha riscosso dalla vita oscura,
ma non era profondo: giù in pianura
scorreva sensuale il malcontento.

Amore è stato il primo movimento,
prima del *logos* e dell'universo [...] (AUF, 77).

La dinamica di *agape* potrebbe essere intesa come l'antepredicativo dell'essere di Dio, quella in cui egli sente *come* è, ben prima di cosa egli sia; e fa dipendere il suo essere in quanto tale da quel sentire l'essere come è. La generazione del Figlio, quella che fa venire all'essere il Padre in quanto tale, non ha la forma dell'evento verbale ma è coincidenza originaria di *affectus Dei* e *agape* – dove la circolazione dell'affetto si pone come distinzione e apertura di *agape* nel suo investimento affettivo verso l'altro della relazione. In una battuta: credo sia possibile pensare una semiosi affettiva di *agape* come spazio, permanentemente generativo, della semantica del *verbum Dei*; che in tal modo, nel suo essere proprio, non è ricondotto alla necessità di essere un fatto verbale. Riprendo, in conclusione, il filo delle annotazioni cristologiche differentemente articolate da Pasolini e Valesio, perché esse aiutano a mettere a nudo una difficoltà interna del cristianesimo.

La natura umana pensata dal dogma dell'incarnazione si tiene bene a distanza dalle implicazioni che Valesio mette in campo rispetto all'evento del Figlio, *logos* che si fa carne: principalmente, essa astrae del tutto dall'animalità che l'uomo anche è. Quella natura finisce con l'essere, in tutto e per tutto, cultura; ed è per questo che può essere maneggiata con gli strumenti della metafisica, piegata alle ragioni dell'ideologia e utilizzata come parametro normativo del comportamento morale. Forse è per questa ragione che il cristianesimo cattolico continua a faticare non poco rispetto alla cultura: perché, in fin dei conti, sa benissimo che il suo asserto fondamentale è in tutto e per tutto cultura – sebbene si ostini a nominarlo come natura. È proprio qui che la provocazione dell'essere naturale, sulla quale Valesio insiste, colpisce un fianco scoperto della fede cristiana – non sempre così pronta alla stessa misura discensiva che la genera e ne è l'unica ragion d'essere.

Sul soggetto: l'ascesi ospitale

L'attenzione di Valesio al profilo spirituale della parola scritta, sia essa in prosa o in poesia, non è né di maniera né, come si diceva agli inizi, destata dai destini della biografia personale dell'autore. La dedica posta in esergo al volume *Il volto quasi umano* inserisce, con discrezione e drammatica delicatezza, il suo vissuto nella trama del suo scrivere; ma esso vi si inscrive non tanto nella forma dell'«io» che vuole giungere alla parola, quanto piuttosto come quel crogiuolo in cui la sensibilità letteraria è stata affinata alla percezione delle molte e variegate cromatiche dello spirituale. Il volume stesso ci prende per mano e ci mostra che quanto in esso viene messo in gioco ha ben poco a che fare con la delineazione di un profilo/percorso biografico.

Il testo in un qualche modo più vicino alla vita dell'autore è anche quello in cui egli più si oscura e assenta, per lasciare spazio a una voce scrivente in cui ogni lettore può trovare ospitalità (e non identificazione, si badi bene). Come se lo spirituale, immancabilmente impastato di carne individuale e naturale, designi l'urgenza di un movimento di eccedenza e, al tempo stesso, di raccoglimento del «sé». Entrambi i poli di questa dinamica sono poi intesi come possibilità letteraria di una critica culturale verso l'idea di soggetto intesa come concentrazione auto-referenziale e narcisistica della persona umana dopo l'esaurirsi della stagione moderna (forse il fardello più pesante che grava sull'instancabile lavorio della modernità sull'«io»):

Dardo 44

Ho bruciato la vita nella cerca
del fiore azzurro – il più secretivo
e sospirante fiore – ma nel fuoco
del mio tramonto ho scoperto
che era il velenoso e vellutato
fior di Narciso, di color mutato:
il bianco si è bluato
e illividito
come per irrorazione
da uno sgorgo iacintino
di sangue oscuro; uno pseudo-Narciso.
Fiore trovato,
fiore buttato (VC, 38).

L'idea moderna di soggetto si è bruciata, consunta, nell'impresa di riferire tutto a se stessa, finendo col produrre una cura di sé ossessiva e patologica, che le potenze del mercato hanno abilmente e cinicamente sfruttato: in tutto ciò che appare cerchiamo il nostro rispecchiamento, senza più sapere alla fine dove veramente siamo – l'immagine rifratta si confonde con un desiderio di noi indotto, che viene abilmente manipolato per farci credere che proprio così vorremmo essere. L'«io» contemporaneo è divenuto un mero oggetto di mercato, consumatore consumato dalla credulità con cui si concede a sbiaditi feticci di una salvezza trasformatasi in salute, benessere, cosmesi; senza neanche sapere cosa in realtà stia cercando e desiderando. L'inganno del desiderio indotto trova la sua ultima, e solo eventuale, resistenza proprio nell'essere naturale dell'umano, nella sapienza quotidiana dei giorni che smaschera l'inganno in cui si sono investite tutte le forze migliori del «sé». A questo punto, nel fuoco di questa salubre disillusione, la parola «io» diventa quasi impronunciabile, tanto si è caricata di una spettrale e stolta erranza del vivere.

Nel mito tardo-moderno dell'autoreferenzialità il pronome personale «io» si è consunto e svuotato, quasi fagocitato dalla sua smania di affermazione a ogni costo per la quale è pronto a pagare qualsiasi prezzo[14]. Per Valesio un certo tipo di cristianesimo, che oscilla tra il sacramento della natura di carattere francescano e la non evidenza del singolo di tipo kierkegaardiano, rappresenta una delle ultime forze disponibili sulla scena dell'Occidente attraverso la quale il «sé» può raccogliersi dalla dissipazione cui l'ha costretto l'accanimento di affermazione del soggetto moderno:

L'ottava giornata

[...] Vive le sue giornate come spettro,
e forse due soltanto sono i luoghi
ove egli possa ancora dire «io»:
la chiesa all'alba, e al tramonto al lago.
È la stessa Presenza in due dimore?
Ma non comprende mai
che cosa gli dica.
È la medesima assenza?
Ma resta sua àncora [...] (AUF, 56)[15].

[14] VC, p. 22: «Posso farmi essere, in urto / e scoppio di vento solare, / o debbo ripiegarmi e abbrumarmi / nel bruno cuor del soggetto».

[15] Il lago, *topos* centrale della geografia poetica di Valesio, funziona anche da figura di trasposizione del *topos* gesuano del lago di Gennèsaret (cfr. *Mt* 14, 24-32): «Il Rabbino marciava / sopra il cuore del lago / che io dal di fuori contemplo. Ma dentro, nella casa degli affanni / di vita e lavoro, cammino / sui vetri infranti. / Laghetto / 25 settembre 2002» (CG, p. 139). Il medesimo *topos* del lago assume poi un ruolo centrale per ciò che riguarda la comprensione del linguaggio nella poetica di Valesio: «Ma la favella che più / mi espanta e mi attira / è quella che intravvedo ogni mattina / (dalla fine-stretta / della stanza da letto / o risalendo sulla torricella / o infine scendendo in basso piano, / traverso la studiosa la

La possibilità linguistica di riappropriarsi del pronome personale «io» è, dunque, legata ai due estremi del giorno quotidiano, in cui il sacramento propriamente detto, insieme a quello della natura, mettono in circolo una figura del linguaggio che parla ai sensi prima che all'intelletto; una sorta di riscatto del «sé» dal dominio invasivo della ragione, che passa attraverso un lavoro di affinamento dei sensi dell'umano. «Io» diventa così, in primo luogo, una questione di percezione e di affezione per qualcosa che eccede il soggetto stesso; che non è identificabile o sovrapponibile con esso, eppure può prendere dimora in quel medesimo spazio/tempo in cui si giunge alla soglia di sé all'interno di un contesto del vivere che richiama la massima distanza da sé stessi (che in entrambi i casi ha, a mio avviso, i contorni del sacro).

pacata / porta-finestra): / la preistorica lingua del laghetto / che non si lascia ancorare. / Laghetto / 2 dicembre 2002» (CG, p. 165). Questa «favella» dell'essere naturale, senza storia perché sempre antecedente a essa, è carica di una semiosi visiva e uditiva che è irriducibile a qualsiasi semantica della parola – il suo *logos* è sensibile, né logico-sintattico, né grammaticale; per questo è lingua sostanzialmente disancorata, resistente a ogni presa del linguaggio, eppure a esso necessaria. La poesia, a differenza della musica, è costretta a passare nel fuoco di questa crisi, ad assumerla come una pietra d'inciampo che continuamente adombra l'atto della scrittura. Ma proprio in questo poema diventa chiaro che nel *non-potere* della parola *si sente* l'impossibile (o l'ineffabile, come dice Valesio) della parola stessa. Questa spaziatura nel corpo della parola, ossia la disponibilità della poesia di spingersi sempre fino ai margini di ciò che la eccede, è esattamente ciò che *tiene in figura* l'ineffabile che fibrilla nel limite/limitare della parola: «Ecco dove entra in gioco la poesia: con il suo sposalizio del fraintendimento, essa alza la posta e la sfida, non si fa spaventare dalla Iperfaticità; e così provvede in certo senso una cura della più o meno lieve, ma costante, alienazione da fraintendimento (una sorta di rodimento del parlante ed erosione della parola). Dunque, anche se tutto quello che si potesse dire a proposito della poesia fosse che essa sgombra la via a modeste riduzioni nel tasso di fraintendimento fra esseri umani, saremmo già oltre il nichilismo. Ma la poesia supera la posizione difensiva – un poco cinica, alquanto calcolatrice – di cui si parlava sopra, a proposito di quel gioco al rialzo o contrattazione con la vita; la poesia, chiaramente, corre più rischi [...] Sposando il linguaggio come fraintendimento, il poeta affronta di petto il problema di quella che si può chiamare la costituzionale fraintendibilità della sua opera [...]» (P. Valesio, *La strana bellezza del fraintendimento*, cit., p. 19).

L'*aisthesis* intorno alla quale Valesio tratteggia la riconfigurazione dell'«io» non ha la forma dell'intenzionalità che prende l'abbrivio da un nucleo coscienziale intangibile; quanto piuttosto ne rappresenta come la sospensione[16], nella quale solamente si può aprire uno spazio affinché il soggetto possa venire punto dalla sensazione di una presenza che lo sollecita sul piano dei sensi. Sia il raccordo con il proprio «sé», sia la percezione della presenza che lo accompagna, hanno la forma dell'intuizione – origine di un sapere che non rientra nella sfera dell'intelletto razionale, ma che non è meno certo della conoscenza di cui esso è capace; e che potremmo chiamare una sensazione dello spirito. Ciò che si sente è che la relazione a sé non si realizza se non nell'orizzonte di una referenza ad altro da sé che rimane irriducibile alla riuscita di quella relazione.

In altre parole, l'atto di dire «io» non nomina ciò che lo rende costantemente possibile, perché esso si presenta esattamente come l'oltre del pronome personale; e, al tempo stesso, deve però in un qualche modo nominarlo affinché la relazione a sé non si risolva nel vuoto dell'auto-referenzialità – sapendo che le parole che «io» pronuncia oltre se stesso non riusciranno a dire di questa ulteriorità rispetto al soggetto. Questo *mancare* dell'«io» che viene alla parola è quanto gli permette di evitare la vacuità di un riassorbimento nella chiusura assoluta di sé; e pensare di riempire questa mancanza rinunciando allo scacco della parola, che sa di non poter dire, eppure proprio ciò deve dire, rappresenta lo specchio incantato in cui si dissolve ogni possibilità di fare del pronome personale «io» un gesto comunicativo di sé:

Dardo 16

[...] Se non enunzio
Dio-parole e attraverso

[16] MS, pp. 32-33: «[...] Appena si è seduto e già si alza – / no, si alza solo la sua ombra / fumiginosa incoativa / intenzione cancellata / di abbassare la levetta / che aprirebbe la luce / del riflettore esterno – / esitante ricade seduto / è come se paura l'abbia colto / che l'improvvisa luminosità / improvvida riveli / un mostro reclino / umido di fango / ritratto incomportabile. / Nessuna luce ancora frange il buio. / Egli siede, celato a se stesso».

l'aria con corpo tranquillo
e testa trasparente
la porta spalancata mi saluta
ma oltre la soglia trovo
il vuoto che c'è in me (VC, 25).

Nel gioco dello specchio e delle trasmutazioni di Narciso questa vacuità sembra essere ricolma dell'«io» sufficiente a se stesso. L'ascesi del soggetto proposta da Valesio è, dunque, paradossale[17]: si tratta di annullare il vuoto che inevitabilmente si spalanca in noi ogni volta che manchiamo il mancare di parola dell'«io». E la sensazione dello spirito, che apre alla possibilità di questo lavorio de/ri-costruttivo sull'«io» in mancanza di parola, non sorge nell'isolamento di una cella monastica, ma nel mezzo della vita di tutti i giorni; indicando così la possibile non eccezionalità di decidersi per questo lavorio spirituale sul «sé» che ci è più proprio.

La riscoperta del sacro, o il sedicente ritorno della religione, sono diventati oramai luoghi comuni nel discorso pubblico contemporaneo. Ma è altamente probabile che il primo non sia mai stato dimenticato del tutto, e che la seconda non abbia mai preso realmente congedo dall'Occidente. Certo, con l'avanzare della modernizzazione entrambi hanno cambiato funzione e collocazione, ma non hanno certo rinunciato a giocare un ruolo nella storia degli uomini. Il potere del sacro si è traslato dalle istituzioni della religione alle mani invisibili dell'economico, che oramai avanza la pretesa di un'egemonia dei poteri del tutto inedita per l'Europa moderna. E le forme della religione si sono radicalmente trasformate dietro il grande velo gettato dalla tesi della secolarizzazione, emergendo ora nello spazio pubblico con una virulenza inattesa perché siamo del tutto sprovvisti delle categorie necessarie a comprenderle e governarle.

[17] CG, p. 60: «Un pensiero è piombato sopra me / come un falco blu: / "Perché osi pensare di esser mistico / se avaramente ancora / abbracci il tuo piccolo te, / se hai paura dell'annichilimento? / Avanti! / in cammino / sul sentiero della risoluzione / che è polvere di dissoluzione" / Central Plaza / North Brandford / 7 ottobre 2001».

Improvvisamente il sacro e la religione sembrano essere tornati di moda anche nel regno laico dell'accademia; e si abbozzano qua e là convegni, corsi, giornate di studio, pubblicazioni, su tematiche a essi inerenti. Segno questo più che di un rinnovato interesse, di una troppo lunga e colpevole dimenticanza. Per fermarci solo agli autori presi qui in considerazione, la loro interlocuzione non con la categoria generica del sacro, ma con lo specifico del cristianesimo, era presente e centrale ben prima dell'emergere post-secolare di una religione dopo la religione. Ma per una lunga stagione è sembrato possibile, se non addirittura doveroso, prenderli in considerazione a prescindere da essa.

Mi sono permesso questa breve digressione perché mi preme sottolineare come l'attenzione di Valesio alla categoria religiosa dello spirituale, alla figura del mistico, e più ampiamente ai luoghi del cristianesimo, non sia indotta dal tornare a essere di moda del religioso (in senso stretto e in senso lato). Valesio ha coltivato questi temi in stagioni non sospette, fino quasi ad apparire un po' eccentrico per questa sua fissazione. Gli sviluppi della sua opera poetica, quantomeno negli ultimi venti-venticinque anni, mostra, nei suoi oscillamenti, una fine ricerca stilistica e letteraria per costruire la trama di un'intersezione fra poetico e spirituale (mistico sarebbe il termine da lui preferito, ma per il momento mi sembra più adatto usare un termine leggermente più vago e indeterminato), che andasse oltre il regime della semplice giustapposizione, o che non si limitasse a poemi estravaganti.

Un cammino poetico sofferto, questo, in cerca della giusta misura e del corretto equilibrio; con pochi referenti alle spalle in ambito italiano (penso qui a Luzi e Betocchi, solo per fare due nomi), comunque lontani dall'esperienza letteraria e umana di Valesio così intrisa da quell'essere tra mondi; e non senza alcune difficoltà nei rapporti con gli editori dei suoi volumi poetici – basti qui pensare all'eliminazione di alcuni poemi da *Il volto quasi umano* resasi necessaria per riuscire a far arrivare in stampa il volume. Anche la ricezione della sua poesia negli ambiti letterari italiani, più che in quelli americani, sembra mostrare non poco imbarazzo; non per la qualità, ma proprio per gli intrecci che in essa si vanno articolando – per il momento sembra ancora che il Valesio critico letterario venga riconosciuto garante autorevole del Valesio poeta, ma forse è giunto il momento che ci si congedi da questa comoda forma di tutela e si prenda in considerazione la sua poesia in quanto tale.

Nella modernità la vicenda del rapporto fra poesia e religione è marcata dal doppio registro di tocchi mancati o tocchi eccessivi; e mi sembra che Valesio cerchi esattamente di lavorare alla giusta distanza e alla giusta prossimità fra di esse: né un'ermetica così spinta da non lasciar intendere se un qualche sfioramento sia mai avvenuto, né una confessione così spudorata che faccia del poetico un suo semplice strumento. Al contrario: in Valesio sia la poesia sia la religione sono problematizzate, messe in questione, trovando inedite inscrizioni e orizzonti che sembravano essere oramai infrequentabili.

Da questo gioco di sfioramenti, scontri, fibrillazioni, attrazioni, deiezioni, entrambe ne escono trasformate – a mio avviso a proprio reciproco vantaggio. Basti qui un esempio sul lato del cristianesimo:

> Ma nell'istante stesso in cui questo pensiero prende forma nella mia mente, vedo davanti a me sul marciapiede rispetto al quale la mia automobile [...] è perpendicolare, quella che – a quest'ora, e in questo luogo – mi sembra essere per qualche attimo un'apparizione, una sorta di miraggio della calura: un frate ritto in piedi e assolutamente immobile, che guarda davanti a sé in atteggiamento contemplativo [...] Può darsi che quel fraticello (è magro e di statura bassa) si sia fermato così per caso, cercando di ricordarsi dove può aver lasciato qualche oggetto che ha dimenticato? Ma mi rendo conto che questi pensieruzzi che mi ronzano nella mente sono scuse – tentativi di smorzare l'eccezionalità di quello che sto vedendo. Infatti non v'è dubbio che quel frate è assorto in una contemplazione [...] Ascolta la voce del silenzio [...] Ma in fondo, la lezione che da qui nasce è una lezione di *non* eccezionalità (DV, 22-23).

Contemplazione e misticismo nel cuore di Temple Street (scherzi dei nomi che transitano nelle nostre laiche città)? E qui come condizione non eccezionale, ma comune? Non è certo quello che la vulgata della spiritualità cristiana intende con questi due termini – il luogo è in questo caso del tutto *fuori luogo*, eppure è tale: mistica e contemplazione. La trasformazione cui la religione è sottoposta nella trasposizione letteraria è evidente; ma è anche evidente la trasformazione dello sguardo che si realizza con il passaggio nella letteratura di una semplice e casuale scena quotidiana.

Abbiamo visto che il «sé», come questione di percezione e affezione e come sensazione dello spirito, rappresenti una delle tematiche centrali della poesia di Valesio. Intravisto tra i molti chiaroscuri della letteratura italiana del '900, lo spirituale si attesta sempre più in Valesio come questione radicale e principio organizzatore – sia sul piano della critica letteraria che su quello della produzione poetica: «In uno dei paradossi che caratterizzano la vita intellettuale quando essa si estende (Arturo Onofri avrebbe detto "si ulteriora") in vita spirituale, la formula apparentemente esclusivistica ("vivere inimitabile") può – deve – rivoltarsi come un guanto e divenire la formula dell'inclusività più abbracciante, con un'accettazione senza riserve dell'irripetibilità di ogni persona umana in quanto tale»[18].

È sul piano dello spirituale, dunque, che la vicenda del «sé» (quello dell'autore come quello della voce parlante del testo) si allarga, si espande, si fa onninclusiva senza perdere il tratto dell'irripetibilità che è propria a ciascun concreto «sé». Si specifica, così, ulteriormente lo spazio all'interno del quale l'ascesi ospitale del soggetto trova la sua ragion d'essere. Annichilire il vuoto del soggetto che non vuole sentire la mancanza, pensando di poterla annullare col niente che l'auto-referenza porta perfidamente in dono, è il lavoro della percezione e dell'affezione dello spirito. Il «sé» che impara a sostare presso la mancanza in cui esso consiste, passo dopo passo, si «esteriora» uscendo dal gioco dello specchio che, mentre gli fa credere di essere presso se stesso, lo domina a propria mercé. Il soggetto deve così passare attraverso il momento drammatico della disillusione, della brutale frontalità con l'inganno che è stato a se stesso.

[18] P. Valesio, *Guido Guglielmi pellegrino della mente*, in «Moderna» n. 2, 2003, pp. 61-70 (qui p. 61).

Solo lo sguardo che si posa sul vuoto che, spettrale, ci inabita può muovere verso un realistico e crudo apprezzamento di quello che siamo. Il ritorno a sé si è lasciato alle spalle la credulità della propria sufficienza a sé stessi; e lo sguardo può, per la prima volta, posarsi su un «sé» che ha gettato la maschera della propria presunzione di identità. A questo punto la sensazione dello spirito si fa mozione: *pietas* per il «sé» che siamo[19]. La pietà non andrebbe abbandonata solo al lessico devozionale, o rubricata semplicemente come emozione; essa ha, infatti, uno statuto e dignità filosofica (come ha messo in luce Martinetti sulla scia di Schopenhauer). Questa *pietas* che si genera nel movimento dello spirito segna il definitivo passaggio del «sé» oltre i propri angusti confini: essa è il riconoscimento naturale del legame che scorre tra gli esseri umani, *prima* e *dietro*, tutte le differenziazioni e le distinzioni che il mondo fenomenico può lasciar sorgere tra di essi; annuncio che l'umano che è di tutti noi è una comunanza che non conosce limite o separazione alcuna[20].

Quando il «sé» giunge a questa mozione dello spirito s'infrange il circolo vizioso del riverbero di Narciso, e si realizza quell'inclusività cui Valesio faceva cenno nel passaggio riportato poco sopra. Con termini che riecheggiano Guardini, egli parla di un'«accettazione» (di sé) che si fa trasfigurazione[21], che trasforma l'impermeabilità del soggetto in spazio ospitale nel quale la realizzazione effettiva di quella comunanza illimitata diviene ciò che il «sé» deve a se stesso per trovarsi nella giusta relazione con sé[22]. È interessante

[19] MS, p. 78 «È bello risvegliarsi in albe vuote / con i cigli degli occhi inumiditi / prima dei diurni meccanismi e ruote / e dopo tanti sogni inariditi. / In quell'albe la pianta umana è aspersa / d'acqua di sotterranea compassione. / È, questa irrorazione, vana e persa / se autoreferente è l'emozione? / No: pietà verso se stesso è il passo innanzi / dopo il primo, che è l'austerità / del disprezzo e di sé medesimo scorno [...]».

[20] Cfr. P. Martinetti, *Gesù Cristo e il cristianesimo*, Milano, Il Saggiatore, 1964, p. 520.

[21] Cfr. CG, p. 150.

[22] CG, p. 75: «Sopraggiunge un'età quando si scopre / la dignità di esser servi: / servi di casa, / obbligati / alle creature / o servi del campo, obbedienti / alla dispersione dei venti» (Maturazione – «se vi

notare che Valesio riconduce questo dovere (morale) alle potenze di *agape*[23], che danno ultimamente forma all'ascesi ospitale del soggetto; e quindi inserisce l'intera questione del «sé» all'interno della domanda radicale «come devo amare?» (quella che Kant non ha avuto la forza di porre). Il soggetto si decide, quindi, per riferimento al suo *modo* di essere – istruito sulla semiosi di *agape*, più che sulla semantica del *logos*. La poesia sembrerebbe essere la forma del linguaggio più adeguata non solo per corrispondere al lavoro della percezione e dell'affezione che circolano in quella semiosi, ma anche per la costruzione del legame di quest'ultima con la mancanza che la semantica della parola prova davanti a essa.

L'irrinunciabilità poetica della parola finisce con lo scavare ulteriormente la fossa di questo *mancamento*, che è sia una situazione di vertigine sia un incremento del venir meno semantico. Ma è proprio in questo punto che il «dover dire» della parola incontra quel «dovere verso di sé» che la semiosi di agape genera nel soggetto[24] come ricettacolo ospitale della comunanza naturale tra gli umani[25]: una *scavatura* del «sé», quasi fisico-corporea (sacramentale?)[26], che apre uno spazio concavo al suo interno pronto al ricevimento dell'anonimo chiunque che è l'ospite pellegrinante. Vi è qui una qualche risonanza di tipo barthiana, ma mi sembra che Valesio articoli in maniera diversa la figura della concavità accogliente del soggetto scavato:

Il vasello

[...] Una volta miravo
diretto alla creatura,
faccia verso la faccia del mio oggetto;

mettete al servizio di qualcuno / come schiavi per obbedirgli» [*Lettera ai Romani* 6, 16]).

23 MS, p. 78 «[...] Non vi è passo, dopo ciò, che avanzi / se non l'ultimo e terzo: carità / che consuma il "se stesso" nel suo forno».

24 MS, p. 85: «Ognuno dei due deve tentare / di visibilizzare / l'altro; e il prezzo per questo da pagare / è rendere invisibile se stesso».

25 Cfr. CG, p. 36.

26 Cfr. MS, p. 74.

non dubitoso della direzione,
del volto, del desiderio.

Adesso ho cominciato a veleggiare
di fianco alle creature,
soggetto accanto ai soggetti
(ma il vasello dell'io
dolcemente si svuota
e diviene vasello accoglitivo),
e da lì scaglio le mie frecce al cielo:
preghiere
per la felicità degli affiancati,
autonomi e separati,
intatti gioielli (CG, 113-114).

A differenza di Barth, il soggetto concavo non è il nulla che l'umano può davanti all'incognito della rivelazione di Dio; ma esattamente lo svuotamento del vuoto che il «sé» deve a se stesso per poter con-essere. In Valesio questa concavità è frutto della percezione e affezione che caratterizzano il lavorio della sensazione dello spirito; quello che traspone il soggetto in una posizione inedita del suo essere. Non più la frontalità distante della relazione soggetto-oggetto, che è spartizione e ferita della comunanza: apertura sia alla violenza del dominio (fisico, epistemologico, linguistico) e della presa, sia alla tentazione della cattura in ragione della presunta sicurezza del proprio punto di vista. È sulla linea di questo appaiamento, né troppo distante né troppo vicino, che la mancanza semantica della parola si approssima maggiormente alla semiosi di *agape* – quasi la sfiora, senza toccarla. L'accostamento è leggero, senza più spazi di sicurezza in cui ritirarsi, esposti al rischio di cadere tutti nell'abisso per poter continuare a veleggiare insieme nello spazio naturale dell'essere – l'ascesi ha perso ogni tratto di stentato esercizio e si è fatta, semplicemente, ospitalità (che non conosce nessun prima e, quindi, rappresenta l'anomia di ogni gerarchia relazionale).

Il brivido dell'antecedenza vertiginosa che porta in grembo il «vasello accoglitivo dell'io» scioglie ogni sforzo e si fa dolcezza del «sé» – che non ha nulla di sentimentale, ma è l'atmosfera serena e festiva dell'evento dell'ospitalità che trasforma la certezza apodittica dell'«io» nell'incerto dell'apertura ospitale del «sé» quale suo proprio modo di essere. Nell'affiancamento si dissolve anche la «mira» dell'intenzionalità, dell'investimento mirato (e ben calcolato) dell'anticipazione del senso; e si viene come trasportati in un movimento che non ha più una meta predeterminata, ma rimane aperto alla sperata e felice comunanza del senso – via lungo la quale si dischiude la possibilità che ogni essere possa rivelarsi cosa cara e preziosa (tutti peregrini in pellegrinaggio verso un desiderio condiviso). Il «sé», che si è disancorato dal sicuro appoggio dell'(ir)relazione soggetto-oggetto, si ritrova così consegnato all'indestinazione delle molteplici prossimità anonime dell'ospitalità che lo forgia anticipandolo sempre.

In Valesio il corpo testuale della poesia arriva a configurarsi esattamente secondo questo principio di ospitalità, in quella che potremmo chiamare letteralmente una semiosi della pagina in cui va a inscriversi la semantica della parola; così che quel mancare d'un soffio di cui parlavo prima diventa affiancamento come corpo del testo. Nella *Nota d'autore* del volume *Il volto quasi umano* si rende ragione di questo appaiamento stilistico:

Ho voluto finora, nelle mie poesie-dardi, raccogliere in un'entità letteraria il testo della poesia in senso stretto insieme con gli elementi che di solito si definiscono para- o (peri-)testuali, e che qui invece sono pienamente testuali. Insomma, *tutti* gli elementi di ciascuna delle poesie che costituiscono la maggioranza in questo libro – il titolo, l'epigrafe o motto, la dedica, l'indicazione cronotipica finale (ovverosia il luogo e la data in cui la poesia è stata *concepita*: per essere poi soggetta, naturalmente, a varie revisioni e riscritture), perfino le poche note esplicative a piè pagina – concorrono a costituire il testo della poesia, senza fondamentale distinzione tra un centro e un contorno» (VU, 13).

Ci troviamo così di fronte a un testo senza margine, se non quello fisico della pagina stessa; a un movimento integrativo della scrittura poetica e della sua voce che raccoglie ogni dispersa estremità nel *corpus* di una testualità che si getta oltre le distinzioni tecniche letterarie. Così intrecciati tra di loro, lo spazio-limite della pagina e il testo-parola smarginato evocano un'ospitalità della scrittura poetica che produce una naturale corrispondenza alla semiosi di *agape* che abbiamo descritto in precedenza – senza più alcuna delimitazione che assicuri sulla distribuzione della parola: incontro/scontro fisico fra semiosi della pagina e semantica della parola stessa.

Il «logos» quotidiano della poesia

A più riprese Valesio è tornato sulla questione della poesia in saggi, articoli e conferenze, che permetterebbero l'abbozzo di una teoria critica del linguaggio poetico. Quello che qui mi interessa, però, non è tanto questa sua riflessione sulla poesia, quanto indicare dall'interno della sua opera quello che la poesia in atto d'essere dice di sé. Dopo decenni forse oggi almeno su un punto Valesio e Anceschi, che fu suo professore a Bologna ai tempi dell'università, si ritrovano: la poesia è, in primo luogo, una cosa viva. Essa non sussiste, ad esempio, solo nella scrittura che la fissa sulla carta, ma anche nell'essere letta a voce alta. Quello della poesia non è principalmente un *logos* mentale, che si lascia cogliere in una semplice lettura silenziosa del componimento; ma è parola intrisa di una sonorità che rischia di essere assorbita ed elisa dalla pagina stampata. Negli ultimi anni Valesio si è impegnato a fondo in questo tentativo di restituzione sonora al *logos* della sua poesia, iniziando a prediligere (almeno per ciò che lo concerne personalmente) letture di poesie rispetto a lezioni sulla poesia; nella quali la voce è affiancata, lavorando con fotografi, registi e compositori, da immagini (fisse e in movimento) e suoni. In termini moderni si potrebbe parlare del profilo performativo del *logos* poetico, che è poi realtà antica della scrittura stessa andatasi man mano affievolendosi con l'introduzione della stampa.

Ed è sempre in questa prospettiva che Valesio, nei suoi seminari alla Columbia University, dà spazio e valorizza il momento della lettura di testi intorno al quale, proprio in quanto restituzione vocale della parola, si costruisce uno degli assi portanti dell'introduzione dei suoi studenti alla letteratura italiana. Il rischio, implicito in questa ricongiunzione del *logos* alla sua *phoné*, è quello che il tutto avvenga nell'esteriorità della poesia in quanto tale; che si tratti, insomma, di una sorta di semplice aggiunta giustapposta che lascia di fatto ogni concreta poesia nell'afonia della stampa. Valesio ci mette quantomeno sull'avviso che nella parola della sua poesia c'è anche l'inscrivibile della voce:

La parloscrittura

Io parloscrivo dentro una bottiglia
che nemmeno sa
se mai arriverà
alla disperdizione del mare
e intanto le mie parole
la gonfiano, diventa
una gran boccia di vetro
o bolla aerea o verbale sfera [...] (CG, 129).

Il *corpus* della poesia si modella sulle stesse armoniche ospitali del «vasello accoglitivo» del «sé»[27]; esso, infatti, si dismisura proprio in ragione del suo raccogliere l'invisibile della voce nel segno della parola scritta. Ed è proprio questo enfiare della sonorità che tiene a galla la parola poetica nel mare della sua indestinazione. In questa inscrizione del sensibile invisibile all'interno della materia spessa della scrittura, la *phoné*, che si desidera trattenere dentro il testo della poesia, si rivela essere il correlato della semiosi di *agape* rispetto alla semantica della parola[28]: il *logos* poetico non può che rimanere afasico nel suo tentativo di essere trascrizione[29] della

[27] AUF, p. 70 «[...] Tracciare ogni parola è un tormento / che scorre il polso e i nervi accavallati, / ma egli ha appreso da ciò l'accoglimento [...]».

[28] Cfr. AUF, p. 75.

[29] AUF, p. 26: «[...] la voce che qui parla è quella della statua, oppure quella del Figlio dell'Uomo in Persona? In effetti il protagonista del poemetto è il primo ad essere incerto su quale delle due entità egli sia; così che sarebbe imprudenza da parte mia, che sono solo un trascrittore di parole udite, pretendere di risolvere tale questione. La decisione, dunque, è al lettore».

phoné dell'affezione e della percezione[30]. Ma è proprio in virtù di questo scarto irriducibile che la forza dell'*aisthesis* può fare il suo ingresso nel corpo della scrittura, divenendo la vita stessa del componimento poetico. Vita che non consiste tanto in ciò che la voce dice, ma in quella *sonorità del dire* che la voce è prima di essere parola detta – rimanendo tale anche in quello che essa dice. Questa diastasi del dire inscritta nella parola viene a descrivere, nella poesia di Valesio, l'apertura verso quell'ulteriorità della voce che potrebbe annunciarsi nel suo essere semplice sonorità[31]:

> *Figlio dell'Uomo a Corcovado*
>
> [...] Ma io – son io soltanto,
> o soffro me e Lui congiuntamente?
> Non lo saprò fino a che io non provi
> se le mie vene sono solo pietra
> oppure sono anche canne d'organo
> pronte ad incanalare il fuoco fuso
> dello spirito e della voce, quando
> divengan veramente vivi in me [...] (AUF, 41).

Sempre in mancanza rispetto alla semiosi di *agape*, e come iscrizione letterale dell'eccedenza della *phoné* nella limitazione semantica della parola[32], la poesia non può che essere l'estrema rappresentanza della precarietà del linguaggio; ma è anche il genere del linguaggio che ha la possibilità di sopportare questo suo radicale essere precario in virtù del suo realizzarsi come ospitalità – che è tale solo come tempo provvisorio e instabile, che sfugge a ogni computo della cronologia.

[30] CG, p. 156: «Vivo come un eremita / solitario e silenzioso / ma il mio cuor non ha riposo: / lo comprimo con le dita / quando preme troppo stretto / nella gabbia dentro il petto; / si ribella e vuol sortire / troppe cose vuole dire / le mie mani lo trattengono / e la penna poi non reggono; / e lui parla troppo in fretta / per trascriver ciò che detta. / Biblioteca «Sterling» / 19 novembre 2002».

[31] Cfr. MS, p. 46.

[32] Cfr. VC, p. 60.

Ma la poesia, come scrive Valesio, non deve limitarsi a rispecchiarsi nel mare delle proprie possibilità e capacità; ma si deve esteriorare se vuole essere una cosa viva. Quella *pietas* che abbiamo visto essere la mozione dello spirito che intuisce/percepisce la comunanza illimitata tra gli esseri umani, innerva anche la sua produzione poetica e istruisce il vincolo fra l'essere vivo della poesia e ogni vivente del mondo. Un legame che non ha la forma della semplice constatazione, di una dichiarazione d'intenti, ma che ospita in sé tutte le increspature, le fratture, le aspirazioni, i desideri, della vita stessa. In questo, essa rinuncia al sublime per legarsi alla caducità delle cose che vivono e sono[33] (perché anche la grezza materia del mondo ha il suo tempo)[34].

Si potrebbe dire che la poesia di Valesio, nella quale si inscrive anche la voce parlante del poema[35], rappresenta il terminale semantico del lavoro dell'*aisthesis*, nella ricerca di un *logos* corrispondente alla sensazione dello spirito nel suo affiancamento ai viventi. In coerenza con la sua concezione del linguaggio come fra(-)intendimento, egli non concepisce la poesia come incremento semantico della realtà e del mondo, fatto che rischierebbe di produrre una saturazione del discorso fino a giungere all'incomunicabilità; quanto piuttosto come un'asciugatura, un inaridimento della portata della parola, così che sia la cosa a poter, da ultimo, corrispondere a se stessa e non quanto di essa dice[36]. Un'impresa di restituzione,

[33] VC, p. 61: «*Per N.C., in memoriam* / [...] La poesia e di-sperata / protesta della vita – / eppure ha tanto bisogno / di stare sotto l'ombra tremolante / della caducità. / Wall Street, New Haven».

[34] In questa sede non mi è possibile che un accenno in merito, ma la questione del tempo rappresenta uno degli snodi centrali della poetica di Valesio – una sorta di tormento che rimane, allo stato attuale, irrisolto e aperto. Sia il lessico sia la *forma mentis* rivelano qui lo stretto confronto dell'autore con le opere di Kierkegaard. Per giungere a una corretta interpretazione di tale questione in Valesio, ed eventualmente indicare alcune possibili vie di sviluppo, si rende necessaria un'elaborazione previa di un'*estetica del tempo* nelle opere di Kierkegaard – che è una possibilità interna a esse, continuamente abbozzata, ma mai perseguita fino in fondo dallo scrittore danese.

[35] Cfr. CG, p. 19.

[36] Cfr. CG, p. 93.

quindi; che chiede al poeta un'ascesi sia stilistica sia lessicale; ma anche l'avventura della ricerca di un *logos* che nasca dalla ferita della percezione e dell'affezione che colpisce lo sguardo che si dispone, ospitale, al pungiglione dell'essere naturale:

La nona giornata

[...] – Stai parlando troppo:
il tuo soffio è stanco
il tuo fiato si punteggia di brevità.
Tu non temere:
né i mormorii della turba
né lo scherno più vile
(che è quello che ti insinua il tuo te stesso)
né una riga diritta
che poi diventa biscia, né la mano
che trema.
Resta ardoroso, tieni l'occhio fisso
(fino a illacrimarlo
per il semplice sforzo del guardare)
non alla forma dell'atto
ma alla meta al bersaglio alla parola
ultima e più nuda, quella
che sembra sciocca. (AUF, 60).

Questa noncuranza formale si pone come un vero e proprio problema letterario per la poesia di Valesio; che si trova poi messa ulteriormente in questione dall'interno del suo percorso di autore: *pars obiecti* dall'interrogazione se la concentrazione intorno allo spirituale/mistico non rappresenti una sorta di vanità davanti alle effettive possibilità della poesia stessa; *pars subiecti* dal sottile dubbio che questa concentrazione non finisca, alla fin fine, per essere un ostacolo al riconoscimento della sua attività letteraria non solo in chiave critica ma anche poetica. Eppure è proprio su questo registro che si articola la produzione poetica di Valesio, sebbene quest'ultima non si limiti unicamente a esso. Ma anche quando egli si muove su declinazioni poetiche che non si raccordano immediatamente con questo profilo religioso, la dimensione spirituale della parola si attesta in tutta la sua portata. Affinata nel fuoco della sensazione dello spirito, questa parola si fa portatrice di una percezione che coglie lo sfondo di mistero (e, quindi, di fraintendibilità) sul quale si stagliano le cose del mondo e gli esseri umani che lo abitano.

Nel crogiuolo di questo (irrisolvibile) dissidio, perché la poesia di Valesio non vuole essere religiosa (se pensiamo al secondo Rebora o a Turoldo come due possibili esponenti di questo filone poetico), ma poesia senza aggettivazione ideologica (e per questo sensibile e ospitale – anche – verso ciò che chiamiamo religione), si riafferma un capostipite della sua produzione letteraria: quello di un'estetica dell'infimo cui rimandano con evidenza le ultime quattro righe della poesia sopra citata – la *parola necessaria* può apparire tremendamente *banale* per via della sua quotidianità (ed è proprio di questo *logos* che si tratta nella poesia di Valesio). Tale parola è già sempre lì, prima di ogni immaginazione e ideazione poetica; ed è proprio questo fatto che rappresenta la sua problematicità e difficoltà: essa è poeticamente ostica perché è linguisticamente comune – oppure, detta in altri termini, esteticamente oscena a motivo della sua polivalenza che la fa transitare con leggerezza in sfere così diverse del discorso (cosa che non ha nulla a che fare con la volgarità).

Esattamente questo mi sembra poter essere il punto di raccordo, tutto interno al momento estetico della poesia, tra mistica e poetica nell'opera di Valesio[37]; nesso dunque primariamente linguistico (risonanze dei termini in questione) ed esistenziale (evocazioni che essi portano con sé e suscitano nello spirito umano), più che confessionale e religioso in senso stretto: è la poesia, in quanto cosa viva, che porta il suo *logos* verso la dimensione mistico-spirituale dell'essere al mondo.

[37] P. Valesio, *Poemistica*, in «Italian Poetry Review», 2010, pp. 13-23 (qui p. 14): «"Mistica": ecco un termine che suona astratto ma al tempo stesso tocca una corda profonda, in molte persone e in molte vite. Questa atmosfera di *coniunctio oppositorum* (un'astrazione dotata tuttavia di interesse umano); questa provocazione emotiva; questa evanescenza; questa fuggevolezza; questo incombente entusiasmo; questo tono transrazionale (ma non irrazionale) – tutto ciò conferisce al concetto di misticismo un'enfasi vagamente oscena; è l'atmosfera di vaga oscenità che circonda il termine più imbarazzante nell'armamentario di categorie disponibili al discorso estetico, cioè il termine "poesia"».

Ma anche grandi correnti della mistica cristiana si sono rivolte alla poesia come *logos* adeguato della loro esperienza del divino – basti pensare a S. Giovanni della Croce, dove il tratto di originalità (religiosa e culturale) della sua particolare esperienza risiede tutto nel componimento poetico (la prosa teologica, che dovrebbe spiegare il poema, non supera il livello di una scolastica media di base, tradizionale e anche un po' rudimentale a dire il vero).

Non si tratta quindi di un doppio registro (poetica, da un lato, e mistica, dall'altro) che trova una certa qualche consonanza in virtù della predisposizione dell'autore verso entrambe; ma di un corpo unico che configura un *logos* che, nell'opera di Valesio, per essere poetico entra in quello spazio dello spirituale che è proprio anche alla mistica. L'ardore, di cui parla Valesio qui e in altri passi, è sia l'affinamento della percezione plasmata dal lavoro dell'*aisthesis*, sia la qualità della sensazione dello spirito che si genera nell'affezione della semiosi di *agape*. Chiaramente non verbale, l'ardore è però passione imprescindibile per il ritrovamento nel quotidiano di quella parola ultima che rappresenta ciò che la poesia deve a se stessa per essere tale – ossia per essere qualcosa in cui ne va più della poesia e della sua estetica: la nuda vita[38]. Il *logos* poetico circola, quindi, letteralmente per le strade delle nostre città, nell'anonimato di incontri casuali; ma esso deve essere investito dall'affezione di uno sguardo capace di cogliere, in questa anonimità, l'inimitabile unicità di ogni occasionale sfioramento tra gli umani per potersi fare corpo-poesia. La parola si essenzializza, asciugandosi fino a farsi mera interiezione:

> *Ehi!*
> *Per Charles Baudelaire*
>
> O viandante che incroci un passante
> e lo sfiori
> con uno sguardo disinteressato

[38] CG, p. 70: «*Per Assunta* / [...] Solo le donne e gli uomini bruciati / sul rogo della stranezza / pronti a pagare il prezzo / di una vita stravolta, / possono conciliare amore e ardore».

(dunque passivo e insieme idealista)
che è il più adatto a raccogliere i dettagli –
la pelle tirata
sul collo e sotto gli zigomi –
gettagli una preghiera addosso
(come ad un cane un osso)
mentale, di un secondo, un «Ehi!».
E così l'incrociato riceve
un sotterraneo messaggio
che forse darà frutto.
27 novembre 2001

L'interiettivo «ehi» rappresenta qui il *logos* che dà forma all'intero componimento, lo regge, lo porta, ne dice il senso non avendo esso alcun senso – e fa senso (espressione splendida dell'italiano per dire dell'osceno) che il senso si ritrovi affidato a una categoria della parola che non ne ha alcuno. L'interazione è grammaticalmente strana, sfuggente, non si lascia toccare da altre parti del discorso; eppure tocca, incrocia, getta un qualcosa (un nulla?) «tra»; può sussistere da sola, ed essere il fantasma di una relazione che rimane ignota: nascondimento e svelamento al tempo stesso, parla dicendo niente (e in questi due aspetti sta la sua valenza mistica). È un grido gettato fuori, che nulla sa del suo possibile accoglimento – esattamente come quello del Crocifisso, che tiene in vita la referenza oramai innominabile di Dio e consegna all'incerto del futuro un messaggio senza semantica alcuna per l'umano che verrà.

Il *logos* quotidiano e grammaticalmente anomico dell'interiezione è dunque poesia e preghiera, getta il nulla di un «tra» che ne rappresenta la possibile congiunzione senza senso; è l'apertura non verbale che permette la circolazione dell'una nell'altra, dell'una come l'altra. L'interiettivo «ehi» è l'indestinato, non solo perché può essere raccolto o meno, ma anche perché vale per chiunque nel momento stesso in cui è rivolto a un preciso qualcuno: tutti possono sentirsi in/con-vocati nel suo appello (tipico fraintendimento nell'uso che ne facciamo nel linguaggio comune). Ma è proprio questo fraintendimento che mostra la sua strana natura: specifica e generale al tempo stesso, capace di raccogliere l'irripetibilità di ciascuno e l'anonimità di tutti. La nudità anomica e l'anonimità dell'interazione è il *logos* poetico di tutto il lavoro dell'*aisthesis*; e, al tempo stesso, il banco di prova della misura in cui la sensazione dello spirito si è lasciata plasmare dalla semiosi di *agape*[39] – e il transito dell'una nell'altra rappresenta la figura dell'uomo spirituale che è l'aspirazione parlante dell'opera letteraria di Valesio.

All'incrocio di queste reciproche trasversalità si apre uno sguardo della poesia che coglie, con tenerezza spregiudicata, la condizione del mondo pellegrinante: «[...] e così appare un pezzo di mondo, / che è fatto più prezioso / dalla precarietà che lo disvela / e dal cielo minaccioso / che lo sovrasta [...]» (AUF, 32). L'edificazione dei sensi spirituali viene in tal modo ancorata all'affinamento della sensibilità percettiva dei sensi corporei, senza che sia possibile disgiungere l'una dall'altro. È a questo punto che la poesia diviene ostensione della *pietas* attraverso la quale il suo *logos* si fa quotidianità raccolta e recettiva di frammenti di vita altrimenti destinati alla dimenticanza e alla dismembrazione:

Dopo le Torri

Non vi avevo finora veduti,
né con gli occhi mortali
né con i polpastrelli
delle preghiere,
sorgere dai detriti
e dai rottami di voi stessi -
fino a questa mattina nel metrò
sulla linea «Molino Dorino».
Ero in piedi accanto alla porta
tenendomi alla barra laterale
e vi ho visto riflessi nel vetro
vi ho sentiti accanto ai gomiti:
composti e pazienti
ma anche opacizzati
dalla fatica attraversata

[39] Cfr. MS, pp. 44-45.

prima della fatica quotidiana.
«Comunità» ... «Fratelli»...
Queste sono orribili parole
perché esse si impongono soltanto
dopo i massacri.
Vi chiedo perdono
di essere qui a dirle
mentre voi nel frattempo –
attraverso i vetri e lungo i muri
liquidi e neri della galleria –
vi risolvete.
Milano-Roma-Spoleto
18-20 settembre 2001 (CG, 54-55).

Data e titolo non lasciano spazio a equivoci: apogeo di una Babele di immagini che ha trasformato il singolarissimo dramma di ogni vittima in spettacolo globale, fagocitandolo in esso. Il rischio di una poesia civile in momenti come questi è l'insipienza retorica delle parole dentro il gioco della comunicazione di massa (cui gli intellettuali di mezzo mondo si sono allegramente concessi senza troppi pensieri – perché qualcosa si doveva pur dire...)[40]. Da questa stolta insipienza salva solo l'apparente stupidità di un *logo(s)* quotidiano che scorre ogni giorno davanti ai nostri occhi – il nome della fermata di una linea del metró milanese. L'immensa massa anonima di esseri umani sommersa dai detriti di cemento, ferro e vetro, riemerge nel ventre-tubo di una metropolitana immersa sotto la città; ed è proprio l'insopportabilità della trasposizione (dall'eccezionale al normale, dalla catastrofe alle abitudini di tutti i giorni) che restituisce dignità e decenza a una

[40] A. Bertoni, *Nota introduttiva*, in CG pp. 9-14 (qui pp. 11-12): «Per quanto riguarda il tema dominante (o causa scatenante), si deve intanto sottolineare che questo è l'unico *Liber* prodotto dalla poesia italiana a partire dall'Ur-trauma della coscienza occidentale del nuovo millennio, il "fatto" delle Twin Towers di Manhattan, l'11 settembre 2001. I giornali italiani – in via del tutto eccezionale, va da sé – spalancarono le porte ai nostri poeti maggiori, nei giorni immediatamente successivi all'Evento, ma non vi si poté leggere nulla di buono, davvero, al di là di un informe concerto di cronachette solipsistiche o inutilmente incredule o banalmente patetiche».

parola poetica che vuole essere anche civile – ossia, allo stesso tempo, critica di quanto accade e rispettosa di ogni singola irripetibilità umana toccata dall'accaduto.

Ma la possibilità di una parola davanti all'inaudito si prepara da lontano, nella lenta monotonia e ripetitività dell'essere naturale del quotidiano, dove non c'è nessuna eccezionalità ma routine e banalità: quella parola o la si forgia lì[41], o non vi urgenza dell'ora che possa improvvisamente evocarla. È solo questa estetica dell'infimo che consente alla poesia di Valesio l'azzardo di un verso che sappia rendere degno onore all'irreparabile e all'irripetibile insieme – cosa che tra noi rimane, nel migliore dei casi, solo un auspicio agognato. Ma l'osceno, che immediatamente vi si accosta, è il rimandare quello sguardo-parola così carico di *pietas* al nome che con l'11 settembre sembra essere terribilmente riapparso sulla scena dell'Occidente e della sua presunta secolarizzazione – Dio. È in nome di un Dio creduto che quell'evento si è reso possibile, come se solo la violenza potesse resuscitarlo a una presenza oramai dimenticata. Da più di un decennio il discorso pubblico, religioso o laico che sia, sembra essersi saturato di questo passato nome (il più delle volte in forma retorica o, quando ci va bene, socio-statistica).

Quanto sembra mancare, tanto sul piano culturale quanto su quello teologico, è un discorso all'altezza sui *modi di essere* non tanto del nome, ma di Dio stesso. Valesio sembra intuire il problema e cerca di dare forma a una qualche modalizzazione: «Guardo i miei simili / nella dorata ombra del Dissimile [...]» (CG, 152). A prima vista sembrerebbe essere un calco della logica scolastica dell'*analogia entis*, così come essa è stata sancita dal concilio Lateranense IV[42]; ma credo che si possa avanzare anche un'altra chiave di lettura.

[41] Cfr. AUF, p. 55 (la poesia merita di essere letta nella sua interezza, apprezzandone ogni sfumatura).

[42] *Enchiridion symbolorum, definitionum et declarationum de rebus fidei et morum*, a cura di H. Denzinger e P. Hünermann, Bologna, Edb, 2012, n. 806: «[...] non si può rilevare una qualche somiglianza fra Creatore e creatura senza che si debba notare tra di loro una dissomiglianza ancora maggiore».

La versione scolastica intende descrivere la possibilità di una relazione deduttiva fra umano e divino, riconoscendola, da un lato, e limitandola, dall'altro – la logica è quella della comparazione di termini, che finisce in un'incomparabilità risolta al superlativo (pur mantenendo il necessario gioco della comparazione, altrimenti il superlativo sarebbe uguale a zero, nulla e non essere). Nel passo di questa poesia di Valesio è in gioco invece una relazione umana fra umani, ma soprattutto il *come* di questa relazione – appunto indotta dal riferimento al divino: dice del modo dello sguardo rivolto ai «simili». Il «Dissimile» appare solo come ombra, ossia come qualcosa che non si vede direttamente ma solo guardando altro da essa – i «simili» appunto.

Dio (induzione alla sguardo) entra nel come si guarda verso gli esseri umani e, in un certo qual modo, è modalizzato dallo stesso sguardo che induce. Certo, la questione, in questi termini è posta in maniera formale; ma è posta con decisione – non spetta certo alla poesia svolgere questo ulteriore compito, ma essa mette sul tavolo un problema che la teologia deve assumere come proprio. Ma si può aggiungere ancora una breve riflessione. Il «Dissimile» non sembra essere inteso come questione logica, come avviene nell'*analogia entis*; ma propriamente come questione estetica – che rappresenta esattamente il vicolo cieco in cui va a finire l'ontologia della prima scolastica (Anselmo, tanto per intenderci). Il passo ulteriore, quello che compete alla teologia, è il seguente: come induce Dio questo sguardo rivolto ai «simili»? Qual è il *modo di essere* di un Dio che induce uno sguardo-*pietas* verso l'umano comune? E *in quale modo* Dio si assume la responsabilità, come qualità del suo essere, di questo sguardo che non è suo?

La devozione come incremento del teologico

Continuiamo nella lettura dell'ultima poesia di Valesio presa in considerazione, perché mi sembra che essa possa introdurre adeguatamente alla sua comprensione della questione teologica nella stagione post-secolare:

L'odorato

[...] essi avvertono
quest'odore di Dio, e non gli piace:
sniffano e scartano di lato
come i cervi
fra i boschi e i centri di spionaggio
vicino a Washington
sorpresi, a volte, con gli occhi
sbarrati e seducenti,
dagli occhi delle auto.
Laghetto
12 novembre 2002 (CG, 152).

La chiave rimane indubbiamente estetica, legata alla percezione: Dio è qualcosa che tocca i sensi e, così facendo, non può che urtarli. Più che un tempo della secolarizzazione, o dell'assenza di Dio, il nostro si caratterizza per uno scarto, una deviazione difensiva rispetto alla penetrante diffusione del divino. Davanti al dimenticato tocco sensibile di Dio ci ritroviamo in una condizione di panico spiazzamento: abbiamo smarrito ogni possibile familiarità con l'«odore» allertante[43] del suo essere tra noi. L'olezzo che egli emana viene percepito più come un miasma da cui fuggire, che come una fragranza che ci attira e ci spinge all'incontro dei sensi. In ogni caso, non siamo più abituati a Dio; che non è solo, in negativo, perdita di confidenza ma anche, in positivo, superamento della relazione teologale come convenzione sociale. Qui Kierkegaard aveva visto bene: in un mondo dove tutto è cristiano, il cristianesimo si confonde con il mondo e, in questa fusione, si assenta definitivamente da esso (e si congeda da se stesso). Valesio è lettore di lunga data di Kierkegaard, ne ha assunto alcune tematiche centrali di carattere religioso-esistenziale (la centratura sul singolo, il segreto dell'interiorità, l'inevidenza socio-politica della fede) e filosofico-culturale (l'enigma dell'istante, il problema del tempo, un certo pessimismo antropologico), integrandole all'interno della sua produzione poetica. Per

[43] Cfr. CG, p. 111.

quanto rilevante, però, non è questa la linea di ingresso che vorrei assumere per un confronto con quegli aspetti della sua poetica che interrogano il sapere teologico.

Preferisco, invece, seguire l'indicazione che egli dà al lettore introducendolo al suo volume *Il volto quasi umano*: «Dalla fine del secolo scorso avevo cominciato a scrivere brevi poesie che chiamo "Dardi"; con allusione, come ho già avuto occasione di indicare, a un termine tecnico del linguaggio devozionale, *giagulatoria*, vale a dire: preghiera breve lanciata verso/contro il cielo come un dardo» (VU, 11). Per una teologia che sia sensibile alle pratiche dello Spirito il nesso qui istruito, in ripresa della tradizione della devozione, tra poesia e preghiera appare intrigante. In primo luogo perché mette a nudo un difetto teologico del cristianesimo cattolico contemporaneo: quello di aver dimenticato, nel *logos* della fede, la portata non semplicemente edificante, ma propriamente teologica, della devozione – anche come pratica di pietà, nell'accezione di *pietas* che abbiamo sviluppato fino a qui.

All'interno di questo smarrimento del devozionale si inscrive anche una deriva tipica della modernità cattolica: lo scorporo della devozione dal sapere della fede[44] costituisce un momento centrale dell'impianto attraverso cui il cattolicesimo ha affinato i suoi strumenti per scendere in battaglia contro il moderno – facendo valere il principio della tradizione come coesione vincolante *ad extra* dei cattolici, da un lato, e le forme della devozione come controllo (ma anche nutrimento) affettivo *ad intra* dei credenti, dall'altro[45]. Pensare di fare della devozione una semplice edificazione dell'anima, significa deprivarsi di quella matrice della fede intorno alla quale si genera storicamente il riconoscimento della qualità teologica del vissuto di Gesù come quello di un uomo di cui si può dire come di Dio[46]. I nuclei genetici

[44] Cfr. M. Neri, *La «devotio» e la fede*, in *Il rosario tra devozione e riflessione*, a cura di R. Barile, Bologna, Esd, 2009, pp. 77-103.

[45] Cfr. M. Neri, *Guardare la tradizione oltre lo specchio del XIX secolo. Esperienza e tradizione*, in «Il Regno Attualità», 2012, pp. 348-356.

[46] Cfr. L. Hurtado, *How on Earth Did Jesus Become God? Historical Questions about Earliest Devotion to Jesus*, Grand Rapids-Cambridge UK, Eerdmans, 2005.

del Nuovo Testamento sono sostanzialmente delle formule brevi che nascono dalla devozione del primo cristianesimo nei confronti della persona e della storia di Gesù. Insomma, la parola scritta autorevole della fede non solo porta in sé i tratti della devozione, ma si deve a questa disposizione specifica dell'animo credente.

Il movimento che va dalla fatticità del *logos* corporeo di Dio alla sua testualità è dunque strettamente legato a una forma della memoria di lui che non veicola, in primo luogo, un sapere teorico sul suo vivere, ma è la scrittura di un'esperienza che mantiene affettivamente vivo ciò che è storicamente passato. In questo senso, la devozione dovrebbe essere intesa come un *Erlebnis* che apre a una predicazione e nominazione del tutto singolare dell'essere dell'uomo di Nazareth. Tra l'effettività del vissuto di Gesù e l'attestazione scritta di esso sta un *logos* pratico (quello dei modi in cui la devozione dice di Gesù come di Dio), che è all'unisono percezione affettiva e affezione percettiva dello spirito. Ogni parola a venire della fede cristiana trova la sua giusta misura in questo *logos* devozionale dell'*Erlebnis* di Gesù. Ecco perché una poesia che, in alcuni suoi tratti, riprende con decisione il tema della devozione come parola rappresenta un'interrogazione che chiama direttamente in causa la teologia – e, a mio avviso, è anche in grado di affinarne la sensibilità della fede per un *certo modo di essere* del *logos* cristiano:

> *Cristinsegnamento*
>
> Un insegnamento
> che da Gesù mi sembra provenire
> ma più che un insegnamento, è un'attiranza:
> il conoscibile
> conta meno di ciò che è esperibile.
> Treno New Haven-New York
> 10 dicembre 2001 (CG, 88).

Il movimento della devozione è qui chiaramente all'opera: quando una parola proviene da Gesù non si tratta in primo luogo di una dottrina ma di un'affezione; questo non perché il cristianesimo non abbia anche un tratto dottrinale, ma perché quest'ultimo nasce dalla, e deve ritornare sempre alla, affezione originaria. L'affezione tocca i sensi, investe la sensazione dello spirito, ed è affidata al lavoro dell'*aisthesis*; così che l'*Erlebnis* dell'affezione viene prima, e deve rimanere rimane dopo, ogni conoscenza di tipo intellettuale, generando un sapere che attraversa tutto lo spirituale umano, dalla razionalità alla sensualità raccordandole fra di esse. La struttura teologica qui brevemente descritta rappresenta l'impianto di fondo della poesia di Valesio; questo dice, a mio avviso, della reciproca interazione in essa fra *logos* devozionale e *logos* letterario – senza alcun primato dell'uno sull'altro; ma come intreccio naturale di due ordini della parola che la storia culturale dell'Occidente ha provveduto, pian piano, a separare rigorosamente.

Se si volesse in un qualche modo rubricare l'opera di Valesio come religiosa[47], lo si potrebbe fare solo perché essa è pienamente poetica nel senso tecnico del termine. Il genere poetico del «dardo», nella ripresa di una tema classico e dismesso del linguaggio devozionale, è al tempo stesso una provocazione alla teologia *e* alla poesia. Per la teologia si tratta di tornare a pensare e percepire in chiave fenomenologica la devozione; che è gesto, pratica, disposizione, dello spirituale in presa diretta con la vita effettiva, con le cose del mondo e la loro natura, con quella messa in questione di ogni ideologia che proviene dal quotidiano e dai suoi scarti.

Proprio nella sua origine, il cristianesimo non ha mai voluto essere immune da tutto ciò, ma anzi ha affermato questo *pathos* dell'umano vivere come connaturale con il divino stesso. I «dardi» di Valesio sono anche l'invito, discreto ma deciso, a un riposizionamento del sapere teologico in quanto tale; che implica un ripensamento della sua relazione con l'effettività quotidiana della fede. Almeno così la teologia potrebbe leggerli, raccogliendo una suggestione che Valesio non ribalta mai in affermazione. Il profilo spirituale della poesia

[47] Si vedano le riflessione svolte sul tema nel capitolo dedicato a Caproni.

di Valesio è sostanzialmente interrogativo, non pone assiomi, ma va in cerca di possibilità; un aspetto che in precedenza ho cercato di sintetizzare con il termine «indestinazione». Questo è l'atteggiamento proprio del «dardo» in quanto poesia, ossia una possibile riapertura del rivolgersi verso l'orizzonte naturale un tempo abitato culturalmente dalla certa presenza di Dio. Viene così riscritto il tema classico della relazione teologale che, in condizione di contemporaneità, non ha più un luogo proprio (ma quando lo aveva era, però, anche esclusivo) e si gioca su un registro di assenza di destinazione/destinatario – il «dardo» è lanciato-verso senza sapere se impatterà sul divino; e non sa nulla di come questo eventuale impatto avverrà. In questo senso mi sembra che la dimensione spirituale del verso in Valesio non sia poi così distante dalle armoniche stilistiche dell'a-teologia di Caproni; sebbene i due autori assumano disposizioni esistenziali e culturali differenti tra loro; che, però, passano attraverso il crogiuolo di un non dissimile travaglio.

Il tema della trascendenza, ad esempio, si pone in una maniera che è, a mio avviso, centrale sia in Caproni che in Valesio. Tenderei a evitare semplificazioni che interpretano Caproni come paladino di una trascendenza oramai impossibile, da un lato, e rubrichino Valesio come campione di una fede sorpassata e un po' retrò, dall'altro. Tra la *res amissa* di Caproni e lo *iaculum sine destinatione* di Valesio corre molta più comunanza di quanto non si voglia pensare:

> *Ludus*
>
> A ogni giorno che tu mandi in terra
> si riapre il giuoco della trasparenza:
> sei tu che a me di fronte tra-sparisci
> o io che rispetto a te tras-paio?
> Laghetto
> 12 ottobre 2001 (CG, 63).

Il Dio di Valesio sembra svanire nel gioco degli interstizi, nelle fessure dei giorni, nel diastema degli agglomerati dello spirito umano; e questa dissolvenza interstiziale rappresenta, oggi, il modo del suo transitare incerto in un tempo che non è più il suo[48]. Ma è proprio questo Dio carsico del contemporaneo che permette un visibilizzarsi dell'umano al cospetto di Dio attraverso la diafanità dell'evanescenza del suo esserci; come se fosse proprio la condizione di uno svanire fra gli interstizi a riaprire la possibilità della relazione teologale (nell'eclissarsi del re-lato).

Si deve così riscrivere il movimento stesso della trascendenza, che non è più lo strapiombo del divino sulla terra degli uomini. Un movimento che, ora, non può che inscriversi letteralmente nelle movenze spirituali dell'essere naturale del mondo: «Il cuor del mondo / si estroflette e diventa un girasole [...]» (CG, 18). Questa introversione naturale del divino, che solo innaturalmente può porsi come trascendenza irrelata, viene modulata poi dall'estetica dell'infimo in una chiave vagamente pasoliniana:

> *Predica agli animali*
>
> O formìcole del sottobosco,
> un dio pisciatore è passato
> e le vostre fronde ha irrorato.
> Meditate il mistero
> di questo sgocciolio.
> 26 agosto 2001 (CG, 41).

La trascendenza è un aspetto cardine della riflessione e della poetica di Valesio, ma essa viene colta non tanto come un dato, quanto piuttosto come una domanda: *come* è (ancora) possibile qualcosa che sia trascendenza davanti all'immanentizzazione totale che caratterizza il contemporaneo? Troviamo qui una conferma dell'attenzione di Valesio alla questione dei modi del divino[49], cui avevo fatto cenno sopra.

[48] AUF, p. 32: «[...] (e questo celamento / tutto d'argento, / è un sudario o è mantello di gloria?) [...]».

[49] CG, p. 82: «"Quid tibi sum ipse?" / (Sant'Agostino) / "E voi, / voi chi dite che io sia?" (*Matteo* 16, 15), / domandavi al tuo gruppo / che era già in qualche modo preparato. / Ma io son qui da solo, e ti ribatto / dal deserto di chi vorrebbe credere, / di chi vorrebbe dire che ha speranza: / "Come conto per te?" / Laghetto / 20 novembre 2001».

La via è cercata in una trascendenza che si attesta come condizione della sensazione dello spirito; in maniera scomoda, però, perché ne rappresenta una lacerazione, un esser tirato *tra* parti che sono tutte irrinunciabili per l'uomo[50], dove la scelta secca, lineare, incontrovertibile, è ostica e osteggiata dal divino stesso[51]. Correlato di questa modalizzazione della trascendenza è una concezione agonica, non consolatoria[52], della preghiera; la cui intermittenza riflette l'evanescenza interstiziale del trascendente divino[53]: la preghiera è un *danno* che affeziona le profondità del cuore e le dinamiche dello spirito, spingendole fino alle soglie più estreme[54]:

Difetti di preghiera

La buona notizia:
sono certo che tu esisti.

La cattiva notizia:
ti temo, mi perplessi, mi esasperi,
levo spesso la voce contro te [...]
Laghetto
17 giugno 2001 (CG, 31).

Il tema estetico dell'affezione fa saltare, esattamente come accade in Anselmo, la linearità ontologica dell'esistenza di Dio: una volta che la si è ottenuta *logicamente*,

[50] Cfr. CG, p. 29.

[51] CG, p. 151: «Vive giorno per giorno, il libertino; / ma anche vive sul filo dei giorni / il cristiano [...] / ogni giorno, per lui, / è incommensurabile al seguente. / E così si confondono gli opposti, / si intorbidano le acque della vita... / Ma proprio questo è il piano: Dio diffida / dei tagli netti, puri; / e tra le quinte sorride. / Biblioteca "Sterling" / 11 novembre 2002».

[52] Cfr. CG, p. 28.

[53] CG, p. 158: «"¿Qué tengo yo, que mi amistad procuras?" (Lope de Vega) / Amico, ho bisogno di un amico / che possa intermediare fra te e me, / riconciliarmi con la calda assenza / di te, che è l'essenza / del rapporto precario e precativo / che vigere potrebbe tra di noi [...] / 82-90 Wall Street / 21 novembre 2002».

[54] CG, p. 74: «Continuamente gli propone patti / con diplomazia da bottega / e lui ostinato risponde: / "Nessun negoziato: o ti arrendi / senza avanzar nessuna condizione / o ti faccio impazzire. / 22 novembre 2001».

non si è affatto risolto il nodo *esistenziale* della relazione teologale: che consiste esattamente nel *come* quell'esistenza (certa, poeticamente; indubitabile filosoficamente) entri in rapporto con la nozione (teoria della fede) o la percezione (fede come vissuto) che di essa ha l'essere umano.

Per Valesio questo modo della relazione teologale è esattamente quello di un sentire (inquieto) dello spirito: è proprio l'affezione dell'esistenza che turba e offusca l'animo. Mi sembra che questa figura rappresenti un punto di centrale importanza, soprattutto rispetto al peso che Valesio dà alla dimensione mistica del poetico e del religioso. Formulo l'ipotesi in maniera succinta: l'interesse di Valesio per la mistica (fino a farla diventare una declinazione della poesia *tout court*, «poemistica» appunto) risiede nel fatto che, all'interno di questa corrente classica della tradizione cristiana, nella persona che ha esperienze mistiche, fino a essere essa stessa un mistico, accade *in parte subiecti* qualcosa rispetto al divino che è omologo alla situazione contemporanea del mondo *in parte obiecti*. Detta in altri termini: ciò che in epoca di cristianità era esperienza (privilegiata?) di alcuni è divenuto, nella stagione post-cristiana e post-secolare, la condizione di tutti; ossia, nell'esperienza mistica (del passato) si dà un *modo di essere* di Dio che è corrispondente alla questione della trascendenza nella sua evanescenza interstiziale odierna.

Per questo solo nel nostro tempo il mistico non può/deve rappresentare un'eccezione; perché la sua condizione, e la modalità della relazione col Dio che la caratterizza, si dà oggi immediatamente non appena una persona si ponga la questione del divino – prima di ogni credere o non credere. Inoltre la mistica, e questo è il secondo aspetto che a mio avviso sta a cuore a Valesio, nella storia del cattolicesimo si è sempre attuata come una sorta di scarto rispetto non solo alla fede di popolo (ossia al cristianesimo in quanto socializzazione), ma anche alla codificazione dogmatica della fede (ossia alla riduzione del cristianesimo in istituzione): davanti alla fede come fenomeno di massa la mistica tiene ferma la dimensione soggettiva del credere e la sua non rappresentabilità pubblica; e davanti all'istituzione la mistica tiene ferma la dimensione esperienziale e affettiva del credere, che non può essere sostituita da nessuna rappresentanza pubblica istituita della fede stessa.

Per queste ragioni il *logos* di questa deliberata congiunzione fra poesia e devozione dovrebbe interessare obiettivamente la teologia, in quanto ne rappresenta un incremento oggi difficilmente ottenibile altrove. Il luogo della teologia non è quello di stare davanti alla *fede di fondo* che attraversa l'umano (di cui parla Merleau-Ponty), ma di affiancarsi a essa condividendone l'indestinazione senza timore – come è dei «dardi» lanciati verso/contro il cielo da Valesio. Essi vibrano sospesi a mezz'aria nell'incertezza di un bersaglio che oggi non ha più collocazione certa e indubitabile – l'essere in sospeso del dardo è la forma della fede in una stagione in cui Dio lascia disciogliere la sua trascendenza per colare giù[55] negli interstizi più remoti dell'essere naturale del mondo e della vita. L'arco che questi dardi disegnano nel *logos* poetico sono una possibile parabola della fede: tragitto dei pellegrini verso il luogo del senso e comunanza della *pietas* per l'umano quotidiano, più che accaparramento certo di una verità di cui non resterebbe più nulla da scoprire:

Alla reclusa amata

Alla memoria di Sara

[...] mi affido all'utopia –
vile o ardente non so –
della diretta trasmissione
di pensiero a pensiero
ovvero alla preghiera orizzontale
traiettoria che unisce
gli esseri umani senza il verticale
eleva-mente a Dio
il quale ultimo
deciderà se raccogliere o no

[55] CG, p. 140: «[...] non c'è lume ma solo / desiderio di luci, e sento allora / come anche quelle / che potrebbero accendersi dal basso / non siano infernali. / Laghetto / 28 settembre 2002» (I bassi lumi).

questa preghiera
in fondo alla sua rete.
Treno Roma-Napoli
14 maggio 2003 (VU, 23).

Mi avvio verso la conclusione prendendo come sfondo di queste ultime riflessioni il passo del vangelo di Marco in cui si narra la guarigione di un lebbroso[56]. Qui la trascendenza del divino si incide a lettere di carne nel tocco del corpo del Figlio con il corpo dell'umano ferito – in un gioco di estensioni senza profondità che non siano carnali. Il senso di quell'incisione della trascendenza non sta più né nelle mani del Padre, né in quelle del Figlio (il lebbroso, infatti, non ascolta minimamente le parole di Gesù); ma è corpo dell'uomo – il senso dell'«oltre l'oltre» non esiste in precedenza e nasce, ogni volta di nuovo, unicamente come spessore corporeo di questi sfioramenti che toccano tanto l'umano quanto il divino. Ogni spostamento, ogni posizione, ogni divagazione, di questo corpo-qui toccato-così da Gesù sono annuncio indestinato del *logos* di Dio: di lui sembra poter dire molto di più la semiosi corporea che la semantica della parola – e con questo il cristianesimo deve abbandonare sia il sogno di un *logos* traslucido, non equivoco, sia quello di una *phoné* senza inscrizione nella carne.

Nel corpo dell'uomo si attesta un *logos* evenemenziale che eccede la stessa ingiunzione al silenzio che proviene dal Figlio, facendosi un dire il *logos* di Dio nella semplice semiosi del corpo che rimane del tutto indisponibile al divino (questione strutturale del teologico che si avvicina molto alla comprensione di linguaggio, poesia e parola nell'opera

[56] «Venne da lui un lebbroso, che lo supplicava in ginocchio e gli diceva: "Se vuoi, puoi purificarmi!". Ne ebbe compassione, tese la mano, lo toccò e gli disse: "Lo voglio, sii purificato!". E subito la lebbra scomparve da lui ed egli fu purificato. E, ammonendolo severamente, lo cacciò via subito e gli disse: "Guarda di non dire niente a nessuno; va', invece, a mostrarti al sacerdote e offri per la tua purificazione quello che Mosè ha prescritto, come testimonianza per loro". Ma quello si allontanò e si mise a proclamare e a divulgare la parola, tanto che Gesù non poteva più entrare pubblicamente in una città, ma rimaneva fuori, in luoghi deserti; e venivano a lui da ogni parte» (*Mc* 1, 40-45).

di Valesio). Questa condizione del *logos* interdetto di Dio, inciso sull'estensione del corpo e portato dalle sue movenze, ne suggella l'indestinazione e lo fa essere senza *luogo proprio*: esponendolo alle contaminazioni della vita, perché da sempre disposto alla disseminazione incondizionata:

Ominipresenza

Si crede che tu sia in ogni parte.
Ma particolarmente, dove?
Ma dove, specificamente?
Forse stai annidato
piccolo e duro come un diamante.
O, chi sa, sei respiro
corrente sopra il lago
(verso di lui adesso, egli si illude)
profumato come la neve
o come fiato di bimbo, di amante.
Laghetto
18 febbraio 2003 (VU, 77).

Nell'epoca della dissolvenza della trascendenza, la questione sulla sua trasformata modalità diventa cruciale per la risonanza dello spirito. L'ordine dello spirituale alla fine della modernità è oramai trasmigrato altrove[57]; e l'opera poetica di Valesio ne è un indice di indubbio valore letterario e culturale. Se e in che misura il cristianesimo riuscirà a cogliere nella sfera dell'estetico uno degli spazi propri di questo esodo del divino rimane questione aperta e incerta. Il fatto è che il cristianesimo cattolico sembra continuare a cercare la sua *res* proprio laddove essa non è più; e, così facendo, non può attuarsi che come resto residuale di se stesso. Certo, la transizione in corso tocca non solo il cristianesimo, ma anche l'Occidente europeo nel suo complesso – che, tra l'altro, sembra essere scarsamente attrezzato per far fronte alla fine della modernità oramai realizzatasi[58]. All'interno di

[57] Cfr. M. de Certeau, *La culture au pluriel*, Paris, Seuil, 1993.

[58] Cfr. M. Neri, *Nach dem Ende der Institutionen der Moderne. Christentum und Europa: ein gemeinsames Schicksal*, in *Europa mit oder ohne Religion*, a cura di K. Appel, I. Guanzini e A. Walser, Göttingen, V&R Unipress, 2014, pp. 181-201.

questa crisi epocale complessiva il cattolicesimo si è smarrito proprio perché ha costruito la sua architettura formale in riferimento fondamentale ai concetti portanti della modernità (istituzionalizzazione, burocratizzazione, stato-nazione – solo per citarne alcuni), dando forma a un mondo parallelo e separato da quello civile e però del tutto omologo a esso. Finita questa modernità, il cristianesimo si è ritrovato a essere poco più che un residuo di senso per l'individuo e un design ornamentale dello spazio pubblico. Il problema è che il cattolicesimo attuale sembra essere fatalmente attratto a continuare ad attuarsi secondo questi canoni minimi che ancora gli vengono concessi; senza essere attrezzato di quello strumentario percettivo necessario a odorare le ridislocazioni del divino nel suo esodo attuale (il cristianesimo cattolico manca la sua *res* in primo luogo a causa di una mancanza estetica della sua attuazione storica).

Tra i molti relitti che la modernità ci ha lasciato nella sua disperata eredità fluttua anche quello del cristianesimo, forse un pochino più abile degli altri a rimanere a galla nei marosi del contemporaneo; ma pensare di fermarsi a questo nominalismo culturale della fede sarebbe praticamente un'impresa suicida, un abbaglio per cui il cristianesimo cattolico rischia di naufragare miseramente e tragicamente:

> *Duologos de fide*
>
> [...] «Fammi riformulare la domanda:
> perché pensi che proprio questo nome
> sia affluito sulla riva
> dopo il naufragio degli altri?»
> «Perché mai si conserva un soprammobile,
> un ninnolo, un talismano?» (VU, 47).

Per non ridursi a soprammobile e talismano, il cristianesimo cattolico deve riapprendere quell'arte, che fu sua nei principi, di scoprirsi e ritrovarsi *fuori di sé*; a meno di questo ogni aggiornamento è destinato a fallire senza speranza. Il movimento della poesia di Valesio segue questa esondazione della *res* cristiana in territori alieni; la stana, la riscopre addirittura presente negli alvei della sua tradizione più sicura – intrecciando e disfacendo il filo che porta poesia e preghiera a costruire la trama di una parola così semanticamente infima da poter ospitare la semiosi oramai estenuata della trascendenza:

Le due cime

«For poetry makes nothing happen: it survives» (W.H. Auden)

La poesia è meno eterea
della preghiera
perché lascia toccabili tracce
e la preghiera
si disperde e discioglie nell'aria.
La poesia è più eterea
della preghiera perché la poesia
rifiuta l'azione
è un modo di dire senza dare
è auto-contemplativa
ma la preghiera evoca
concrete conseguenze.
La poesia
è più mistica della preghiera?
Fra North Brandford e New York
2 aprile 2004 (VU, 193).

RIFERIMENTI BIBLIOGRAFICI

RIFERIMENTI BIBLIOGRAFICI

Agamben, G.
1991 *Disappropriata memoria*, in G. Caproni, *Res Amissa*, Milano, Garzanti, pp. 7-26.
Améry, J.
2012 *Levar la mano su di sé. Discorso sulla libera morte*, Torino, Bollati Boringhieri.
Anceschi, L.
1998 *Che cosa è la poesia?*, a cura di F. Bollino, Bologna, Clueb.
Appel, K.
2013 *Cristianesimo come visione di un nuovo umanesimo. Considerazioni teologiche e storico-filosofiche a partire dalla Bibbia, Hegel e Musil*, in «Teologia», pp. 177-214.

Bacigalupi, M. e Fossati, P.
2010 *Giorgio Caproni maestro*, Genova, Il Nuovo Melangolo.
Bahr, H.-D.
1994 *Die Sprache des Gastes. Eine Metaethik*, Leipzig, Reclam.
2008 *Zeit der Muße – Zeit der Musen*, Tübingen, Attempto.
Bandini, F.
2009 *Il «sogno di una cosa» chiamata poesia*, introduzione a P.P. Pasolini, *Tutte le poesie*, vol. I, Milano, Mondadori, pp. XV-LVIII.
Berardinelli, A.
2008 *Poesia non poesia*, Torino, Einaudi.
Bertoni, A.
2006 *Nota introduttiva*, in P. Valesio [2006, 9-14].
Böhme, G.
2008 *Ethik leiblicher Existenz*, Frankfurt a. M., Suhrkamp.
Bonnefoy, Y.
2010 *L'alleanza tra la poesia e la musica*, Milano, Archinto.

Caproni, G.
2004 *Tutte le poesie*, (2ª ed.) Milano, Garzanti.

Carnero, R.
2010 *Morire per le idee. Vita letteraria di Pier Paolo Pasolini*, Milano, Bompiani.
Certeau, M. de
1993 *La culture au pluriel*, Paris, Seuil.

Denzinger, H. e Hünermann, P. (a cura di)
2012 *Enchiridion symbolorum, definitionum et declarationum de rebus fidei et morum*, Bologna, Edb.
Emo, A.
2013 *La voce incomparabile del silenzio*, Città di Castello, Gallucci.

Falque, E.
1999 *Le Passeur de Gethsémani. Angoisse, souffrance et mort. Lecture existentielle et phénoménologique*, Paris, Cerf.
Ferry, J.-M.
2004 *Les Grammaires de l'Intelligence*, Paris, Cerf.

Gisel, P.
2013 *Dell'universale e delle particolarità*, in «Il Regno Documenti», pp. 249-256.

Heidegger, M.
1977 *Sein und Zeit*, Frankfurt a. M., Klostermann.
1981 *Erläuterungen zu Hölderlins Dichtung*, Frankfurt a. M., Klostermann.
2003 *Beiträge zur Philosophie (Vom Ereignis)*, (3ª ed.) Frankfurt a. M., Klostermann.
2011 *Phänomenologie des religiöses Lebens*, (2ª ed.) Frankfurt a. M., Klostermann.
Hölderlin, J.Ch.F.
1998 *Theoretische Schriften*, Hamburg, Meiner.
2005 *Sämtliche Werke*, Frankfurt a. M., Deutscher Klassiker Verlag.
Hurtado, L.
2005 *How on Earth Did Jesus Become God? Historical Questions about Earliest Devotion to Jesus*, Grand Rapids-Cambridge UK, Eerdmans.

Joas, H.
2013 *Glaube als Option. Zukunftsmöglichkeiten des Christentums*, (2ª ed.) Freiburg-Basel-Wien, Herder.

Kaufmann, F.-X.
2012 *Kirche in der ambivalenten Moderne*, Freiburg-Basel-Wien, Herder.
Keraney, R.
2001 *The God Who May Be. A Hermeneutics of Religion*, Blomington, Indiana University Press.
Kloppenborg, J.
2005 *Evocatio Deorum and the Date of Mark*, in «Journal of Biblical Literature», pp. 419-450.
Körtner, U.J.H.
2011 *Gottes Wort in Person. Rezeptionsästhetische und metapherntheoretische Zugänge zur Christologie*, Neukirchen-Vluyn, Neukirchener Verlag.

Larcher, G.
2011 *Estetica della fede. Un abbozzo teologico-fondamentale*, Milano, Glossa.
Luzi, M.
1988 *Tutte le poesie*, Milano, Garzanti.
Luzi, M. e Caproni, G.
2004 *Carissimo Giorgio. Carissimo Mario. Lettere 1942-1989*, Milano, Scheiwiller.

Martin, L.H. e Wiebe, D.
2012 *Religious Studies as a Scientific Discipline: The Persistence of a Delusion*, in «Journal of the American Academy of Religion», pp. 587-597.
Martinetti, P.
1964 *Gesù Cristo e il cristianesimo*, Milano, Il Saggiatore.
Milani, R.,
2009 *I volti della grazia*, Bologna, Il Mulino.
Moroncini, B. e Petrillo, R.
2007 *L'etica del desiderio. Un commentario del seminario sull'etica di Jacques Lacan*, Napoli, Cronopio.

Nancy, J.-L.
2004 *Résistance de la poésie*, Bordeaux, William Blake & Co.
Neri, M.,
2008 *Ospitalità e convivenza civile*, in «Il Regno Attualità», pp. 497-500.
2009 *La «devotio» e la fede*, in R. Barile (a cura di), *Il rosario tra devozione e riflessione*, Bologna, Esd, pp. 77-103.

2011 *Christologie als Phänomenologie des Leibes Gottes. Eine kulturelle Herausforderung*, in «ET Studies», pp. 25-40.
2012 *Guardare la tradizione oltre lo specchio del XIX secolo. Esperienza e tradizione*, in «Il Regno Attualità», pp. 348-356.
2013a *La dimora ospitale. Riflessione teologica sull'incarnazione*, Bologna, Edb.
2013b *Resistenze. L'enigma dei corpi disabili fra spazio pubblico e pratica religiosa*, in «Verifiche. Rivista di scienze umane», pp. 157-181.
2014 *Nach dem Ende der Institutionen der Moderne. Christentum und Europa: ein gemeinsames Schicksal*, in *Europa mit oder ohne Religion*, a cura di K. Appel, I. Guanzini e A. Walser, Göttingen, V&R Unipress, pp. 181-201.

Olivetti, M.M.
1992 *Analogia del soggetto*, Bari-Roma, Laterza.

Pasolini, P.P.
2009 *Tutte le poesie*, voll. I e II, Milano, Mondadori.
2010 *Scritti corsari*, (2ª ed.) Milano, Garzanti.

Recalcati, M.
2012 *Jacques Lacan*, vol. I, *Desiderio, godimento e soggettivazione*, Milano, Cortina.

Roy, O.
2012 *La sainte ignorance. Le temps de la religion sans culture*, Paris, Seuil.

Sequeri, P.
2000 *L'estro di Dio. Saggi di estetica*, Milano, Glossa.
2012 *L'amore della ragione. Variazioni sinfoniche su un tema di Benedetto XVI*, Bologna, Edb.

Taylor, M.C.
2007 *After God*, Chicago, Chicago University Press.

Uhlman, F.
1986 *Niente risurrezioni, per favore*, Milano, Guanda.

Valesio, P.
1979 *Prose in poesia*, Milano, Società di Poesia.

1996 *Avventure dell'uomo e del figlio*, Marina di Minturno, Caramaica Editore.
1997 *Dialogo coi volanti*, Napoli, Cronopio.
2003 *Guido Guglielmi pellegrino della mente*, in «Moderna» n. 2, pp. 61-70.
2005a *Oltre l'oltre. Alcune riflessioni sulla poesia spirituale*, in R. Bonfatti (a cura di), *Il governo della poesia. Prospezioni e consuntivi sulla poesia nel tempo globale*, Modena, Edizioni del Laboratorio, pp. 39-42.
2005b *Every Afternoon Can Make the World Still Stand. Thirty Sonnets 1987-2000*, trad. di M. Palma, introduzione di J. Hollander, (2ª ed.) New York, Gradiva Publications – Stony Brook.
2006 *Il cuore del girasole*, Genova-Milano, Marietti 1820.
2009a *Il volto quasi umano. Poesie-dardi 2003-2005*, Bologna, Lombar Key Editore.
2009b *La strana bellezza del fraintendimento*, in «Italian Poetry Review», pp. 15-20.
2010 *Poemistica*, in «Italian Poetry Review», pp. 13-23.
2013 *La mezzanotte di Spoleto*, Rimini, Raffaelli Editore.

Valesio, P. e Bubani, P.G.
2002 *Volano in cento*, Faenza, I Quaderni del Circolo degli Artisti.

Verweyen, H.
2000 *Gottes letztes Wort. Grundriß der Fundamentaltheologie*, Regensburg, Pustet.

Žižek, S.
2009 *Leggere Lacan. Guida perversa al vivere contemporaneo*, Torino, Bollati Boringhieri.

Finito di stampare nel mese di dicembre 2014
presso le Arti Grafiche Editoriali Srl, Urbino
Dtp: CentroImmagine - Lucca